DEPOIS DE VOCÊ

Julie Buxbaum

DEPOIS DE VOCÊ

Tradução de
Rosana Watson

Rocco

Título original
AFTER YOU

Este livro é uma obra de ficção. Nomes, personagens, lugares e incidentes são produtos da imaginação do autor ou foram usados de forma fictícia. Qualquer semelhança com pessoas reais, vivas ou não, acontecimentos ou localidades é mera coincidência.

EDITORA ROCCO LTDA.
Av. Presidente Wilson, 231 – 8º andar
20030-021 – Rio de Janeiro – RJ
Tel.: (21) 3525-2000 – Fax: (21) 3525-2001
rocco@rocco.com.br
www.rocco.com.br

Printed in Brazil/Impresso no Brasil

preparação de originais
VILMA HOMERO

CIP-Brasil. Catalogação na fonte.
Sindicato Nacional dos Editores de Livros, RJ.

B996d Buxbaum, Julie
Depois de você / Julie Buxbaum; tradução de Rosana Watson. – Rio de Janeiro: Rocco, 2011.
14x21cm

Tradução de: After you

ISBN 978-85-325-2191-0

1. Ficção norte-americana. I. Watson, Rosana.
II. Título.

11-2134 CDD-813
CDU-821.111(73)-3

Para Indy, meu porto seguro.

Parte Um

– Você vai embora para casa no fim da semana – disse-lhe Basil. – E nós vamos ficar bem contentes.
– Eu também vou ficar bem contente – respondeu Mary. – Onde é a minha casa?

– O Jardim Secreto

1

Vamos fazer de conta que as coisas são diferentes. Que nos últimos dois dias eu não me tornei o tipo de pessoa que recorre a pedidos a cílios que caem, às primeiras estrelas da noite, e ao ridículo pedido das 11:11, tanto da manhã quanto da noite, totalmente concentrada e de olhos fechados. Vamos fazer de conta que Lucy e sua família não se transformaram em personalidades de tabloides, com foto de página inteira na capa do *Daily Mail* com a manchete "Assassinato Escandaloso em Notting Hill!", e reportagens principais no noticiário noturno da BBC. Vamos fingir que estou em casa, do lado direito do Atlântico, onde falam a minha língua, e que amanhã será como foi o início da semana passada, ou da semana anterior, quando os dias eram como outros quaisquer. Dias em que, ao pensar em Lucy, não era necessário recorrer às memórias de um tempo *anterior*.

Que tal assim: Vamos simplesmente fingir que Lucy não morreu. Ela não estará mais morta a partir de agora, mesmo que o significado seja este – morta.

– Você quer mais? – pergunto à Sophie, a filha de Lucy de oito anos, mas ela não parece nada interessada na taça elaborada de sorvete que mergulhei em círculos de chantilly. Ela está sentada com os joelhos dobrados até o peito e os braços em volta deles. Uma posição fetal vertical, uma postura que tem sido tão instintiva para ela quanto a esperança e o fingimento irracional tem sido para mim. Um pijama listrado de cores pastel envolve suas pernas, listras nas cores rosa, azul e amarelo, e na parte de cima ela usa uma camiseta de mangas compridas, estampada com um cavalo roxo de crina prateada. Suas meias têm solas antiderrapantes que arranham e fazem barulho no piso de cerâmica da cozinha, um som que eu não ouvia desde a minha infância e que associo ao meu irmão mais novo, Mikey, pedindo um copo de água antes de ir para a cama.

Ela balança a cabeça negativamente.

– Está gostoso?

Ela continua reservada. Seus óculos pequeninos escorregam do nariz e são detidos por seu dedo e empurrados de volta com um toque eficiente. A armação é de casco de tartaruga, marrom do lado de fora e rosa nas bordas internas, como uma pálpebra, e eles realçam seus grandes olhos castanhos, fazendo com que ela pareça sempre uma menininha distraída.

Sophie não tem falado muito desde o acidente. É assim que o estamos chamando – Greg, o marido de Lucy, e eu –, "o acidente", um eufemismo consolador embora não haja nada de acidental no que aconteceu. A palavra *homicídio* nunca deveria ser ouvida por uma criança de oito anos. Usar a palavra *acidente* nos faz sentir melhor também. Como adultos, podemos suportar um acidente; está no nosso repertório.

Não estou bem certa de quando Sophie falou em voz alta pela última vez. Ela foi entrevistada pela polícia na quinta-feira, e de alguma forma a garotinha de Lucy encontrou forças para usar as palavras e descrever o indescritível. Quando cheguei, menos de 24 horas depois, irreconhecível pela dor e pelos olhos vermelhos, ela disse "Oi, tia Ellie" antes de colocar os braços em volta da minha cintura e enterrar o rosto na minha camisa. Mas desde então, desde aquele primeiro cumprimento, em seu impecável inglês britânico, não me lembro da última vez em que ouvi sua voz. Será que ela deu boa-noite para Greg antes de ele ir para a cama e ser nocauteado pelo Xanax?

– Soph?

Um levantar de ombros.

– Onde você comprou esta camiseta? É linda. E este cavalo tem uma crina muito legal.

Outro levantar de ombros.

– Soph, querida, você não quer falar?

Sophie apenas olha para mim, seus olhos queimam em um protesto silencioso.

Levantar de ombros número três. Ela parece incrivelmente pequena e magra, a finura de seus braços e pernas exagerada pelo algodão do pijama. Gostaria que ela comesse mais. E também queria dar a ela biscoitos com cereal açucarado. Amanhã, antes de qualquer coisa, vou substituir o leite desnatado pelo integral.

Minha mãe, que é terapeuta, me alertou que isso poderia acontecer com Sophie.

Imediatamente depois de uma perda traumática, com frequência as crianças não falavam por um tempo. É sua única maneira de exercer controle num mundo em que claramente não têm controle algum.

Apenas 29 horas se passaram desde o enterro de Lucy, um evento tão improvável que o fingimento ainda funciona. Surreal como os carros de reportagem parados em frente à casa, esperando o momento de dar o bote. Quero aconchegar Sophie nos braços e deixá-la chorar no meu ombro, mas ela não é o tipo de criança que você aconchega. Ela saberia que estou fazendo isso mais para o meu consolo do que para o dela.

– Tudo bem – digo, como se ela tivesse me respondido. – Não faz mal se você não quer falar agora. Mas não para sempre, está bem? Eu adoro sua voz. *"Até logo. Vamos pegar o elevador e ir para o toalete"* – falo com meu melhor sotaque britânico, o que costumava ser a forma certeira para fazê-la rir.

– Mamãe, tia Ellie: falem como eu! – Sophie costumava exigir de Lucy e de mim quando eu as visitava, e nós duas despejávamos todas as expressões britânicas que sabíamos. Mesmo depois de quase uma década em Londres, e apesar de ter um marido e filha cujas inflexões eram tão imponentes quanto as da Rainha, o sotaque de Boston de Lucy não suavizara.

Hoje, Sophie me ignora e olha ao redor como se não tivesse certeza de que cozinha era aquela. Estamos sentadas à mesa, no cantinho do café da manhã estilo americano, do tipo que você vê nos comerciais de cereal: duas crianças, duas tigelas de cereal, dois copos de suco de laranja, e os pais – sempre pais animados – apressando todos a sair de suas cadeiras de couro sintético vermelhas para ir para a escola após um café da manhã balanceado. Posso imaginar Lucy decidindo criar um ambiente no canto, sabendo que fazer sua casa parecer um lar é o primeiro passo.

– Nós vamos ficar bem, sabia? – digo, e percorro os dedos pelos cabelos loiros encaracolados e sujos de Sophie; eles ficam presos em um nó. Lembro-me da primeira vez que a segurei, quando ela tinha menos de uma semana de vida, careca e pequenina, e de como ela dormia com a boca abrindo e fechando apoiada em meus braços. Seus sonhos, sem dúvida, estavam cheios de um esplêndido leite imaginário. Ela parecera tão frágil naquele tempo, tão longe de uma pessoa real, que olhar para ela agora, uma garota totalmente formada, bonita e corajosa, exercendo seu poder da única maneira que lhe era possível, me faz radiante, com orgulho por Lucy. Minha melhor amiga fez muito em seus 35 anos neste planeta; sua revelação pública sobre a corrupção no governo chileno devia ter lhe rendido um Pulitzer. Mas de uma coisa estou certa. Ter feito esta criatura, esta intensa mini Lucy, é o que mais aprecio.

Quando foi que comecei a falar uma língua que não reconheço como sendo a minha? Dispenso os repórteres insistentes com as frases que aprendi assistindo à TV: *"Por favor, respeitem nossa privacidade durante este momento tão difícil"*; encorajo Sophie com frases banais: *"Vai ficar tudo bem"*; minto para todos os que expressaram seus sentimentos no funeral que Greg e eu planejamos às pressas: *"Lucy sempre falava muito bem de você."* Acho que quando nosso mundo desmorona, quando perdemos a pessoa com a qual fomos mais próximas durante 31 anos – quase minha vida inteira –, as habilidades linguísticas são as primeiras a sumir.

Veja o que aconteceu: Lucy acordou alguns dias atrás, feliz e saudável, presa a todos os clichês da vida moderna e perfeita de um adulto, incluindo ainda o glamour internacional de uma americana expatriada, e 1 hora e 45 minutos mais tarde, enquanto levava a filha para a escola, a pé, ela morreu. Simplesmente morreu.

Não, ela não morreu simplesmente. Ela foi assassinada. Aparentemente, havia uma faca e um viciado em drogas excessivamente interessado em seu anel de diamantes de dois quilates, alguma resistência idiota da parte de Lucy, e então tudo acabou. E, sim, o pior de tudo: Sophie viu tudo.

Não estou surpresa por Lucy ter reagido – ela sempre teve uma coragem fora do normal – mas estou surpresa por ela ter reagido por aquele anel. Ela detestava aquele anel.

– Quem compra um diamante esculpido com forma de diamante? – Lucy costumava dizer. Era um dos seus comentários favoritos quando Greg não estava por perto. – Falando sério, um diamante com formato de diamante? É tão redundante. Juro, tudo o que os homens pensam é no tamanho.

E agora estou aqui, na cozinha dela, sentada ao lado de sua filha – minha afilhada –, tentando nos ajustar a este mundo novo no qual entramos. Estou bebericando chá porque, pela minha experiência nesses últimos dias, é o que parece que os britânicos fazem em situações como essa. Como se consumir quantidades enormes de água quente aromatizada, com um pouco de leite e açúcar, fizesse tudo ficar melhor. É tarde demais, porém, para medidas temporárias. A dor começou a cavar minha pele como um parasita, de forma vagarosa e constante e em proporção inversa à minha descrença.

– Soph, o que você quer fazer? Você quer que eu também fique um pouco em silêncio? Podemos ficar sentadas aqui. – Ela acena para mim com a cabeça, lentamente, como se quisesse dizer "*Sim, por favor*". Posso dizer simplesmente ao olhar para ela que ambas queremos exatamente a mesma coisa. Que tudo pare um pouquinho.

E então nós duas fazemos a coisa mais certa que eu poderia pensar. Sentamo-nos na cozinha e fixamos o olhar à nossa frente, para nada em particular. Puxo-a para perto de mim, e sua cabeça descansa em meu ombro.

Passamos a próxima hora assim. Silenciosas e vigilantes. Como se estivéssemos esperando por um ônibus que nunca virá.

2

– Você está bem? – pergunta meu marido Philip ao telefone, depois de eu ter passado os últimos 15 minutos divagando sobre a chuva de Londres. Faz parte do jogo de fingir: vamos falar sobre qualquer coisa, mas não de por que estou aqui.

– Não sei. Esqueci meu guarda-chuva. Isso vai ser um problema.

– Estou-me referindo à Lucy e coisas do tipo.

– Não sei. Não. Sim. Não.

– Volte para casa.

– Ainda não – retruco. – Sou a madrinha de Sophie, lembra-se? – É estranho como a descrição do cargo costumava ser limitada a fazer uma ligação ocasional, colocar a foto dela na minha geladeira e enviar muitos presentes, no início, roupas incrivelmente pequenas e fofas, e, mais recentemente, livros de Ramona Quimby e bonecas American Girl de dar arrepios. Agora, o assunto é sério. Um cargo acima das minhas atribuições.

– É claro que me lembro. Eu não quis dizer... A propósito, você deu a Sophie aquele polegar falso que comprei para ela? Diga-lhe que há um montão de truques para ele no livro *Mágica para iniciantes* que lhe mandei alguns meses atrás. – Philip também delicia-se com o papel de padrinho, especialmente porque Sophie compartilha do amor que ele tem pela mágica desde a infância. Ele adora mandar presentes surpresa para ela nos feriados obscuros: Dia da Marmota, Dia da Bastilha, Dia de Ação de Graças Canadense e quando os Sox vencem o Campeonato Mundial. Com frequência ele manda coisas sem motivo algum, e eu fico sabendo somente depois, quando Lucy e Sophie ligam para agradecer.

– Sim, eu dei. Ela gostou, acho. Philip?

– Sim?

– Eles precisam de mim aqui.

– Eu preciso de você aqui – diz ele, mas ambos sabemos que ele está fingindo.

Falo com Philip no telefone sem fio de Stafford, deitada no edredom de visitas de Lucy, um florido, comprado na Laura Ashley, motivo pelo qual eu costumava provocá-la. Esta é a evidência que eu tinha de que Lucy estava bancando – estava, estava, estava – a esposa londrina refinada, traindo nossas raízes hippies de Cambridge, Massachusetts, onde era ponto de honra resgatar e reformar móveis achados na calçada. O quarto é decorado com antiguidades delicadas que ela escolheu no Mercado de Portobello ao longo dos anos, dando ao lugar um ar *shabby-chic*, um chique rústico; tudo parece caro e ao mesmo tempo surrado, embora mais o primeiro do que o último.

Philip está sentado em nosso sofá na sala de estar, em Sharon, uma cidade grudada em Boston, distância perfeita para os que viajam todos os dias para trabalhar e a apenas trinta minutos de onde Lucy e eu crescemos. Nosso sofá não é de estilo, mas é confortável, comprido o suficiente para que ele possa esticar seu corpo de 1,83m sem ter que ficar apoiado sobre os braços, e largo o suficiente para que ele deixe um copo perto, sobre a almofada. Provavelmente há uma pilha de documentos repousando sobre sua barriga, um copo de vinho tinto à esquerda, e a TV muda.

Duvido que ele esteja de luto por Lucy, pois ele nunca gostou muito dela. Philip acha que seu assassinato foi triste, como são perturbadores os noticiários dos casos trágicos na TV. Lucy era um pouco produzida demais para o gosto dele. Ele me disse certa vez que ela o fazia lembrar uma âncora de noticiários matutinos, ou mesmo uma apresentadora de programa de entrevistas – engraçada, simpática e bonita, sim, mas também uma grande manipuladora de conversas banais, nada autêntica. A pessoa que você quer nas suas festas, mas não na sua trincheira. Estou certa de que ele está triste por mim porque sabe que eu a adorava, mas imagino que ele pensa que logo estarei recuperada. Acho que ele não entende que, se Lucy fosse homem, provavelmente teria me casado com ela.

– Precisamos comprar uma chaleira elétrica – digo agora para Philip. – Isso é algo que os britânicos fazem melhor. Eles fervem a água dois minutos inteiros mais rápido. Você pode imaginar uma dessas em casa? Teríamos dois minutos a mais no nosso dia. Isso mudaria tudo. Vou levar uma. Podemos usar para fazer macarrão.

– Você pode encontrar na Williams-Sonoma. – Meu marido é o tipo de homem que sabe o que existe na Williams-Sonoma. Ele também sabe de um bom restaurante que você deve experimentar em Napa, como está o dólar em relação ao yuan e que peixes estão na lista do PETA (Pessoas pelo Tratamento Ético de Animais) para não serem consumidos.

– Isso é bom. Agora tudo de que precisamos é de uma família real.

– Ellie, você está bem?

– Você já me perguntou isso.

– Você está fazendo aquela coisa que costuma fazer.

– Que coisa?

– Você sabe, aquela coisa. Quando você faz piadas não muito engraçadas porque não sabe o que fazer. Estou preocupado com você. Você está me deixando nervoso.

– Eu o estou deixando nervoso? Tente se colocar no meu lugar. Tente estar nesta casa. Tente olhar Sophie nos olhos. – Levanto a voz por um momento e então a trago de volta sob controle; minhas emoções estão à flor da pele, confusas e não trabalhadas. Estou com raiva de Philip; isso está muito claro. Porém, na verdade não é sobre Philip; é mais uma coisa que nós dois sabemos.

– Como ela está?

– Guardando para si. Não está falando. Ela é uma menina durona.

– Como a mãe.

– Sim.

– Talvez eu devesse ter ido com você – Philip fala agora, com culpa na voz. Sei que ele se sente distante e abandonado.

– É, talvez você devesse. – Sei que devia jogar a isca, mas estou cansada demais, abalada demais para ser equilibrada neste momento. Philip não está aqui porque eu lhe disse que não *precisava* vir. Sim, era um teste, um teste acidental, talvez, mas um teste de qualquer maneira. (Philip não passou.)

– Você me disse para não ir – ele fala agora. – Você disse que seu irmão estaria aí e que você ficaria bem.

– Eu disse que você não *precisava* vir.

– É a mesma coisa, Ellie. É uma questão de semântica.

– Não, não é a mesma coisa – falo, mas meu tom irrelevante me causa repugnância e tento recuar de hostilidades conjugais tolas. Liguei para Philip esta noite em busca de consolo, para ouvir sua voz e me lembrar de que tenho uma vida do outro lado do Atlântico. Agora a culpa vibra também em minha voz, resultado deste voleibol desnecessário que não sei por que comecei. – Desculpe. Deixe isso para lá. Não importa. Estou bem.

– Se eu tivesse percebido... Quer dizer, você sabe que eu teria ido. Você sabe, não é? Diga-me ao menos que você sabe disso – Philip fala com uma voz quase tão triste e cansada quanto a minha.

– Eu sei. É claro que você teria vindo. – E a verdade é que eu realmente sei disso. Se há algo que se pode dizer sobre Philip... além do fato de que ele tem uma afinidade extraordinária com os equipamentos de cozinha, é que é uma boa pessoa, alguém que sempre procura fazer a coisa certa. Esse é motivo pelo qual confiei minha vida a ele, o motivo pelo qual naquele dia revigorante de outono, quando nos casamos, há cinco anos, eu não estava nervosa em dizer "sim".

Sei que se tivesse dito "venha", se tivesse dito isso claramente, como "Quero que você venha para Londres", sem deixá-lo cair na armadilha das palavras, ele teria vindo.

3

O enterro de Lucy foi em uma antiga igreja de pedra, na parte mais alta de um jardim, em Notting Hill. Através das janelas com arcos, podíamos ter uma visão parcial de um belíssimo pedaço de terra, verde e florido. Enquanto Lucy era louvada, um garotinho de sobretudo e botas em miniatura brincava do lado de fora com uma pá de plástico vermelha. Ele era pequeno demais para causar qualquer dano real; ele apenas cavava uma pequena quantidade de terra, várias e várias vezes, sentindo um nítido prazer a cada vez, como se o cheiro da terra e seu marrom-escuro fossem uma contínua surpresa.

Embora o local do enterro não pudesse ser mais pitoresco – graças àquele garotinho, que conseguiu até me fazer sorrir uma ou duas vezes, e também por meu irmão Mikey, que se sentou a meu lado e segurou minha mão – o sermão em si fora inexpressivo. Fomos todos pegos desprevenidos, a perda de Lucy fora repentina demais, indigesta demais, para encontrarmos forças para oferecer-lhe o tributo apaixonado que ela merecia e – conhecendo Lucy – a teria alegrado. Somente a grande quantidade de comida, entregue em casa por uma empresa caríssima de fornecimento de alimentos, teria feito com que ela ficasse satisfeita.

Isso foi o melhor que vocês conseguiram fazer? Vocês sabem que eu queria ter partido com barulho, imagino-a dizendo a respeito da cerimônia, irritada e ao mesmo tempo surpresa, balançando a cabeça para mim, como se não conseguisse evitar fazer graça sobre minha inadequação para a tarefa. Se *vocês querem que a coisa seja bem-feita, têm que fazê-la vocês mesmos. Mas, tudo bem, vou dar nota 10 para a lasanha.*

Acho que ela teria gostado dos chapéus elaborados que as mulheres usavam – penas de verdade, tules e abas com mais de trinta centímetros de largura – e teria rido do fato de elas terem trazido tortas doces e salgadas como forma de demonstrar condolências, a comida britânica que Lucy mais detestava; ela desdenhava qualquer coisa que estivesse enterrada sob uma camada grossa de massa.

– Quer saber o pior de tudo? – Ela costumava dizer durante uma de suas tiradas culinárias. – Sabe aquelas tortas feitas com carne moída? Aquela coisa dentro? Não é carne. Só mesmo neste país você se daria bem chamando uva-passa e outras porcarias misturadas, de carne.

Portanto, quando Greg desce as escadas naquela manhã e me encontra servindo-me de uma xícara de café em sua cozinha, a primeira coisa que pergunto é se ele quer ficar com todas aquelas tortas. Quero honrar a memória de Lucy de todas as maneiras que puder; jogar fora todos aqueles produtos assados é um começo.

– Acho melhor livrar-se delas – diz Greg, olhando para a mesa de jantar cheia de pratos cobertos com papel filme. – Mas deixe alguma de ruibarbo. Sophie adora. Ela acha legal essa coisa poder ser tóxica.

Greg esboça um pálido sorriso – *aquela Sophie* – e depois limpa a garganta. Hoje ele está uniformizado, de terno e gravata e até lenço na lapela; elegante e honrado, como sempre. Acho que ele está indo para seu escritório de advocacia, uma zona livre de morte.

Greg foi casado com minha melhor amiga por quase uma década, e portanto, de certo modo sei mais sobre ele do que deveria: que seu pai foi alcoólatra e ele tem profundos sentimentos de ambivalência sobre sua mãe, que ele pensa que é um jogador de tênis melhor do que é na realidade, que ele faz um lamento nasal durante o sexo, que pode ser mandão dentro e fora da cama, que a canção "Two of Us", dos Beatles, o deixa choroso, que ele tem um corpo bonito, que é o dono absoluto desta casa e tem dinheiro suficiente para se aposentar amanhã se quiser, mas que nunca vai querer, que amava tanto Lucy que quando ela viajava a trabalho ele dormia com a camisola dela nas mãos.

Agora, em pé na cozinha, infiltrando-me em sua manhã de segunda-feira, percebo que conheço Greg como um dos personagens coadjuvantes de Lucy. Não estou certa se já estive em uma sala sozinha com ele até esta semana. Sem Lucy, este homem que conheço há dez anos parece um estranho.

– Ellie, não sei como agradecer por toda sua ajuda nesses últimos dias... – Greg diz, seu tom soando como um camarada general durante a guerra. Não frio, mas formal. Ele entende as regras sociais e as segue. Em outras palavras, ele é britânico.

– Falando sério, não me agradeça. Eu não poderia... quer dizer, é claro... – Paro porque se continuar a falar vou desatar a chorar, e não quero chorar na frente de Greg novamente. Já chorei o suficiente no enterro. Se ele consegue sair da cama, tomar um banho e vestir um terno, se seus olhos conseguem não estar vermelhos, então eu consigo parar de choramingar durante os 15 minutos que ele vai levar para sair de casa.

– Certo. Eu ficaria muito agradecido se você pudesse levar Sophie à escola hoje. Tomei a liberdade de desenhar um mapa para a escola. É um caminho diferente do que ela normalmente faz, mas considerando tudo o que houve, presumo que seja melhor não trazer, você sabe, recordações desagradáveis. – Não sei no que acreditar sobre Lucy, se ela ainda está conosco de alguma forma... Mas se está nos observando neste momento, ela está tendo um colapso. "*Considerando tudo o que houve? Memórias desagradáveis?*" Ela pode ter detestado a comida, mas adorava a sutileza dos ingleses. Ela costumava fazer piada sobre se um dia a casa estivesse pegando fogo, Greg diria: "Amor, acho que está ficando um pouco quente aqui. Acha que devemos chamar os bombeiros?"

– Acredita que ela está pronta para voltar? Você notou que ela parou completamente de falar?

– Eu sei, mas a diretora disse que ela devia voltar de imediato ao seu ritmo. Rotina, estrutura e tudo mais. É bom para as crianças. Ela disse que a ruptura com isso abalará Sophie ainda mais.

– Certo. – Estou cumprindo ordens, por mim está tudo bem.

– Além disso, você não precisa se preocupar com sua segurança durante a caminhada. O que aconteceu. Com Lucy. Isso não acontece por aqui. – Tendo como referência a cobertura da mídia... ainda é possível ouvir o burburinho constante do lado de fora, os carros de reportagem ainda em fila, os repórteres esperando por algumas palavras... fica claro que Notting Hill não é conhecido por suas estatísticas de assassinato. As calçadas estão cheias de crianças indo para a escola, garotas de saia xadrez e chapéus de palha, garotos de terno e gravata. Parece impossível que o que aconteceu com Lucy tenha acontecido aqui.

– Tenho certeza de que ficaremos bem.

– Bem, o oficial de ligação nos conseguiu um trato com os repórteres. Eles irão filmar e tirar fotos de vocês duas até o fim do quarteirão, e depois prometem que as deixarão em paz. Eles evitarão pegar o rosto de Sophie, mas você provavelmente aparecerá no jornal. Sinto muito, Ellie. Sei que é pedir muito.

– Isso não é problema.

A polícia nos designou um "oficial de ligação da família", um policial forte e de movimentos lentos chamado Nigel, que parece simpático, porém, ineficaz. Ele fez uma visita rápida à casa duas vezes para se certificar de que os repórteres estavam cumprindo o trato.

– *Pode me chamar de FLO* – ele disse, com seu sotaque do Leste na primeira vez em que nos encontramos. – *Entendeu? F-L-O* [*Family liaison officer*, ou oficial de ligação da família]. – E então ele riu, como se aquilo fosse uma piada. Nigel é nosso contato para tudo o que está relacionado ao "acidente", incluindo lidar com a mídia e com a polícia. Quando ele nos atualiza sobre o que está acontecendo, usa palavras do tipo *perpetrador*, e a que menos gosto, *assassinato*. Ele não entendeu nossos eufemismos.

– Está acontecendo uma grande fusão no trabalho, portanto, provavelmente voltarei um pouco tarde esta noite – Greg diz agora.

Ele aponta para um horário em uma pequena lousa no canto, para o qual eu não atentara antes. No topo, abaixo das palavras FAMÍLIA STAFFORD, os dias da semana estão escritos com a letra caprichada de Lucy, e do lado esquerdo, abaixo, há uma lista dos horários das babás e das atividades de Sophie. Lucy e eu nos falávamos pelo menos uma vez ao dia, trocávamos e-mails pelo menos quatro vezes mais – estranho ela não ter mencionado nenhuma vez três babás diferentes.

Ver a letra de Lucy, no entanto – o mesmo garrancho com o qual a Sra. Roberts costumava implicar no ensino fundamental, os mesmos Ls casuais que costumavam enfeitar as cartas que ela me escrevia quando fui para o acampamento das escoteiras no verão – faz com que eu sinta tonturas, e fecho os olhos contra a precipitação das emoções. Ela sempre me chamou por L – não Elle, como Philip me chama, alongando os sons, mas apenas L. Curto e abrupto.

– Ellie? Hum, só queria que você soubesse, eu adoraria que você ficasse o máximo que puder. Ou melhor, o tempo que quiser. Eu... *nós*, Sophie e eu... nos beneficiaríamos muito da sua ajuda. Lucy contratou recentemente algumas pessoas novas, babás, mas terei que despedi-las. Parece que elas andaram vendendo informações aos tabloides.

– Você está falando sério?

– Sim. Minha agenda sumiu de repente, algumas de nossas fotos de casamento também, e todos os meus amigos antigos de Eton estão recebendo ligações de repórteres. É tudo tão... extremamente ridículo.

– Sinto muito...

Ele acena com as mãos para minha solidariedade, e até seus gestos são artificiais. Ele parece estar conduzindo uma sinfonia.

– De qualquer maneira, não sei como teríamos sobrevivido a tudo isso sem você. É uma sensação boa ter pelo menos alguém em quem eu possa confiar.

– Fico feliz em ficar por aqui pelo tempo que precisar de mim – digo.

– Obrigado. Sim, certo... Bem, acho que vou indo. – Greg atravessa a sala de jantar em direção à porta da frente. Ele para, no entanto, dá outra olhada demorada para a mesa sólida de madeira, examinando a vasta variedade de guloseimas, como se decidindo o que quer levar com ele. Mas então, seu punho se cerra, e meu corpo se prepara para o barulho antes que meu cérebro compreenda.

Greg esmaga as tortas, uma por uma, cuidadosamente. Soco, soco, soco. Como se estivesse numa partida do engenhoso jogo de Whac-a-Mole, cujo objetivo é golpear os bonecos que põem a cabeça para fora dos buracos de uma máquina.

– Certo – diz, antes de caminhar até a porta. Ele esfrega uma mão contra a outra para limpar as migalhas que escaparam do papel filme. – É. Assim está melhor.

Depois que ele foi embora, noto que uma torta foi deixada sobre a mesa, inteira e intocada. Não preciso experimentá-la para saber que é a de ruibarbo.

4

Acordo Sophie com um beijo em sua testa. Ela está aconchegada em seu sono e se move lentamente. Queria que ela pudesse faltar à escola para eu rastejar para sua caminha com ela, deixando o calor das cobertas tomar conta de mim. Tenho sentido frio desde que cheguei a Londres. Não, tenho sentido frio desde que fiquei sabendo o que aconteceu com Lucy. Depois que recebi a ligação, Philip me envolveu em um cobertor para acalmar o tremor em todo o meu corpo. Sem perceber, eu estava no chão, embora não lembrasse das minhas pernas haverem falhado.

– Certo, vamos preparar você para a escola – digo, com esse novo tom animado que adotei quando falo com Sophie. Fico pensando com que idade a animação pode ser interpretada como condescendência.

Abro o armário e vejo um mundo perfeito de roupas para meninas. Cada item em um pequeno cabide, tudo agrupado por categoria. Camisetas com outras camisetas, mangas compridas separadas das mangas curtas. As cores são vibrantes e infantis, um arco-íris de cores pastel. Quando Lucy ficou tão organizada? Quando fomos companheiras de quarto durante os dois anos após o ensino médio, em Nova York – dois anos de cervejadas à noite na Avenida C, em Alphabet City – ela nunca saiu do sofá sem deixar algo para trás: um pé de meia, um copo de vinho sujo, às vezes até roupas de baixo. Talvez ter filhos realmente mude uma pessoa.

Lembro-me de Lucy dizer, depois de Sophie ter nascido, que todos os clichês existiam por alguma razão, que depois que você tem um filho *tudo* é diferente.

– Você vai entender um dia, L. Acho que até ter seus próprios filhos, você não vai entender – dissera, fazendo aquilo que ela fazia de vez em quando e que me dava a sensação de que sentia um gostinho secreto por estar um passo à frente.

Pego um moletom amarelo com capuz para Sophie, pois imagino que provavelmente esteja chovendo, e um par de calças Levi's que não são maiores do que a distância do meu pulso até meus ombros. Sophie, agora de óculos, pega as roupas das minhas mãos e as pendura de volta no armário, no lugar de onde vieram. Preparo-me para um ajuste, lembrando-me de que escolher o que vestir é sabidamente algo que mexe com as crianças. Hoje, entre todos os dias, Sophie pode usar o que ela quiser. Não me importo a mínima se suas roupas vão combinar.

Ela abre uma gaveta na penteadeira que está perto do armário e tira um suéter azul-marinho com decote em "V" e uma meia-calça. Do armário, tira uma camisa azul-clara com colarinho engomado, uma saia de tecido xadrez e sapatos pretos do tipo boneca.

– Merda! Seu uniforme... eu esqueci. – Sophie olha para mim, e pela primeira vez desde que cheguei, vejo um sorriso. Um leve aperto nos lábios, um brilho em seus olhos. É incrível como esta garota consegue falar sem dizer uma única palavra em voz alta: *He-he, você acabou de falar "merda"*.

– Você não ouviu isso. – E então percebo que tenho o poder de fazê-la sorrir. – Puta que pariu, tenho que aprender a parar de falar palavrão.

Ganho uma boa risada desta vez. Ela se parece com uma risada normal de criança, e é tão bom ouvi-la que não me importo de ter que recorrer a palavrões e estratégias baratas. Sophie entra em seu uniforme e fica parada enquanto penteio seus cabelos num rabo de cavalo razoavelmente submisso e apertado.

– Cara, você fica tão linda nesse uniforme. Adorei essa saia. Você acha que eles fazem do meu tamanho? – Percebo agora que estou exagerando. Acho que nunca disse "cara" na minha vida antes, e jamais seria pega usando tecido xadrez... mas aí está. Estou cativando Sophie e, segundo minha mãe, isso é o mais importante. Ela pode não estar usando as palavras; entretanto, está alerta e cooperativa.

– Não estou bem certa quanto às meias, no entanto. Elas parecem pinicar. Estão pinicando? – Sophie não balança a cabeça em sinal de sim ou de não. Ela simplesmente as puxa por baixo da saia, ajeitando sistematicamente a malha desde os tornozelos até sua cintura inexistente. Acho que poderia aprender uma coisinha ou outra com esta garota. Quando uso meias-calças, elas sempre sobram nos joelhos.

Após oferecer quatro vezes o café da manhã – cereal açucarado com aveia e até torta de ruibarbo – e ainda assim ela se recusar a comer, saímos para a escola. Eu já estudara e memorizara nossa rota; mesmo assim, o mapa de Greg estava na minha bolsa, para garantir. Sem parar, damos a volta pelo memorial extravagante que apareceu do lado de fora da porta: cravos embrulhados em plástico, velas, desenhos de crianças, notas de condolências, tudo de pessoas que leram sobre o que aconteceu. Pessoas que nunca conheceram Lucy.

Seguro o guarda-chuva num ângulo que nos envelope a ambas, enquanto Sophie arrasta uma mochila rosa com rodinhas pela calçada molhada. A mochila é comicamente grande para ela e recheada ao máximo com livros para o intervalo. Ela tenta não virá-la com uma concentração sobre-humana. Fiz-lhe um lanche: sanduíche com pasta de amendoim e geleia, maçã e uma barra de granola. Também lhe dei algumas libras para o caso de ela querer comprar seu lanche, embora não saiba se as crianças podem fazer isso na The Pembridge Place School. Eu nem ao menos saberia dizer em que ano ela está porque as coisas são diferentes aqui. Acho que nem mesmo é chamado de "ano", para falar a verdade. "Série", talvez?

Lucy se deliciava com o fato de ela, de Cambridge, Massachusetts, que no ensino médio por ironia usava uma camiseta com os dizeres "Apenas Diga Não", e ainda escutava nossos velhos CDs piratas do Grateful Dead, haver feito esta garotinha britânica, que usa um uniforme cheio de detalhes e a chama de mamãe.

Mantenho Sophie perto de mim enquanto passamos pelos carros dos repórteres enfileirados na rua, monstros metálicos fazendo contraste com as casas pintadas em tons pastel, suaves e luminosos. A casa dos Staffords é azul bebê, a de seus vizinhos à esquerda é rosa pálido, e a da direita, amarelo. Todas as cores aqui parecem estar destoando, ingênuas a despeito da melancolia constante, ou da cidade que as cerca, em boa parte construída com ruínas de tijolo e cimento do pós-guerra. Silenciosas, feitas de materiais práticos, destituídas de cor. Mas isso é Notting Hill, afinal de contas, e charme e falsa boemia são embrulhados em um pacote de névoa; uma comunidade definida, pelo menos em parte, como uma interpretação hollywoodiana dela mesma, aproveitando-se do fato de seus imóveis terem preços elevadíssimos e empurrando sua alma, a verdadeira boemia, para fora de seus jardins particulares e para dentro de suas fronteiras sombrias.

A mídia está obcecada com nossa tragédia; Lucy era branca, atraente e rica. Também era jornalista, como eles. A casualidade do crime, o significado implícito de que isso *poderia acontecer a qualquer um, a qualquer hora*, a capacidade de jogar com a obsessão dos ingleses por classe social e dinheiro resultam em um texto barato e fácil. Os repórteres, na maioria das vezes, são respeitosos, se você ignorar o fato de que eles transformaram o quarteirão em uma feira de rua e tocam a campainha a intervalos regulares. Não liguei a televisão nenhuma vez, não tenho interesse em ver a vida de Lucy reduzida a um segmento de trinta segundos ou esta nova versão desgrenhada de mim mesma sussurrando de forma rouca "Por favor, sem comentários", enquanto passo por operadores de câmera assassinos.

Ontem, enquanto percorria o quarteirão para pegar um suco de laranja – na verdade, apenas para sair de casa – um repórter ficou perguntando "Mas quem é você?", como se se sentisse ofendido por minha participação nesse drama familiar no qual não tenho um papel declarado. Ele está lá fora novamente, tentando chamar minha atenção, apesar do fato de eu ter Sophie como escudo. Ele é bonito, num estilo pretensiosamente artístico, com uma mecha de cabelo castanho luminoso, um casaco esporte e um sotaque estrangeiro. Francês, creio. Sua fala é extremamente polida, talvez para compensar o fato de sua presença. Diferentemente dos outros, ele não tem um bloco de anotações, uma caneta ou um operador de câmera atrás dele.

– Posso lhe fazer uma pergunta? Por favor? Confidencialmente, é claro – ele se dirige a mim, embora esteja olhando para Sophie. Examinando este quadro de dor. – Quem é você? Qual é seu parentesco?

Não respondo; reprimo meu desejo de gritar de volta, de atacá-lo, de destruir alguém. Finjo que não consigo ouvir, ver ou falar. Peguei a tática de Sophie emprestada.

– Estamos quase lá – sussurro.

Quando viramos a esquina, a apenas 18 metros da porta da frente, menos de um minuto de flashes e da multidão que se move atrás de nós, estamos livres das câmeras e das mentes curiosas. Além do nosso FLO, o escritório de Direito de Greg está fazendo algumas ameaças por nós; os jornais sabem que arriscarão um processo por invasão de privacidade se nos seguirem até a escola de Sophie.

Para liberar a tensão, faço o que sei fazer de melhor: despejo uma torrente incessante de falatório sobre Sophie.

– Você está vendo aquela caixa de correios? Vê que é vermelha? Onde moro, as nossas são azuis. E o nosso dinheiro é dólar, não libra. Eu lhe darei alguns dólares para você guardar, se quiser. Assim você vai saber como as notas são. E onde eu moro, as casas não são grudadas umas às outras como são aqui. Mas você já sabe disso tudo. Você se lembra de quando foi no ano passado, no feriado de 4 de julho? Foi divertido. Juro como você parece muito mais crescida agora. E você foi me visitar no ano anterior, e no ano antes desse também, quase todos os anos desde que nasceu, já pensou nisso?

Algumas semanas atrás, Lucy cancelara nossa tradição anual com desculpas vagas, algo sobre o trabalho estar muito corrido. Disse a ela que entendia, que não tinha importância, que nos veríamos em outra oportunidade, em breve. Chavões sem sentido para encobrir minha tangível decepção. Eu esperara ansiosamente por aquele fim de semana há meses, uma imaginada recompensa ao final de um semestre particularmente tedioso, tão doloroso que estava pensando se não era a hora de mudar e deixar o ensino. Nenhum dos meus futuros mestrandos sentiria falta de mim e das minhas apresentações coloridas em PowerPoint sobre a hipotética empresa Acme e seus ridículos artigos hipotéticos. Nosso "Quarto Encontro" já quase acontecera na minha cabeça, na parte esperançosa da minha consciência, onde o roteiro está pré-escrito pela expectativa: Lucy e eu, sentadas na varanda dos fundos com dois copos de vinho, discutindo como a vida adulta se tornara diferente do que fantasiáramos quando crianças, e assistindo a Sophie, Philip e talvez Greg, se ele tivesse conseguido uma folga do trabalho, tentando pegar moscas com latas de bolas de tênis no gramado. Riríamos como costumávamos fazer quando tínhamos vinte anos, livremente, alto e sem inibições. Viajaríamos de volta ao tempo em que nosso mundo era tão grande e tão pequeno quanto uma conversa jogada fora, tomando Bud Lights, e quando as grandes questões – amor e trabalho, que iriam acontecer um dia – estavam ainda sem respostas, eram apenas teoria. De volta a um tempo anterior a esse, em que comecei esta nova vida, em que sei como pedir uma garrafa decente de vinho e dissertar sobre tópicos que não me interessam. Tempo em que chego a uma casa silenciosa demais e o playground de plástico, que Philip e eu estamos paralisados demais para desmontar, zomba de nós no jardim dos fundos. Desmontá-lo é algo que nenhum de nós tem coragem de fazer.

Sophie não está ouvindo meu falatório. Ela está equilibrando sua mochila e olhando para os pés, com cuidado para não mergulhar seus sapatos no número crescente de poças.

– Vamos virar aqui – digo, da forma mais casual que minha voz permite. Meu mapa diz vire, mas Sophie continua indo reto. Ela para e sacode a cabeça. Ela aponta para o trágico caminho curto, para a rua onde pequenas casas estão alinhadas, a estranha passagem estreita em que ela costumava caminhar com a mãe, todos os dias, até que um drogado acabasse com tudo.

– Eu sei, querida – respondo, como se ela tivesse dito alguma coisa em voz alta. – Sei que aquele é o caminho que você normalmente vai, mas nós vamos por um caminho diferente hoje. Tudo bem? Acho que é... é provavelmente melhor irmos por este caminho.

Sophie olha para mim com os olhos castanhos de Lucy. Com muitos cílios, eles parecem meio sonolentos por trás dos óculos de plástico. Suplicantes e teimosos. Não sei bem o que fazer. Não posso levá-la por aquele caminho, passando pelo local do acidente. Sophie não dá um passo sequer, e quando tento puxar sua mão, fico surpresa com seu repentino peso. Ela enrijeceu o corpo da maneira como os cães fazem para não serem arrastados na direção errada.

– Vamos, Soph. Seu pai quer que você venha por aqui. – Sei que disse a coisa errada, contudo, foi a coisa errada exata, porque Sophie se dobra e derruba sua mochila rosa, fazendo a alça de plástico bater no chão. Sua cabeça está na altura dos joelhos, e seus braços abraçam seu estômago. E então ela faz algo que nunca vi uma criança fazer, algo que uma criança não deveria saber como fazer, algo que espero jamais ver novamente.

Sophie exprime sua dor. Ela atinge uma nota de angústia, um gemido, um som penetrante que irrompe da alma. Seja o que for que ela presenciou, Sophie tem somente oito anos de idade. Há limites para a resignação do ser humano.

Quero levantá-la dali e correr até chegarmos a um lugar onde possa ser menos doloroso. Mas é impossível, pois ela está reduzida a uma forma angular, em sua posição fetal vertical – cotovelos, ombros e o topo de sua cabeça estão pendurados, projetados e rígidos. Consigo apenas ficar parada e envolvê-la em meus braços.

Depois de alguns minutos, Sophie se levanta, estende a mão para pegar a alça da mochila e enxuga os olhos com a manga do suéter. Ela se comprimiu até secar as lágrimas. Eu engulo as lágrimas que ainda tenho para gastar.

Um meio aceno me diz que ela está pronta. De volta ao que precisa ser feito. Vamos virar à esquerda. Alguns quarteirões depois, estamos em frente à The Pembridge Place School e as crianças vão transbordando para fora dos carros. Pais, babás e voluntários de trânsito com coletes fluorescentes as encurralam para a porta da frente. Muita correria, gritos para não correr e alguns "não esqueça sua mochila!" são expressos com urgência, como se tudo aquilo fosse importante.

Sophie me dá um rápido abraço, que eu retribuo. Meu desespero fica aparente pela forma como agarro seus ombros ossudos por tempo demais e no modo como ela se afasta de minhas mãos. E ela então corre para a escola, corajosa e firme, fingindo que é como as outras crianças. Um papel que ela terá que representar até às 4h.

5

Vinte segundos após o lançamento e 53 segundos antes da explosão, Lucy me passou um bilhete em nossa aula de História do oitavo ano que dizia: "Aposto dez pratas como o foguete vai cair." Um comentário típico de Lucy, fazendo piadas perversas e afiadas sobre a seriedade dos outros: a forma com que a escola celebrara Christa McAufliffe, a "professoranauta" de New Hampshire, com um planejamento de aula completo sobre o programa espacial, e a forma como estávamos todos assistindo naquele momento, clichês de encantamento patriótico – com o queixo caído e os olhos vidrados. E é óbvio que o *Challenger* não ia cair; não poderia, pois Christa estava a bordo, o mundo todo já conhecia a mulher vestida com o macacão perfeito e cabelos com permanente, igualzinha às mães dos nossos amigos.

Cinquenta segundos após o lançamento e 23 segundos antes da explosão, escrevi um bilhete de volta que dizia: "Lu, cale a boca e assista!"

Quando não podíamos mais ver o foguete, e ele era apenas um vestígio de fumaça, pensei: "Uau, Christa está no espaço."

E então houve a explosão: um globo de fogo em erupção, alto como se fosse feito de material explosivo, bem ali na televisão, bem ali no céu da Flórida. Uma voz ainda recitava coordenadas – mais tarde ficamos sabendo que o controle da missão estava lendo suas anotações, e não olhando para a tela – e então, por um momento, houve uma falta de conexão entre o que estávamos ouvindo e o que estávamos vendo, e o que entendíamos mas não estávamos prontos para acreditar. Acabáramos de assistir a sete pessoas morrendo.

Lucy fez a transição para a realidade mais rápido do que todos, antes até da nossa professora, e foi somente quando vi seu olhar apavorado que percebi que Christa não estava mais no espaço.

– Ellie, você sabe que eu não quis dizer aquilo, não é? Você sabe – Lucy sussurrou, envergonhada e horrorizada do quanto interpretara mal, ou bem, a situação. – Eu estava apenas brincando.

Não respondi nada; ainda estava digerindo. É claro que ela não desejara aquilo. Ela estava apenas tentando ser ultrajante, e fora, como sempre, bem-sucedida. Ninguém poderia acreditar que aquilo era possível; durante semanas nossos professores diriam, repetidas vezes, enquanto todos escrevíamos cartas de pêsames ao presidente Reagan, como Gorbachev fez: "Eu não acredito."

Hoje, mais de 22 anos depois, sou transportada de volta àquele momento – àqueles 73 segundos –, como se ainda estivesse sentada naquela carteira de madeira, assistindo à tela da tevê de 33 polegadas trazida em um carrinho, Lucy tremendo na carteira ao lado, ambas usando rabo de cavalo amarrado para o lado, preso com elásticos cor-de-rosa forte. Sinto o peso de seu bilhete em meu bolso, e lembro-me de que o guardei, e mais tarde o desamassei e o colei na minha agenda. Embora Lucy e eu nunca tenhamos discutido o desastre do *Challenger*, nunca adicionamos peso à memória com repetições como fazíamos com tantas outras coisas, aquilo repentinamente ficou enorme, como as memórias conseguem ser. Refletindo agora com mais clareza, isso parece um presságio de tudo o que estava para acontecer.

Sentada agora na sala de estar de Lucy, tentando imaginar como passar a tarde de terça-feira antes de pegar Sophie na escola, fico horrorizada quando percebo que, com 13 anos, nós não entendemos nada do que estava acontecendo, nem ao menos chegamos perto do primeiro nível daquela tragédia. O pior de tudo: enquanto Lucy e eu estávamos assistindo à decolagem, os filhos de Christa também estavam. Eles também estavam assistindo.

Quando você conhece alguém aos quatro anos de idade, fazendo piruetas ou a postura do cachorro na "Yoga com a Mamãe", quando as casas de vocês ficam a apenas dois quarteirões de distância e ela faz você rir por mais de três décadas (a começar pelo primeiro dia quando ela põe a língua para fora e faz caretas pelas costas da professora de yoga), a amizade é inevitável. Talvez até predestinada.

– A Ellie fica comigo – Lucy dizia sempre que tínhamos que formar grupos para qualquer coisa, e o fato de ela me escolher, rapidamente, com confiança e sem esperar para ver como o resto dos pares ia se reorganizar, era lisonjeiro mesmo depois de ter-se tornado tão rotineiro que ela não precisava dizer em voz alta.

Aos nove anos nós nos tornamos irmãs de sangue, pois já éramos irmãs de todas as formas, exceto uma.

– Está pronta? – Lucy perguntou.

– Estou pronta – respondi, e então espetamos nossos dedos com uma agulha e esfregamos nosso sangue um no outro, uma mancha vermelha magnífica. Acreditávamos que aquele pequeno ritual mudaria alguma coisa entre nós, nos elevando ao status de parentes "verdadeiras", e eu secretamente ficava imaginando se uma gota do sangue de Lucy poderia me deixar mais bonita. Talvez os meninos, os pais e os professores prestariam mais atenção em mim, do modo como sempre faziam com ela. Aos 12 anos, quando cada uma usava a metade de um colar com um coração quebrado que dizia "Amigas para Sempre", que compramos com o dinheiro do nosso lanche, eu me sentia superior às outras garotas na escola. Nunca percebera que todos aqueles rituais tinham sido feitos antes, que eram habituais e banais, e que outras garotas tinham suas melhores amigas e irmãs de sangue. Eu me sentia especial, única e com muita sorte. E talvez aquilo fosse o mais distinto na nossa amizade – o sentimento de sorte de termos nos encontrado nunca nos deixou.

Só oscilamos duas vezes: duas brigas em três décadas, e ambas deixaram para trás as fissuras invisíveis que lembram às pessoas que elas são duas partes separadas, as cicatrizes de incidentes que jamais podem ser mencionados novamente.

Perdoei a indiscrição de Lucy aos 16 anos – eu a peguei beijando meu primeiro namorado, Stuart Tannenbaum, na frente de todos, apenas uma semana depois de eu lhe ter confidenciado que talvez estivesse apaixonada por ele; e ela perdoou minha indiscrição aos 26 – eu lhe disse, menos de 20 minutos depois que ela e Greg ficaram noivos, que casar com ele seria um erro.

Hoje, cavo a memória de Stuart Tannenbaum com seus olhos azuis e seus lábios em forma de coração para tentar odiá-la e fazer parar a saudade incessante, pelo menos por um segundo. Revivo o momento terrível em que os vi juntos: Lucy bêbada, com um braço em volta do pescoço de Stuart, e a boca dele na dela. Stewie era meu, era eu quem devia beijá-lo e talvez deixá-lo chegar a outra base, mas ela estava ali, com sua nova aquisição, iluminada pela lua, e toda a classe viu que ele não era meu, afinal de contas.

Também me lembro de uma vez em que a magoei.

– Você não pode estar falando sério – disse quando ela me contou que Greg a tinha pedido em casamento.

– O que você deve dizer é "Parabéns".

– Mas não entendo. – Como ela podia estar pronta para mudar para Londres, para esta casa imponente, quando ainda ficava bêbada três noites por semana, às vezes beijando outros homens nos bares ao lado do banheiro? Quando Greg havia se transformado, dentre tantos, no "cara certo"? Ele era apenas um cara que ela conhecera numa festa, cerca de um ano antes, aquele que ligava todas as vezes quando estava na cidade a trabalho, aquele que parecia legal o suficiente apenas porque a levava a restaurantes fabulosos, tinha um sotaque sedutor e dizia que ela era "encantadora".

– Ellie, por que você não pode ficar feliz por mim? – Ela tinha razão. Eu não estava feliz por ela. Estava assustada. – Vou me casar. Você não me ouviu? Eu vou me casar!

– Parabéns... se é isso que você quer. É que... – Queria lembrá-la de que ela perdera o pai há menos de três meses, que aquilo era muito repentino, um atalho para uma vida mais fácil e mais glamourosa quando as coisas em Nova York não pareciam ir como ela planejava. Mas aquilo parecia ser sinceridade demais, até mesmo para nós. – Pensei que você não tinha certeza se gostava de Greg.

– Eu nunca disse isso.

– Pensei que tinha dito...

– Nunca disse isso. Disse que ele parecia mais interessado em mim do que eu nele. E isso foi meses atrás. Isso foi antes.

– Antes do quê?

– Nada, Ellie. Deixe para lá. Eu não devia ter ligado. – Ela desligou o telefone na minha cara, a primeira e única vez que fez isso. Quando finalmente ela voltou para o nosso apartamento, me disse que eu estava com ciúmes, o que era verdade, e que estava com medo de perdê-la, o que também era verdade, e eu lhe disse que sentia muito e que não quisera dizer aquilo, embora quisesse. Passei 24 horas me desculpando, um recorde para mim, e aquilo se tornou um mantra: "Sinto muito. Nunca devia ter dito nada. O que eu sei sobre o amor? Desculpe." Tornei-me um disco quebrado.

Acontece que eu estava errada. Greg e Lucy se casaram nove meses depois, em Hampton Court Palace. Ela usou um lindo vestido de princesa de seda branca, e fez seus juramentos com confiança. Fui sua madrinha, e ela me deixou escolher meu próprio vestido, ao que lhe fui grata. Fiz um brinde, e no vídeo, depois que todos repetiram "À Lucy e Greg", é possível ouvir as palavras que ela sussurrou para mim ao se aproximar e me dar um abraço: "Você sempre será a minha favorita."

Na última quinta-feira, quando Lucy parou de respirar, não há dúvidas de que uma parte de mim morreu também. A história de quem eu sou – o acúmulo de um milhão de memórias de uma amizade de 33 anos, o fato de saber que ao menos uma pessoa no mundo sempre iria me conhecer – foi banida para sempre. Visualizo seu sangue gotejando entre as pedras do calçamento, e uma das vozes mais importantes na minha cabeça, certamente a mais constante, vai com ela.

6

A prateleira de livros de Sophie parece muito com a que tenho em casa. Carregada, arqueada pelo peso e sem um princípio de organização. Todos os 56 originais da série Nancy Drew; alguns livros da boneca American Girl; *Magic for Beginners*; uma edição esgotada de *The World is Round* – único livro para crianças de Gertrude Stein, que comprei de presente para Lucy dois anos atrás e uma obra de arte melhor se deixada para os adultos; *A Wrinckle in Time*; *The Phantom Tollbooth*; *The Lion, the Witch and the Wardrobe*; todos os exemplares de Shel Silverstein, incluindo, na minha opinião, o melhor dele, *A Light in the Attic*. De frente, com as lombadas alinhadas como dominós, eles estão apoiados uns sobre os outros. Muitos dos meus velhos favoritos, que Philip e eu mandamos para ela em cuidadosos pacotes durante todos esses anos, geralmente com duas barras de chocolate Hershey para Lucy, agora parecem velhos, gastos e lidos, alguns enrugados pela água do banho, exatamente a aparência que um livro deve ter. Explorar a prateleira, vendo todas as horas de entretenimento, bem ali, para se deixar perder, um chamado de sereia para mergulhar em outro mundo, me consola. Sinto, da mesma forma pela qual espíritos afins são capazes de se reconhecer uns aos outros, que Sophie sente isso também. Ela pode ter apenas oito anos, entretanto sei que ela já é uma verdadeira leitora: um hábito, um vício ou um apoio, depende de como você enxergar, que seguirá com ela pelo resto de sua vida.

Quando a peguei na escola hoje, Sophie estava sentada em uma mureta de pedra, lendo uma edição de capa dura de Sherlock Holmes. As outras crianças brincavam a sua volta – pulando por cima da mureta, andando por uma corda imaginária, algumas vezes esbarrando nela, como se ela fosse invisível. Sophie nem ao menos levantava os olhos.

Lucy, ao contrário de sua filha ou de mim, nunca foi uma leitora voraz. De tempos em tempos, ela costumava recomendar algum livro de não ficção, geralmente algo sobre a guerra do Iraque, mas em geral os livros não a prendiam. A música sim. Essa era a maneira como ela se lembrava das coisas, pelas canções, como se sobre sua vida planasse uma trilha sonora com a qual o restante de nós não estava a par. Suas memórias estavam catalogadas por referências musicais. Nos últimos anos do ensino fundamental, eram as baladas de rock: "Living on a Prayer", "Sister Christian" e "Every Rose Has Its Thorn". No ensino médio, era só Nirvana, e, de modo singular, na fase em que nossos períodos de concentração eram muito curtos, Lucy estava interessada nos longos refrões: Grateful Dead e Phish.

"Você se lembra daquela época?", eu dizia, e Lucy sempre se lembrava, sua vida construída sobre a mesma pilha de experiências compartilhadas. E ela era capaz de me dizer o que estava tocando no rádio ou, às vezes, o que ela estava cantarolando em sua cabeça naquele momento. Quando tiramos nossas carteiras de motorista no mesmo dia, pois nossos aniversários têm apenas uma semana de diferença: "We Didn't Start the Fire"; quando as duas usaram vestidos com os ombros de fora no baile do oitavo ano: "Kiss". A primeira vez que pegamos o metrô, sozinhas, para comprar jeans rasgados na Urban Outfitters: "Walk This Way".

Para mim sempre foram os livros. Posso lhe dizer o que eu estava lendo quando as Torres Gêmeas caíram: *Dentes brancos*, ou quando Lucy bateu o Buick da mãe dela e quebrou o nariz, aos 17 anos: *O príncipe das marés;* ou quando Greg ligou para dizer que Sophie tinha nascido, com 3kg: *O turista acidental*. Quando, no quarto ano, Eric Schwartz me passou um bilhete que dizia "Eu gosto de você", e então me pediu para passá-lo para Lucy: *Sweet Valley High, #3, Brincando com fogo*. E no oitavo ano, quando Lucy foi eleita presidente do corpo discente e eu fui escolhida como representante: *Cemitério de animais* e *Uma história de amor*, alternando entre os dois. Quando meus pais me contaram que iam se divorciar: *O mundo segundo Garp*, e quando Philip me pediu em casamento: *Play It As It Lays*.

Portanto, não é uma decisão banal escolher o que vamos ler hoje, que livro tanto eu quanto Sophie vamos associar para sempre a este momento, o que lemos *depois*. E quando a resposta está bem à minha frente – é claro, *O jardim secreto* – tudo o que preciso fazer é tocar a capa verde-menta e ser então levada vinte anos para trás, para a cama de meus pais, na velha casa de Cambridge. Minha mãe e eu estamos debaixo das cobertas em sua cama queen, embora normalmente lêssemos na minha, apenas algumas horas depois do enterro de minha avó.

– Você já leu este? – pergunto agora a Sophie, tentando manter meu tom natural, embora não consiga pensar em nada melhor do que mergulhar de volta no livro. Li *O jardim secreto* dúzias de vezes com o passar dos anos, e ele ainda não perdeu seu poder. A pequena Mary Lennox e seu jardim trancado, encantador, sim, mas redentor também.

Sophie balança a cabeça para dizer que não.

– No meu quarto ou no seu? – pergunto, e então percebo que o quarto de hóspedes não é o *meu quarto* e gostaria de poder retirar o que dissera. Uma presunção inoportuna considerando as circunstâncias.

Sophie parece não notar meu escorregão e simplesmente aponta na direção do quarto de hóspedes, e então sai correndo pelo corredor e pula na cama, seus pés chutando o ar. Um momento de criancice feliz, e quando ela me demonstra estes relances da Sophie verdadeira, ou talvez agora da antiga Sophie, eu derreto. Mergulho na cama a seu lado e faço cócegas em suas costelas. Ela ri, libera sua alegria por um momento ou dois antes de se lembrar de por que estou ali, e por que ela está passando seu tempo comigo e não com a mãe. E então o momento passa, e a nova Sophie muda está de volta.

– Muito bem, tenho que lhe dizer algo antes de começarmos. Este livro não é como Nancy Drew ou Ramona Quimby. Você só lê *O jardim secreto* pela primeira vez uma vez. É o meu livro predileto e agora vou compartilhá-lo com você. Mas é o seguinte:

você está pronta para ele, Soph? Porque não podemos simplesmente desperdiçar *O jardim secreto*.

Os olhos dela se arregalam e ela balança a cabeça solenemente. Há excitação e desafio em seu maxilar.

– Dê-me sua mão para selar nosso acordo – peço, e fazendo assim acrescentamos alguma seriedade ao momento. E então Sophie me entrega o livro e se aconchega perto de mim.

Começo a ler, e a história da infeliz e feia Mary Lennox se desenrola diante de nós com toda sua doce libertação. Somos transportadas para longe de casa e, naquele momento, em que se passaram apenas 105 horas desde a morte de Lucy, o relógio volta um século, e Sophie e eu estamos agora na Índia, sob as regras coloniais britânicas. Assistimos a Mary – pálida e mal-humorada, e entretanto, de algum modo, adorável para nós – acordando para descobrir que foi esquecida e feita órfã pela epidemia de cólera. Sem demora, ela é levada para uma mansão de arrepiar na Inglaterra, para morar com um parente distante e desinteressado, sozinha, amedrontada e longe de tudo o que ela conhecia.

O tempo e o lugar se rarefazem lentamente. Mergulhamos no livro, como se estivéssemos nos banhando. Logo, haverá um jardim. Uma chave enterrada. Uma porta escondida. Continuamos a ler e quase esquecemos de tudo o que foi perdido e levado.

7

– Acho que não vou voltar para casa – digo para Philip ao telefone, e as seis palavras ficam ali, cruzam o Atlântico, suspensas na linha invisível entre nós. Uma vez que as digo em voz alta, entretanto, sinto algo semelhante ao *déjà vu*, finalmente ouvindo em voz alta a frase que tem sido martelada insistentemente na minha cabeça.

– Ora, sobre o que você está falando? É claro que você vai voltar para casa. – Philip não parece zangado. Ele soa como se estivéssemos negociando.

– Não posso, Philip. Não enquanto Sophie está assim. Ela não diz uma única palavra há dias.

– Então, você está planejando simplesmente fazer suas malas e se mudar para aí? Permanentemente?

– Não sei. Por enquanto, eu acho. Preciso ficar aqui por ela.

– Você não pode tomar esta decisão de maneira unilateral. – Quando não encontra as palavras, Philip recorre à linguagem de investimento bancário. Ele diz coisas como "vai me dar retorno", "podemos nos reunir novamente" e "vamos nos reencontrar novamente para discutir". Talvez "diagramar nossas opções". Certamente deveríamos "pensar fora da caixa" agora. Sempre achei este hábito simpático, apenas porque no trabalho passo os dias ensinando alunos da faculdade de Administração a falar exatamente assim.

– Não tenho escolha. Prometi a Lucy – falo, esperando que o tom da minha voz diga a ele tudo o que ele precisa saber, que estar aqui é a coisa certa a ser feita.

– Dá um tempo.

– O que você quer dizer com isso?

– Você realmente acredita que quando Lucy lhe pediu para ser madrinha de Sophie ela considerou tudo isso? Assim, *"Humm, se Ellie aceitar, quando eu for assassinada na manhã de uma terça-feira qualquer, a caminho da escola, sei que Ellie vai se mudar para Londres e cuidar de tudo. Ufa, isso tira um peso da minha cabeça."* Você acha que foi isso o que ela pensou? Preciso lembrar-lhe que Sophie tem um pai? – A voz dele ficou mais alta e mais rápida, soando como se ele tivesse uma pontinha de medo. Ele não está gritando... Philip não grita... mas isso não significa que suas palavras não entrem em erupção. Este gritar sem gritar é uma arma poderosa. Uma que não está no meu arsenal de expressão pessoal.

– Você percebe o quanto está sendo insensível?

– Eu não sou insensível. É uma tragédia o que aconteceu. Não há dúvidas quanto a isso. Mas embora Lucy possa ter sido egoísta, e não há dúvidas quanto a isso também, até eu acho que ela não seria tão egoísta a ponto de esperar que você desistisse de sua vida se algo acontecesse com ela. Poxa, Ellie, seja razoável. – A expressão favorita de Philip, sua posição de retirada: o que é razoável e racional ou, como ele gosta de dizer, "o que faz sentido". Ele vê tudo com clareza, uma clareza destituída de qualquer emoção, e confia no que vê. Será que não ocorre a ele que é inapropriado mencionar o egoísmo de Lucy neste momento, logo após sua morte? Na mente dele, o egoísmo dela é um fato, e afirmar o contrário, apesar das circunstâncias, seria mentir. E o que poderia ser tão errado quanto falar a verdade em voz alta?

– Seja razoável você, Philip. Você sempre fala em fazer a coisa certa; bem, nitidamente há uma coisa certa a ser feita aqui.

– Acho que você está levando esta coisa de madrinha ao pé da letra demais.

Como digo a ele que Sophie precisa de um copo de água antes de ir para a cama e que eu o deixo sobre seu criado-mudo? Ou que, apesar de todas as evidências de que ele ficará intocado, o copo de água parece ser o trabalho mais importante que já fiz. Que Greg nem ao menos chegou em casa do escritório ainda e não vai ver sua filha hoje. Que as coisas que mantinham Lucy e Greg juntos –

as mães frias e reservadas de ambos, e os pais falecidos – deixaram Sophie sozinha. Que a mãe de Greg está em sua casa no Sul da França porque é lá que ela "veraneia", embora eu ache que devia ser ilegal transformar estações em verbos. Que a mãe de Lucy agora mora em San Francisco com seu novo marido multimilionário, e embora tenha vindo de avião no fim de semana para o enterro, foi embora na manhã seguinte dando à Sophie uma lista de números de telefone, endereços de e-mail e falsas promessas de que voltará logo para visitá-la. Que até mesmo as babás de Sophie foram embora depois de terem sido despedidas por Greg por seus furtos insignificantes e indiscrição vil. Que não há ninguém mais além de mim para ler para ela *O jardim secreto*.

– Ela precisa de mim. Sophie precisa de mim.

– Eu preciso de você, El. Quantas vezes vou precisar dizer isso?

– Philip, por favor. Preciso fazer isso.

– Ellie? Uma pergunta – ele diz.

Paro para tomar fôlego, me recompor. Sei onde isso vai dar, e não quero chegar lá.

– Isso tem a ver com Oliver?

– Não – falo, mantendo a voz no mesmo tom, destituída de emoção. – Não, isso tem a ver com Lucy e com Sophie. Tem a ver com a família delas. Não com a nossa.

Tive duas grandes paixões durante meus 35 anos, e ambas foram com Philip. Às vezes, quando penso naqueles tempos em que era tão cega de paixão que não conseguia ver nada além dele, quase consigo distinguir entre a primeira e a segunda vez, entre os jovens Philip-e-Ellie e os Philip-e-Ellie mais velhos, embora as memórias e fotografias das duas épocas contenham a mesma pátina de falta de vergonha: dizendo palavras que nunca deveriam ser ditas em voz alta, como *para sempre* ou *não, eu te amo mais* ou *ida e volta até a lua, amor, ida e volta até a lua*. Nós não ouvíamos quando estranhos nos gritavam para procurar um motel. Não notávamos que casais amigos começaram a ligar cada vez menos e que nossos amigos solteiros pararam completamente de ligar.

Estávamos muito ocupados tentando compreender o que era todo aquele alvoroço – a música, a arte e o tudo-*tudo*.

A primeira vez, na faculdade, éramos muito jovens para fazer melhor, para saber que você não pode passar uma vida toda vidrada nos olhos do outro. O nosso tipo de amor era insustentável, e quando Philip se formou, dois anos antes de mim, entramos em combustão. Eu chorei, ele chorou, ambos nos deleitando com a deliciosa brutalidade do nosso primeiro sofrimento. E finalmente os dois pararam de chorar e começaram a dormir com outras pessoas. E foi assim.

A segunda vez, quase uma década mais tarde, nós já éramos velhos o suficiente para saber que não podíamos simplesmente ignorar aqueles hormônios. Gosto de contar às pessoas que quando o vi, tantos anos depois no trem lotado para Boston, soube imediatamente que me casaria com ele. Mas isso é mentira. Sabia que ia beijá-lo novamente e que aquilo mexeria comigo, embora não soubesse dizer como. Ele gosta de dizer às pessoas que na primeira vez que me viu fazendo cachinhos nos cabelos com os dedos enquanto estudava na biblioteca, soube que eu era "A Eleita". Mas isso também é mentira. Acho que ele percebeu na época que poderia passar o resto da vida, como todos nós fazemos, correndo atrás daquele sentimento de incerteza.

Menos de dois anos depois de nos reencontrarmos, Philip e eu nos casamos no jardim da casa de meu pai, não muito longe de onde moramos agora. Colocamos uma tenda branca, com luzes brancas, e eu carreguei um buquê com copos de leite, como se vê nas revistas. Sempre descrevíamos nosso casamento como belo. E foi belo, como todos os casamentos em que duas pessoas que se amam se colocam uma diante da outra e fazem promessas que esperam cumprir.

Depois que Oliver nasceu e o perdemos, os dois eventos ao mesmo tempo, Lucy dissera: "Não se preocupe, você terá outro", o que foi precisamente a coisa imprópria a se dizer. Meu bebê morrera no ventre – morrera dentro de mim – a menos de um mês da data prevista para o parto, e tudo o que ela pôde pensar em dizer foi: "Não se preocupe, você terá outro."

Mesmo em meio à overdose de dor e entorpecimento, lembro-me de pensar que não esperara aquilo de Lucy, que ela de alguma maneira proferisse a frase que eu estava menos preparada para ouvir. Não de Lucy, que deu à luz sua pequenina e perfeita Sophie, que ainda recém-nascida, recém-saída do corpo de Lucy, era exatamente como a mãe, bonita e cheia de vida. Não de Lucy, que deu à luz uma criança que eu amei instantaneamente, porque amá-la era o mesmo que amar a mãe dela. No entanto, ela disse a coisa errada, e até esta semana eu não estava certa se seria capaz de perdoá-la.

Philip, no entanto, era o único que falava a verdade, e aquilo doía mais do que tudo. O que ele disse foi: "Acho que isso está sendo mais difícil para você do que é para mim." E um ano mais tarde: "É hora de colocar uma pedra sobre este assunto."

Foi mais difícil para mim e nunca houve hora. Gostaria de ter coragem para lhe dizer a verdade: *Você não entende, e eu acho que nunca entenderá, e talvez isso também seja imperdoável.*

– Isso tem a ver com o que eu quero, com o que eu *preciso*, ficar aqui com Sophie – digo agora, trazendo-nos de volta ao assunto real antes de adernarmos ainda mais para fora do curso.

– E seu emprego? – Philip pergunta, de volta à natureza prática.

– Não preciso voltar até o Dia do Trabalho, quando o semestre vai começar, e depois talvez eu tire um ano sabático. Acho que a universidade sobreviverá sem mim. – Desde que abri mão da estabilidade no emprego, no ano passado, meu trabalho parece mais um *hobby do* que uma carreira. Algo que faço para preencher o tempo, e não para me preencher.

– E o dinheiro? O que vamos fazer em relação a isso? Você sabia que Londres é a cidade mais cara do mundo?

– Ficarei aqui na casa por enquanto, portanto não vou ter despesas com aluguel. Se isso não funcionar, você sabe que tenho economias. – Minhas economias eram para as despesas com a faculdade de Oliver, ou talvez para uma escola particular, se decidíssemos pegar esta rota. Meu saldo bancário confortável foi o produto de um período curto e de sorte durante o estouro das empresas “ponto com”. Hoje em dia, leciono em uma faculdade de Administração sobre empreendedorismo, embora não tenha certeza de quanto tempo mais eles me deixarão capitalizar experiências de trabalho já ultrapassadas.

– Acho que você já tem tudo planejado, então. – Era uma afirmação, não uma pergunta.

– Não exatamente. Vou viver um dia após o outro e ver o que acontece. Posso voltar logo para casa. Não tenho certeza.

– E eu devo ficar aqui esperando, sem saber quando minha esposa vai voltar?

– Sei que estou pedindo muito, Philip. Sei disso. Mas preciso estar aqui. Você não pode entender isso?

– Não, não posso.

– Você não pode ao menos tentar entender?

– Está bem, posso tentar. Vou tentar. – Assim é Philip. Quando você pensa que pode deixar de amá-lo, que vai desistir dele para sempre, que a distância que cresceu entre vocês é impossível de ser atingida, que ele se tornou mais um estranho do que um marido, ele diz algo que faz você esquecer por que duvidou dele antes de mais nada: “É claro, posso tentar por você.”

8

Estou analisando se voto em Kelly ou Stephanie, ambas no paredão do *Big Brother* do Reino Unido – uma decisão importante, pois vai me custar dois dólares para votar, e ambas merecem ser chutadas para fora do programa – quando meu irmão na vida real, Mikey, me liga.

– Você precisa comprar um celular. Sei que aí em Notting Hill é seguro e tudo o mais, mas você me deixa nervoso. Seus sentidos há muito já foram afrouxados por morar em áreas residenciais. Essa é uma cidade grande. Você precisa se proteger – Mikey fala, como sempre, com toda sinceridade. – Lembre-me de lhe mostrar como segurar a bolsa no metrô, e eu vou lhe comprar um spray de pimenta contra os ladrões.

– Estou bem. Não seja ridículo. De qualquer maneira, eu ia pegar o celular de Lucy emprestado, mas isso me pareceu... não sei... estranho. Amanhã, vou comprar um desses que se paga na hora.

– Então, é verdade? Você está planejando ficar? Phil me pediu para lhe colocar juízo na cabeça, mas... e não diga a ele que eu disse isso... acho que seria ótimo se você ficasse um pouco. Eu poderia aproveitar sua companhia.

Meu irmão mais novo, que tem 32 anos, está cursando doutorado na Faculdade de Economia de Londres. Ele passou dos vinte aos trinta anos dando aulas de história em Roxbury, e então, depois de ver uma negociação de drogas transformar-se em muitas outras pelos corredores, decidiu que precisava entender por que uma garota de 15 anos poderia pensar que não tem outra opção a não ser vender crack. Portanto, agora, ele trabalha com peritos de vanguarda sobre a relação entre pobreza, dependência das drogas e crime. Meu irmão leva a vida de um acadêmico e tem a vida social de um monge.

– Não sei o que estou fazendo. Mas não vou voltar para casa por enquanto.

– Posso, então, levá-la para almoçar amanhã? Posso ir até aí.

– Você está bem, Mikey? Você *nunca* quer sair comigo.

– É porque normalmente você está a 5.283 quilômetros de distância. Parece ser uma distância e tanto para um almoço. – É típico do meu irmão saber que são exatamente 5.283 quilômetros entre a Lexington Road nº 11, em Sharon, Massachusetts, e a Nothingham Court, apartamento B, Londres. Ele também leu todos os seis romances da série *Dune*, sabe qual é a capital de Belarus, rastreou dez gerações da nossa árvore genealógica e fez um diagrama do tamanho de um pôster para todos nós no Hanukkah, a Festa das Luzes, no ano passado. Ele coleciona selos antigos e figurinhas de beisebol, e, à noite, depois de terminar sua pesquisa diária, joga PlayStation Sony com fones de ouvido para poder competir contra seu melhor amigo do ensino médio, que tem seis filhos e mora em uma fazenda na Geórgia. Ele teve apenas uma namorada que eu conheci, desajeitada e meiga, e que ficaria bem melhor se usasse um par de pinças.

O irônico é que depois de sobreviver às indignidades e clichês dos canalhas do ensino médio – óculos, ficção científica e acnes – ele agora nos sobrepujou a todos e ganhou a coroa do Lerner mais bonito. Sempre fui cativante o suficiente, não estonteante como Lucy, que sempre atraía todos os olhares do ambiente, mas tampouco tinha o rosto esburacado como o de Mikey. Tendo a ficar bem no meio, o lugar onde você não é ridicularizado ou notado; de certa forma, o lugar mais seguro para se estar. Agora estou sendo amaldiçoada com linhas tênues ao redor da boca, típicas das mulheres na faixa dos trinta que têm medo de botox, uma profunda fenda azul embaixo dos olhos, e, vamos encarar de frente, meus seios e meu bumbum não são mais o que costumavam ser, até mesmo se pensar em cinco anos atrás. Mikey tornou-se bonito e cabeludo, com aqueles olhos azuis que fogem a qualquer senso genético, e orgulhoso por se parecer com minha mãe. Pensando bem, não tenho certeza de por que ele não tem namorada há algum tempo.

– Almoço fechado, então – digo.

– Como está Soph? Ela parecia razoavelmente bem no enterro.

– Ela parou completamente de falar.

– Pobre criança. Fico feliz por ela ter você. A propósito, falei com mamãe ontem e ela tinha novidades.

– Não, por favor, diga que não é isso. De novo não. Eles não podem.

– Desculpe, mas é verdade. Mamãe e papai estão saindo juntos novamente.

– Merda.

– É, foi exatamente o que eu disse.

9

Na manhã seguinte, Sophie come seu cereal e depois segura minha mão enquanto caminhamos para a escola. Estou-me acostumando a seu silêncio, e encontrei um modo de falar por dois; a forma retórica de perguntas cujas respostas sejam sim ou não ajuda, bem como minha tagarelice constante.

– Você ainda não está falando, não é?

Sophie balança a cabeça.

– Tudo bem, vou recapitular o livro, então. A propósito, como você já sabe, não pode ler o livro sem mim. Uma vez que começamos a ler um livro juntas, temos que terminar juntas. Então, temos Mary Lennox, que tem, o quê? Mais ou menos nove anos, acho. Um pouco mais velha que você. E ela é feia. De maneira alguma como você. Mas não é engraçado como o livro deixa isso bem claro? Ela é uma menina feia e infeliz, um pé no saco... – Sophie dá uma risadinha: *Você disse saco.*

"Adoro isso, porque na maioria dos livros para criança, o autor sempre diz o quanto o personagem principal é bonito; é sempre um retrato da garotinha perfeita, com cabelos esvoaçantes e lindos vestidos franceses. E laços, por alguma razão. Mas essa Mary Lennox é magra, com aparência de doente. Na vida real, nem todos são limpos, vistosos ou até mesmo legais, sabia? Você acha que Mary Lennox vai continuar feia? Ou você acha que, em breve, nossa amiga vai se tornar encantadora a nossos olhos?"

Sophie considera minha pergunta e balança a cabeça. Nossa Mary vai permanecer "verdadeira a si mesma", como costumam dizer nos *reality shows* da TV.

– Sabe, nunca lhe contei porque adoro tanto este livro. Quando minha avó morreu, fiquei compreensivelmente um pouco apavorada. Então, naquela noite, minha mãe pegou *O jardim secreto* e começou a ler para mim. E sabe o que aconteceu? Esqueci todo o resto e tudo em que pensava era em Mary Lennox e se ela engordaria e se encontraria aquela chave perdida.

Sophie está fascinada pelo livro, tanto quanto fiquei quando tinha a sua idade, embora quando decidi lê-lo para ela, havia esquecido completamente o fato de ela ser órfã. Espero que isso a esteja ajudando e não a amedrontando ainda mais. No entanto, parece estar funcionando, pois Sophie perdeu aquela expressão desinteressada que parece alinhar-se à sua mudez, e sei que ela quer ouvir mais.

– Fico imaginando se foi bom para Mary até agora ela ter tudo o que quis, quando quis. Parece que isso não a fez muito feliz, não é?

Sophie balança a cabeça novamente, e posso ver que ela quer dizer algo em voz alta, porque ela levanta a mão como se estivesse na aula, mas então a abaixa de novo ao lembrar-se da regra de não falar.

– Hoje, vamos ler o capítulo dois e talvez o capítulo três. Não tenho certeza... Não vou prometer nada. Vamos ver como o dia se desenrola. Há rumores de que você andou saindo da classe para lê-lo no banheiro. Não faça isso. Você vai pegar germes nojentos lá. Ou piolho.

Transformo meus dedos em uma aranha e caminho com eles sobre seu rosto. Ela sorri pela metade, e então já passamos pela viela e estamos em frente à escola, mais uma vez entre o enxame de pais. A atmosfera é como a dos check-ins nos terminais dos aeroportos, cada pai ou mãe e cada criança como um pequeno ecossistema equilibrado com procedimentos, checklists e rotinas. Cada um movendo-se mais rápido do que o outro, certificando-se de que nada foi esquecido ou deixado para trás.

Sophie me dá uma bicadinha na bochecha e acena sobre o ombro enquanto corre para a escola com a mochila saltitando atrás dela. Um sentimento de amor me invade como uma vertigem, uma tontura intensa e penetrante. Em seguida, com a mesma rapidez, uma dor corretiva, violenta e vergonhosa, quando me pego fingindo, por apenas um momento, que Sophie é minha.

– Então, foi mamãe quem lhe contou que eles voltaram? – pergunto a Mikey durante o almoço.

Estamos em um minúsculo restaurante indiano chamado Panjabi Grill, próximo à Carnaby Street, observando um homem com uma rede nos cabelos fazer chapatis – um tipo de pão indiano – frescos em uma panela de ferro. Três pilhas de carne – frango, carne bovina e cordeiro – giram a seu redor. O arsenal de carcaças faz com que eu fique faminta e nauseada ao mesmo tempo.

– Foi.

– Droga. Droga. Droga.

– Sim.

O relacionamento de quatro décadas de amor e ódio entre meus pais tem sido uma constante fonte de drama. Certamente minha mãe prefere desta maneira, acreditando que seus filhos e seu ex-marido a veem como imprevisível e instigante, como a heroína de um filme da década de 1940. Mas, honestamente, pelo menos para mim e para meu irmão, ela é volúvel, dominadora e fatigante. Como diriam os britânicos, a seu modo invejável e preciso: uma espalha-bosta.

A Dra. Jane Lerner – nós a chamamos de Jane, como ela nos ensinou desde que tinha dois anos – é uma daquelas pessoas perigosas, que somente ficam satisfeitas quando há animação e novidade, e fogem ao primeiro sinal de monotonia. Fugir é a única coisa previsível em relação a ela. Meus pais foram casados por duas décadas tumultuadas de gritos e bater de portas, e tardes em que Mikey e eu éramos colocados para brincar lá fora para que eles pudessem ter o que chamavam de "momento de adultos". Tardes que eram ainda mais confusas para nós, crianças, do que os gritos, porque pareciam terrivelmente parecidos quando ouvíamos atrás da porta.

A separação final foi quando eu tinha 16 anos, e eles passaram a morar em duas casas a apenas três portas de distância, e nós nos tornamos uma família de algum modo falida, porém de maneira alguma fragmentada. Foi o movimento certo para que eles estivessem seguros de que um não mataria o outro durante o sono. Mas nos últimos dez anos mais ou menos, eles haviam começado esse jogo de "voltar a ficar juntos" novamente e "terminar", termos aparentemente infantis demais, mas ao mesmo tempo perfeitamente exatos para descrever suas voltas e rompimentos, tanto um quanto o outro quase sempre por incitação de minha mãe. Toda vez que eles se separam, entretanto, minha mãe sente-se livre e meu pai, devastado. Então, ela termina tendo que prescrever antidepressivos para ele.

– Quando eles se veem? – pergunto.

– Nos fins de semana. Aparentemente, papai pega o carro e vai ao encontro dela às sextas-feiras.

Na manhã de 11 de setembro, a família assistia à CNN empoleirada em nosso seguro posto acadêmico na casa de meu pai, em Cambridge, congelados naquela bolha confortável de dor pelos outros. A repetição das imagens não fazia aquilo menos real, enquanto assistíamos a corpos caírem e uma cidade coberta por aquela maldita poeira. Minha mãe, então, entrou em seu Volvo e foi diretamente para o Marco Zero trabalhar como voluntária. De algum modo, o que era para ser uma tarefa curta transformou-se numa mudança permanente. Para surpresa de todos, ela vendeu sua casa e abriu um consultório em seu novo apartamento em West Village. Além das sessões gratuitas de TEPT (Transtorno de estresse pós-traumático), ela cuida de yuppies com excesso de trabalho e extremamente ansiosos, com altíssima renda disponível, nicho de mercado confortável que nunca tem cheques devolvidos. Aparentemente, ela é boa no que faz; a cada dois anos ou coisa parecida, ela ganha um jantar e um prêmio da Sociedade Americana de Psiquiatria.

– Você falou com papai? – pergunto.

– Sim. Ele disse para não nos preocuparmos com ele. Que vai ficar bem. E está crescido.

– Foi o que ele disse da última vez que ela o deixou.

– Eu sei.

– E quase tivemos que hospitalizá-lo.

– Eu sei.

– Droga! Então, vamos deixá-los continuar a cometer os mesmos erros? De novo?

– Acho que sim. Falando em cometer os mesmos erros, como estão você e Philip?

– O que isso quer dizer?

– Quer dizer que, embora adore tê-la por aqui, estou preocupado com você, sabe, com seu casamento.

– Você está brincando, não é? – Meu irmão zeloso ataca novamente. Uma bela qualidade. Na teoria.

– Na verdade, não.

– Sou sua irmã mais velha. Devia ser o contrário. Eu é que me preocupo com você.

– Seja como for. Sei que está sofrendo por causa de Lucy. Acredite, eu também. Eu tinha uma queda por ela, desde, sei lá, que nasci. Sei que quer ajudar Sophie, mas você não pode ficar aqui para sempre.

– Sei disso.

– Certo, ótimo. Vou contar para Philip. Ele ficará aliviado.

– Desde quando você e Philip são amiguinhos?

– Sempre trocamos e-mails.

Sei que meu irmão e meu marido gostam um do outro, que eles procuram um ao outro quando reunimos a família nos feriados, como coletes salva-vidas, mas não sabia que eles mantinham contato depois do peru do dia de Ação de Graças.

– Parece que você fala mais com ele do que eu.

– E de quem é a culpa?

– Cale a boca. Vamos falar de você.

– Tudo bem. Bem, não faço sexo há seis meses. Não é triste?

– Muito. Quer ouvir algo mais triste?

– Claro.

– Eu também não.

Não me lembro de quando Philip e eu paramos de fazer sexo. Não foi uma decisão consciente, pelo menos do meu lado. Ficamos ambos ocupados com o trabalho, e de alguma forma essa atividade deixou de existir em nossas vidas. Como quando parei de frequentar a academia no ano passado, depois de um problema no estômago, e nunca mais voltei, embora continue pagando minhas mensalidades. Philip e eu nos tocamos de vez em quando, um beijo nos lábios, na bochecha, na testa, quando estamos saindo pela porta, mas não como costumávamos fazer. Costumávamos rastejar debaixo das cobertas somente para ficarmos perto um do outro, sussurrávamos mesmo que estivéssemos só nós dois no quarto. Costumávamos querer sentir a respiração do outro nos nossos ombros, a ponta dos dedos do outro sobre nossa barriga. Apontávamos um lugar – pescoço, punhos, testa – e ganhávamos um beijo, bem ali, no local exato, como se fosse uma mágica ou uma linguagem secreta. Costumávamos nos dar as mãos quando estávamos sentados um ao lado do outro no sofá, sem motivo algum.

Agora não anseio mais por seu toque, ou o toque de quem quer que seja, na verdade. Não tenho mais sonhos em que homens estranhos me levam para casa e me arrebatam. Nem mesmo com o moço da entrega do FedEx, incrivelmente gato. Meu impulso sexual era de uma vazão lenta, e agora está seco. A ideia do sexo é tão animadora quanto voltar para a academia.

Philip nunca me importunou sobre nossa falta de sexo durante o ano que passou, tampouco mencionou o fato de meu corpo ter ficado cheio de gordurinhas, minhas roupas mais descuidadas, minhas sobrancelhas desgrenhadas. Ele parece não ter notado que estou me arrastando em direção à meia-idade sem lutar. Este "estar totalmente largada", que é como imagino que as revistas femininas chamariam, tem pouca base racional. Se eu estivesse considerando a palavra D, o que faço ocasionalmente – *divórcio, divórcio, divórcio* – certamente ia querer ficar em ordem e pronta para quem quer que seja?

A última vez que estive em Nova York, minha mãe não teve o menor pudor em mencionar meu novo visual.

– Querida, vamos ser honestas. Você ganhou peso emocional. Bem aqui – disse, agarrando um naco de gordura que saltava sobre a cintura da minha calça jeans. – Viu, isso não é peso real. É gordura emocional. Solte um pouco da sua dor... que em parte é tédio, não é?... e tudo isso vai derreter. Deixe-me fazer uma prescrição de Effexor ou de Prozac para você. – A solução de minha mãe para a maior parte dos problemas envolve uma prescrição, que vou admitir, vem a calhar de tempos em tempos.

No entanto, por que Philip, o brutalmente direto Philip, não me falou uma palavra? Ele não sente falta de como eu era? Será que há outra pessoa? Não sei. Eu nem ao menos notara que meu marido e meu irmão eram amigos.

E como me sentiria se Philip estivesse saindo com alguém? Será que isso ia doer em meu coração ou seria um alívio, uma resposta? *"Você está livre agora, Ellie."* Ou seria outra fuga?

Sei como bancar a vítima. Já fiz isso antes, talvez venha fazendo isso por quase dois anos, desde Oliver. E, depois de um tempo, bancar a vítima é também uma forma de cumplicidade. Parece que o casamento pode engendrar centenas de espécies de traição. O adultério é apenas uma delas.

– Posso lhe dar um pequeno conselho? – Mikey pergunta, trazendo-me de volta ao restaurante, para as duras cadeiras de plástico e o cheiro esmagador de açafrão e cebolas fritas que sinto que estão se infiltrando em minhas roupas.

– É claro.

– Viemos do mesmo útero, então, eu entendo. Sabe, ainda tenho, na minha orelha esquerda, a cicatriz de quando mamãe a furou com aquele brinco horrível com o símbolo da paz, quando eu era bebê. Quem é que fura a orelha de seu bebê? Seja como for, sei o quanto nós dois somos perturbados. Só Deus sabe que não tenho tido um relacionamento em... sei lá... há séculos, mas você e Philip... Não sei como dizer isso sem parecer idiota, mas vocês dois me deram esperança. Esperança de que talvez um dia eu cresceria e teria uma namorada viva e real com quem me casaria e, você sabe, construiria uma vida comum. Portanto, meu ponto é, vocês dois podem não estar tão bem agora, mas o casamento de vocês é provavelmente algo pelo que vale a pena lutar, Ellie. E você deve isso a Philip.

– Não estou certa de que devo a Philip.
– Então, a você mesma.
– Não estou certa de que devo a mim mesma também.
– Você é impossível.
– Sim, bem, afinal de contas, sou filha da minha mãe.

10

– Nada, nem um pio. Sinto muito, Ellie. – Claire, a professora de Sophie, me conta quando chego para pegá-la na escola. – Mas ela não se escondeu no banheiro. Considero isso uma melhora.

Sophie passa seus dias num lugar que parece mais uma casa do que uma escola. Situada em um dos quarteirões de mansões brancas de Notting Hill, se distingue das idênticas casas vizinhas de colunas jônicas, recém-pintadas, apenas pela placa discreta, o pavimento da frente com um recuo para estacionar motocicletas pequenas, e pela enorme quantidade de pais transitando por ali durante a saída no final da tarde. O lugar tem uma atmosfera de festa no jardim, civilizada e organizada. Todos sabem quem pertence a quem. Os adultos são mulheres, bem-vestidas o suficiente para me fazerem supor que são mães, e não babás, e, para minha surpresa, pouquíssimas são britânicas. Vejo, ao contrário, francesas elegantes, perfumadas, de echarpes e que não engordam; as irmãs americanas de bumbum flácido, fazendo o estilo casual; e esposas de oligarcas russos, de batom vermelho e incrustadas de diamantes. De algum modo, todas essas mulheres parecem ter dado à luz bem-comportadas – minha mãe diria bem-comportadas demais – crianças britânicas.

Estou começando a conhecer Claire – Sra. Walters para Sophie – desse novo mundo, onde pais e filhos se separam e se reencontram na entrada, de manhã, e na saída, à tarde, e onde ela se certifica, dependendo do momento do dia, de que todos venham e vão de maneira organizada. É uma mulher pequena e bonita, o que meu pai chamaria de "Rosa Inglesa", de cabelos castanhos lisos e delicados, com uma serenidade "zen" na voz. Provavelmente é tímida, abençoada com aquela pele leitosa dos britânicos, o afortunado subproduto de uma vida inteira sem jamais ter visto o sol. Seu sorriso caloroso, gentil e reconfortante, é um contraste bem-vindo à pena exagerada ou ao constrangimento que parece ter colorido a maior parte de minhas interações sociais ultimamente. Ela é diferente das mulheres que foram ao enterro, as "amigas" de Lucy, que se sentaram imperturbáveis, atentas e avaliadoras, como se estivessem à frente de um desfile de modas, e que tiveram a ousadia de dizer, várias vezes, "Que pena ela ter reagido", como se, ao estipular a culpa, pudessem assegurar a si mesmas de que suas famílias estão a salvo, de que nossa tragédia não é, na verdade, contagiosa. Os trâmites religiosos são meramente para fazê-las se sentirem melhor com suas próprias vidas, e não para honrar a perda prematura de alguém.

Claire e eu olhamos para Sophie, sentada de pernas cruzadas na mureta de pedras, agora com Nancy Drew, e novamente ignorando as outras crianças que brincam a sua volta. Não estou bem certa do motivo por que ela gosta mais da Garota Detetive do que de Harry Potter, mas isso parece ser condizente com Sophie, deleitar-se não com o mundo da fantasia, mas com o mundo dos estudantes bem-educados de classe alta.

– A boa notícia é que tenho certeza de que sua decisão de não falar é consciente. Hoje, propositadamente, fiz à classe algumas perguntas que tinha certeza de que ela saberia responder, e, em todas as vezes, ela começava a levantar a mão e então se lembrava. Minha hipótese é de que será somente uma questão de tempo. – Os olhos de Claire estão cheios de compaixão.

De repente, sinto uma enorme vontade de ser aluna dela. Quero ter oito anos de novo, sentar-me numa carteira que me envolve pelo lado direito, mesmo sendo canhota, e quero guardar meu lanche e meus livros na parte de baixo. Quero rir quando a professora é atingida por pedaços de giz nas costas e ser chamada para recitar a tabuada. Quero responsabilidades claramente definidas: ir à escola, fazer as tarefas de casa, ir para a cama no horário e escovar os dentes duas vezes por dia. Quero abdicar de todo o meu poder de decisão, a arma cruel de ter liberdade demais, e devolver meu crachá de adulta. Não quero continuar tropeçando.

– Não sei como você e o Sr. Stafford vão se sentir em relação a isso, mas aqui está o número de um psicólogo amigo meu para Sophie. Ele é um especialista nesse tipo de coisa, e passou muito tempo estudando crianças em situações de violência, a maioria no Sudão. É um cara realmente interessante. Acho que ele e Sophie fariam um par perfeito.

Será que Sophie, a protegida e privilegiada Sophie, que alega que sua comida favorita é sushi, teria algo em comum com crianças que estão no meio de uma guerra? Algo que soa com um paradoxo, crianças e guerra – faz com que eu tenha vontade de chorar. Imagino bebês africanos com armas de fogo e barrigas inchadas, uma imagem estranha, embrutecedora e dolorosa. Uma imagem que me leva o mais distante possível daquela garotinha de uniforme.

No entanto, Claire está certa. Embora não tenha vivenciado um genocídio, Sophie já viu mais violência aos oito anos do que já vi em toda a minha vida.

– Obrigada, vou falar com Greg.

– Não por isso. Acontece que Sophie já estava com dificuldades na escola antes de isso tudo acontecer. Jamais haveria um momento certo para o que aconteceu, mas considero que o momento foi muito ruim.

– Pensei que Sophie era uma ótima aluna. Lucy sempre se vangloria... se vangloriava... do quanto ela era adiantada.

– Ela é definitivamente a aluna mais avançada que já tive, mas tem oito anos e está se aproximando dos 40, como dizem. Na idade dela, as crianças normalmente não notam quando não são tão populares... este é um prazer único, reservado à adolescência... Mas Sophie consegue perceber que ela, na realidade, não se encaixa. As outras crianças não gostam de brincar com ela, e, que Deus a proteja, ela também não gosta muito de brincar com eles. Creio que nada a interessa.

Olho de relance para Sophie. Ela soltou o rabo de cavalo e está sugando alguns fios de cabelo enquanto folheia as páginas, intrigada com as peripécias de Nancy para a solução dos mistérios. Ela não levanta os olhos. Nem uma vez.

11

O *jardim secreto* está iluminado pela única lâmpada do abajur do Ursinho Pooh de Sophie, o urso e seu pote de mel segurando a base. As paredes são de um amarelo suave, tornando-se ainda mais suaves com a luz. Lembro-me de que Lucy as mandou pintar quando ainda não sabia se teria um menino ou uma menina. Há uma cadeira de balanço branca no canto, onde Lucy costumava amamentar e ler histórias e, de vez em quando, ver Sophie adormecer. Os móbiles da infância há tempos foram retirados, e o berço está embalado no porão, mas as paredes amarelas desenhadas com personagens de desenho animado permanecem, como o produto artesanal de uma época mais promissora. Imagino Sophie com catorze anos, com lentes de contato e piercing no nariz, talvez uma tatuagem no pescoço, exigindo que o pai pinte seu quarto de preto.

Fico pensando quantas vezes Lucy sentou neste mesmo lugar, na cama de Sophie, com o peso da cabeça dela contra seus ombros. Se Lucy também sentia que compartilhar seu livro favorito era a forma mais pura de expressar amor, como contar segredos ou fazer uma prece em voz alta.

– Ei, Soph, aposto que não sabe que, em certas culturas, você não pode colocar livros no chão ou aproximar-se deles com seus pés. O motivo é que eles são especiais, quase mágicos ou coisa do tipo.

Sophie chega mais perto, levanta o olhar para mim, sua expressão é indecifrável. Deixei de lado o tom infantil, pois acho que a tenho subestimado. Notei que ela segura os livros com a mesma reverência que eu faço, respirando fundo antes de abrir a capa e sentando-se ereta por um momento enquanto o fecha. O modo como ela se deixa envolver por Nancy Drew, deixando-se levar pelas aventuras de uma garota em Indiana, me diz que ela tem uma riqueza interna bem maior do que o crédito que vinha lhe dando.

– E sabe o que mais? Os livros são quase uma religião para mim. Provavelmente, a única maneira garantida para sair da minha própria cabeça e escapar um pouquinho. Entende o que quero dizer?

Ela não responde e eu não ligo. Sei que ela entende o que estou dizendo. Vejo isso todos os dias quando a encontro na The Pembridge Place School, mergulhada num mundo onde ninguém pode acessá-la. E vejo também, todas as noites, quando a acomodo na cama para lermos *O jardim secreto*, ambas igualmente absortas, encontrando prazer nos lugares mais improváveis – um pedaço de terra imaginário, trancado, na parte de trás de uma mansão imaginária na Inglaterra.

– Então, me conte, qual é seu livro favorito? – pergunto a Sophie.

Ela aponta para o livro em minhas mãos. *O jardim secreto*.

– Está dizendo isso porque este é o meu livro favorito?

Ela encolhe os ombros e me dá um pequeno presente: um *talvez*.

Enquanto leio em voz alta, Sophie vai seguindo comigo pela página, guiando minhas palavras com o dedo. Aprendemos mais sobre Mary Lennox e sua natureza desagradável, e como as outras crianças a provocam e a chamam de "Senhorita Mary do Contra".

"Mary se sentou em seu canto no vagão, com seu ar feioso de menina chateada. Não tinha nada para ler nem olhar, então cruzou no colo as mãos magrinhas, metidas em luvas pretas. De vestido preto, parecia mais amarela do que nunca, e seu cabelo claro e arrepiado esvoaçava por baixo do chapéu de crepe preto" – leio, mas paro porque Sophie está olhando para mim em vez de para o livro.

– O que foi? Algo errado? – Sophie aponta para a palavra *crepe* na página. Ajo como se não estivesse entendendo.

– O quê? Pode perguntar. Se quiser, pode sussurrar a pergunta em meu ouvido.

Ela respira fundo. Seu rosto a trai, a decisão que precisa tomar está quase escrita no ar: falar ou não falar.

Desta vez, decido pressionar. Gentilmente.

– Sim? Quer me perguntar alguma coisa? – Ponho minha mão em volta do ouvido e inclino-me para perto dela.

– O chapéu... dela – Sophie murmura. Sua voz é suave, frágil, mais baixa ainda do que ela. Tento não sorrir; tento fingir que ela não acabou de quebrar quase uma semana de silêncio e que estamos simplesmente no meio de uma conversa. – Não ria, está bem?

– É claro que não vou rir. – Abaixo a voz para acompanhar seu tom.

– Como o chapéu dela pode... ser feito de crepe?

– Ótima pergunta, Soph.

– É mesmo?

– Sim, a palavra *crepe* tem dois significados. É o que se chama de homônimo, acho. Aposto que você está pensando na comida, certo? Mas aqui eles estão querendo dizer o tecido. Sabe aquele vestido que eu estava usando dois dias atrás? Ele é de crepe. Mas até que seria muito legal: um chapéu feito com crepes. O que você poria no seu? Chocolate? Morango? Espaguete?

– Não se coloca espaguete em crepes – ela fala agora, sua voz já de volta ao volume normal. – Isso é bobeira. A mamãe diz que fazem ótimos crepes em Paris, e que se pode comprá-los em carrinhos.

Ouvir sua voz é como ouvir uma antiga canção que me transporta a uma época e um lugar diferentes. Lucy, Sophie e eu, dois anos e meio atrás, estamos tomando chá no Ritz. Lembro-me de que me sentia vulnerável, sentada sob grandes candelabros, grávida e cansada, e sussurrei que 37 libras pareciam demais para pagar por chás e minúsculos sanduíches. Falei bem baixinho para não ser interpretada como a americana rude, incapaz de entender os princípios da fartura por trás de finas fatias de pepino. E Sophie, com seis anos, virou-se para mim e disse: "Tia Ellie, acho que o que estamos pagando aqui é o salão." O olhar é o que mais me lembro, quase visceral, que Lucy me lançou sobre a cabeça de Sophie e que dizia: "Você acredita que ela saiu de dentro de mim?" Aquele olhar me faz arder de saudade.

– Posso lhe contar um segredo? – Sophie me pergunta agora, e sua voz ainda me deixa eletrizada. *Ela está falando, ela está falando de verdade.*

– É claro.

– Quando estou entediada, às vezes entro escondida no escritório de mamãe e leio a *Enciclopédia Britânica*. Estou no AL agora. Sei tudo sobre alopecia, aquela doença na qual você perde cabelo, as meninas podem ter também, e o alumínio, que tem o número atômico 13. Não vejo a hora de chegar ao AT para descobrir o que é um número atômico. Fiz uma regra que não posso trapacear e olhar adiante.

Quase conto para ela sobre a Wikipédia, mas então atino que provavelmente ela já deve saber. Sophie, como eu, prefere o conhecimento substancial, encontrado em livros reais.

– Isso é incrível. Você vai ter que me ensinar tudo o que sabe porque meu conhecimento enciclopédico anda um pouco enferrujado ultimamente. – Mal posso acreditar que Lucy ainda tenha esses livros e que tenha se preocupado em trazê-los do outro lado do Atlântico.

Lembro-me de quando seu pai trouxe a coleção de enciclopédias para casa. Ele a encontrara em uma venda de garagem na vizinhança, e a primeira coisa que Lucy e eu fizemos foi procurar a palavra *pênis*. Ainda posso ver as figuras, um desenho anatômico e uma fotografia, os pelos pubianos eram uma moita, bem no estilo anos 1970. Graças a Deus, Sophie está longe do P.

– Ei, quer me mostrar como lê?

Sophie pega o livro do meu colo e o coloca no dela. E então eu respondo à pergunta desnecessária de Lucy – *Você acredita que ela saiu de dentro de mim?* –, dois anos e meio depois, sentada na cama de Sophie, ouvindo-a ler todo o capítulo três sem tropeçar uma única vez, observando a imagem cuspida e reencarnada da minha amiga de infância. *Sim, acredito, Luce. Você é a única pessoa no mundo que poderia tê-la.*

* * *

Greg chega em casa cinco horas mais tarde, e assim que ouço sua chave na fechadura, corro até a porta, excitada por ser a portadora de boas notícias.

– Sophie está falando! Ela está falando de verdade! – digo, antes que ele tenha a chance de guardar seu guarda-chuva e tirar o casaco.

– O quê? – Greg tropeça ao passar pela porta e se apoia no corrimão da escada. Com apenas uma olhada para ele, pude perceber que tomou uns drinques a mais, talvez uma garrafa inteira a mais. Seus cabelos meio aloirados, irregulares e compridos, que normalmente lhe dão um charme arrojado, hoje estão revoltos, e seus olhos, inflamados e vermelhos. Os dois primeiros botões de sua camisa listrada estão bem abertos, a gravata roxa está virada ao contrário, afrouxada e jogada sobre o ombro como se estivesse tentando fugir. Ele carrega o paletó caro debaixo do braço, como se fosse uma bola de futebol.

Greg olha para mim, surpreso, como se não esperasse que eu estivesse em sua casa, e certamente não às 2h da manhã, com o pijama de corações que Philip me comprou na Gap, no Dia dos Namorados do ano passado. A confusão está estampada em seu rosto e é transformada em dor quando ele se lembra. Ele passou a noite bebendo para esquecer, e uma olhada para mim apaga horas de seu árduo trabalho.

– Certo. Então, ela, hum, ela está falando. É mesmo?

– Você está bem? Gostaria de uma água ou alguma outra coisa?

– Não, estou bem.

– Pensei que estivesse no trabalho.

– Sim, mas depois fui para um bar com uns colegas. – Seu sotaque se torna mais forte e ele soa ainda mais imponente do que o normal. Suas sílabas são estendidas, rodando sobre o topo de seus dentes. Se fosse uma época mais feliz, eu o imitaria depois para Philip. *Fui para o bar com uns colegas. Senti vontade de ficar bêbado.*

– Mas Sophie...

– Eu ouvi da primeira vez. Ela está falando. Ótimo. Excelente.

– Ele não soa como se achasse ótimo. Ele faz parecer, antes de tudo, que está triste por haver essa tal de Sophie para discutir.

– Sei que está sendo difícil para você, Greg.

– Agora não, que droga. – Ele vai até o sofá e se senta, mas longe de mim, ao que sou grata. Baseado em seu cheiro, tenho certeza de que ele vomitou no caminho para casa. Sua cabeça cai e seu corpo se dobra sobre si mesmo, como um sofá reversível. – Por favor, agora não.

Em poucos segundos, ele finaliza seu dia, sem qualquer aviso ou som. Tiro seus sapatos antes que sujem as almofadas brancas, o envolvo em um cobertor até os ombros e deixo uma lixeira perto dele, por precaução.

São 3h da manhã em Londres, 10h da noite em Boston, estou no quarto de hóspedes ao final do mesmo corredor do quarto de Sophie, incapaz de pegar no sono. Enquanto ainda estou entre a euforia de ter ouvido a voz de Sophie e o desapontamento da cara de Greg, neste ciclo exaustivo de agitação, decido ligar para Philip.

– Sophie está falando – digo. – Você acredita? Ela está falando.

– Isso é fantástico. Sabia que ela daria a volta por cima. Então, quando você volta para casa?

– Realmente não sei.

– Mas Sophie está falando agora, não é? Ela vai ficar bem.

– Seu pai está desmaiado bêbado no sofá. Todas as babás foram mandadas embora. E não faz muito tempo ela viu a mãe ser assassinada à luz do dia. Realmente não acho que seja tão simples quanto "ela vai ficar bem". Ela ainda é uma garotinha. – Começo a ficar perturbada quando penso em todo o sofrimento que está por vir, quando Sophie compreender a permanência de sua perda. Acho que daria minha vida para fazer Sophie ficar bem. Talvez seja o que estou fazendo agora. Talvez não minha vida, mas muito possivelmente meu casamento. – É demais.

– Por favor, não chore.

– Me desculpe, é que... Sinto falta de Lucy e não sei o que fazer aqui. Não sei o que fazer. Diga-me o que fazer, Philip. Por favor, diga-me o que fazer.

– Você sabe o que eu acho que você devia fazer.

– Você não pode estar pensando que eu devia simplesmente ir para casa e deixá-la para trás. Você não pode estar pensando isso.

– Ellie, sinceramente, é o que penso. Não é sua obrigação. Sophie tem um pai. E ele vai se recuperar; você sabe que vai. Greg é uma boa pessoa, e eu quero minha esposa de volta.

– Então, você está apenas olhando seus interesses. – Fazemos isso de tempos em tempos, esse artifício bobo de apontar dedos, uma queda de braço alternada em direção ao egoísmo do outro. Não sei quando nosso casamento começou a nos tornar caricaturas de nós dois.

– Não. Ellie, é que... não sei, você está muito longe. Longe demais. A última coisa que precisávamos agora era você estar a milhões de quilômetros...

– Cinco mil, duzentos e oitenta e três quilômetros, para ser mais precisa. Mikey fez as contas.

– Parece correto. Você e eu? Estamos a cinco mil duzentos e oitenta e três quilômetros de distância.

12

Um grito agudo. Meus sonhos tornam-se selvagens, canibalísticos e violentos. Cabeças humanas giram sobre grandes lanças num círculo em volta de mim em uma floresta úmida. O cheiro é de morte, sangue e jantar. Sou uma mera testemunha, o centro de um show de horror de fogo e carne, e estou dura de medo. Minha missão instintiva: procuro por Lucy e Oliver entre os esqueletos.

– Mamãe! Mamãe! Socorro. Por favor. Mamãe!

Sophie.

Sou arrancada de meu sonho e acordo correndo pelo corredor. Devo tê-la ouvido antes de ouvi-la, pois já estou do lado de fora da porta, sem fôlego, quando consigo entender o que está acontecendo.

– Sophie, está tudo bem. Está tudo bem. – Eu me agacho ao lado de sua cama e tento acordá-la. Acaricio seus cabelos, seu rosto, como minha mãe costumava fazer quando eu era pequena. Ela não percebe. Sophie está muito ocupada se debatendo, esquivando-se de um adversário invisível, com os olhos fechados. Sua testa está reluzente de suor, suas cobertas estão soltas e foram chutadas para os pés da cama. Ela parece estar tendo espasmos de um ataque epilético. – Sophie, vai ficar tudo bem.

Sento-me a seu lado e a envolvo em um abraço forte para conter suas convulsões. Ela é leve, mais leve do que eu poderia imaginar, e parece impossível que esta quantidade de peso resulte em uma pessoa. Eu a embalo para a frente e para trás, dando tapinhas em suas costas, e finalmente ela abre os olhos e olha para mim com a mesma surpresa e desapontamento que seu pai tinha nos olhos quando entrou pela porta, algumas horas atrás.

– Mamãe. Onde está a mamãe? – Ela olha em volta, esperando encontrá-la em meio às sombras escuras do quarto perto do armário. Ela não usa o possessivo, "minha mãe". Apenas "mamãe". "Preciso da mamãe."

– Sophie, sou eu, tia Ellie. Estou aqui, estou aqui. Você teve um pesadelo, foi isso. Foi só um pesadelo.

O olhar fixo de Sophie encontra o meu mais uma vez, e lentamente ela vai se dando conta da realidade. O pesadelo torna-se menos pesadelo e mais uma memória atemorizante. Ela não chora mais, mas seu corpo enrijece, como um cadáver quando ela se dá conta de que sua mãe não virá para fazer o medo passar. Não trará um copo de leite morno, não massageará suas costas nem ficará com ela até que adormeça novamente. Seus olhos estão arregalados e congelados de horror.

– Mas... mas... Eu quero a mamãe.

Seu lábio inferior começa a tremer, mas ela está tentando ser forte. Sophie é aquele tipo incomum de criança que valoriza as boas maneiras. Ter um ataque, com as lágrimas e a secreção que se seguem, é vergonhoso; ataques são para crianças menos controladas. Acho que ela herdou a austeridade do pai. Quando estive aqui da última vez e Sophie caiu da bicicleta, Greg disse:

– Nós, os Staffords, não choramos. Não está no nosso sangue.

E Sophie, já se esquecendo do joelho ralado, não perdeu a chance:

– Você quer dizer que está no nosso DNA ou coisa parecida? Isso é muito legal. O que mais nós não fazemos?

Estou lidando agora com algo bem maior do que um joelho sangrando e não há distrações. Mamãe não fará uma aparição, não importa o quanto ambas a queiramos aqui. Substituições são inaceitáveis.

– Eu sei, querida. Sei que quer a mamãe. Mas eu estou aqui, e prometo que nada vai acontecer a você. Você teve um sonho assustador, não foi?

– Ele estava aqui. E estava vindo... – Ela esconde o rosto em meu pescoço e sua respiração torna-se difícil; sinto suas lágrimas antes que possa vê-las. E também o tremor. – Não pude fazer nada. Não pude pará-lo.

– Ninguém está aqui. Ninguém virá pegá-la, eu prometo. Ninguém vai machucá-la. – Eu a embalo no ritmo de minhas palavras, tentando libertar seu corpo de sua pulsação.

– Não eu. Mamãe! Ele estava atrás da mamãe! E eu não ajudei. Eu só, eu só... fui desobediente.

– Oh, Sophie, você não foi desobediente. Você é perfeita. Você é só uma garotinha. E você foi... você é... tão corajosa.

– Mas eu...eu... preciso da mamãe. Onde ela está?

– Sophie.

– Onde está a mamãe! – grita a pergunta, sua compostura foi rompida. Ela precisa de uma resposta, e eu não tenho nada de bom a lhe dizer.

– Lembra-se de que você e papai falaram sobre isso? Ela está no céu.

– Então, eu quero ir para o céu. Agora.

– Coração, você não pode ir para o céu. Não agora. Não por muito, muito tempo. Sinto muito, o céu não funciona assim. – Digo isso como se soubesse como o céu funciona, como se acreditasse. Minha atuação é convincente.

– Mas e se ele estiver no céu também?

– Ele não está no céu. Está na prisão e não vai sair nunca mais. – Obviamente não há necessidade de especificar quem é "ele".

– Mas mamãe está lá sozinha.

Tento conter as lágrimas, respiro fundo pelo nariz, expiro pela boca, há um enrijecimento em minha alma. Eu sou a adulta aqui, mas aquelas cinco palavras me desmontam. Sophie está certa; onde quer que Lucy esteja, ela está sozinha.

– Não se preocupe. Sua mãe não está sozinha. Ela está com seus dois avôs, e eu prometo que eles vão tomar conta dela, como seu pai vai tomar conta de você.

Menti para Sophie. Duas vezes, talvez três, nos últimos trinta segundos. O homem que matou Lucy confessou e está preso, porém ninguém sabe por quanto tempo. Sua captura e confissão imediata podem ter nos livrado de um mistério: ele foi pego com o sangue de Lucy por toda a camisa a menos de dois quarteirões de distância, mas isso pode lhe garantir um abrandamento da pena. Vi seu rosto na capa do *Daily Mail* ontem quando passava por uma banca de jornal. Vi seu rosto, frio e inexpressivo, como a chuva de Londres. Vi o rosto dele e corri.

No momento, nem ao menos sei se Greg é capaz de cuidar de si mesmo, o que dirá de Sophie, e se houver um lugar como o céu, se for reservado para os que creem, Lucy não está lá. Ela era uma descrente agressiva. Sophie, entretanto, é criança e deve acreditar em algo. Se perder o dente da frente, que está mole e no qual ela está sempre mexendo, espero que pense que o dinheiro debaixo de seu travesseiro vem da fada do dente. E talvez ela cresça acreditando em coisas como céu e inferno, certo e errado, tudo muito claro e de fácil distinção, diferente da mãe dela e de mim. Para ser honesta, acho que não seria nada mau. Talvez valorizemos excessivamente as nuances. Talvez seja mais fácil ver o mundo clivado em duas grandes categorias, como personagens que vestem capuz em um gibi: o bom e o mau.

– Será que chove no céu?

– Não, está sempre ensolarado. Por quê?

– Porque mamãe deixou seu guarda-chuva. E se chover?

– Oh, Soph. Prometo que ela vai ficar seca. E feliz também. Assim é que é o céu. Sem frio. Sem chuva. – Não sei o que Greg e Lucy ensinaram à Sophie sobre religião, se é que ensinaram alguma coisa. Não há ninguém para perguntar neste momento, então faço o melhor que posso. Gosto da ideia de Lucy em um céu aconchegante e seco, protegida por seu pai, que sempre cheirou a cigarros quando éramos crianças, na época em que esse cheiro ainda era algo reconfortante. Ele sempre nos surpreendia com um bolo de sorvete de chocolate da Carvel nas noites de verão. O pai de Lucy era gentil e engraçado, um professor de Linguística famoso por seus conhecimentos e pela atenção de suas alunas. Lucy o adorava.

– Prometa. Você promete?

– Prometo. Eu juro.

– Tia Ellie? Você pode pegar outro pijama para mim? – A voz dela é tão baixinha, mal chega a ser uma voz, que me preocupo se ela vai cair no silêncio mais uma vez. – Eu, hum...

Seu choro recomeça, soluços rápidos como os de um motor. Sophie não quer ser obrigada a dizer em voz alta, e não precisa.

– Não se preocupe, coração. Isso não é um problema. Vou pegar um pijama limpinho e uns lençóis secos, e você estará arrumada em um minuto. Tudo bem?

– Tudo bem.

– E depois de trocada, vou ficar aqui até você dormir. Ficarei bem aqui. Está bem?

– Está bem.

Trocamos os lençóis juntas e deixamos os molhados em uma pilha atrás da porta para serem lavados no dia seguinte. Ajudo Sophie a vestir pijamas limpos, uma versão infantil do mesmo pijama que estou usando. Philip comprou para ela o mesmo pijama no Dia dos Namorados.

Já debaixo das cobertas novamente, massageio suas costas e fico com ela muito depois de ela já ter caído no sono, observando o subir e descer de sua respiração, e como seu coração se expande e se contrai a cada respiração. Faço uma prece silenciosa para que ela sonhe com um lugar feliz, com unicórnios, arco-íris e Lucy. E ao ver o sol começando a nascer, um borrão de luz atrás das cortinas amarelas, fecho meus olhos e desejo que meus sonhos também possam me levar a esse lugar.

Acordo com o queixo de Sophie enfiado em minhas costas e uma dor aguda no pescoço. Esta cama é pequena demais para nós duas. Saio do quarto na ponta dos pés e desço até a cozinha, esperando pegar Greg antes que ele saia escondido para o trabalho. A não ser pelo rápido encontro da noite passada, não tenho tido chance de falar com ele desde segunda-feira de manhã. Ele tem saído para trabalhar bem antes de Sophie e eu acordarmos para ir para a escola, e quando ligo para ele em seu escritório no centro da cidade – o que os britânicos chamam de Square Mile – sua secretária repete a encenação: "Ele não está no momento, mas direi que você telefonou." A dispensa casual é exatamente a mesma toda vez. Ele nunca liga de volta.

Espero na copa, na copa de Greg, alerta ao som de seus movimentos no andar de cima, mas ao mesmo tempo exausta. Minha cabeça dói pela falta de sono; meus olhos queimam. Hoje parece ser daqueles dias que não sei se vou suportar. Olhar para Greg, levar Sophie pelo longo caminho, passar por outro dia nesta vida de substituições de repente parecem exigir um esforço hercúleo, uma capacidade de perseverança que me falta esta manhã.

O cheiro do café sendo passado acalma meus nervos; um aroma promissor, uma esperança de que este sentimento possa ser temporário e que meus estoques de coragem possam logo ser renovados. Tento me lembrar das vitórias de ontem, antes de ver Greg bêbado, antes de falar com Philip, antes dos pesadelos; tento recapturar o som da voz de Sophie, sua cadência e incerteza, suas palavras suaves, quebrando a barreira do silêncio. O ato de Sophie falar é muito importante, mais do que o primeiro passo de um bebê, e devo ficar feliz com isso, apesar da regressão de molhar a cama. Sei que temos uma longa estrada pela frente; ao contrário do que Philip pode achar, uma menina de oito anos não se recupera de testemunhar o assassinato da mãe em questão de dias.

Ele teve a mesma questão depois que perdemos Oliver. Philip ficou triste e depois passou. Mas ele não conseguia entender o que eu ainda estava fazendo, durante todos aqueles meses, mais de um ano depois, mantendo a forma de uma Ellie despedaçada. Ele estava pronto para seguir em frente, pronto para começar a tentar novamente, tão rápido, tão rápido. Se ele pudesse, se não fosse tão horrível da parte dele, acho que teria dito: "Vamos, já é hora de superar isso."

Há cinco anos, fiz alguns juramentos. E acredito realmente neles. Eu os fiz de coração, e não os fiz em voz alta apenas para a plateia ouvir. Fiz como lema e opção de vida. *Até que a morte nos separe*. Eu não havia previsto o fluxo instável de emoções, o yin-yang do amor e do medo, ou o acúmulo gradual de descontentamentos e o escoamento lento do benefício da dúvida. *Nos bons e nos maus momentos*. Sim, claro, mas na minha ingenuidade, interpretei isso como algo externo: apoiaríamos um ao outro quando o mundo nos coagisse e nos incomodasse. Ninguém lhe diz que é o interno o verdadeiro desafio: aqueles momentos de determinação semelhantes ao juramento, quando você sente a força das garras de suas promessas.

E agora há dois juramentos em conflito direto. Houve a cerimônia oito anos atrás quando me tornei madrinha de Sophie. Lembrando-me agora, um evento mais elaborado do que o nosso casamento, com garçons servindo canapés de caviar e salmão, e taças de champanhe. Fui a Londres para o evento, embora tivesse estado lá apenas alguns meses antes, imediatamente após o parto de Lucy.

Quando cheguei a esta casa, no dia seguinte ao nascimento de Sophie – ela estava dormindo no andar de cima e eu ainda não a conhecera – Lucy estava no sofá branco, com um ar cansado e desesperado, os cabelos pretos revoltos sobre a cabeça, como um halo ou uma Medusa, dependendo do ângulo. A babá eletrônica esguichava ocasionais murmúrios no ar, a pontuação do som monótono de um trovão à distância, longe o bastante para ser seguramente ignorado.

– Eu sei, eu sei, estou parecendo uma doente mental gorda com este robe – Lucy falou, e fechou o robe de lã amarfanhado ao redor da barriga ainda aumentada.

– Nada disso. Você se parece com alguém que acabou de dar à luz.

– Graças a Deus você está aqui. L, estou muito apavorada – ela dissera, seus olhos tornando-se quase selvagens.

– Eu sei.

– Me diga que vou conseguir. Não sei por que pensei que conseguiria. Foi loucura. Um erro gigantesco. Não vou conseguir dar conta. – E então Lucy começou a chorar, a primeira vez que vi lágrimas desde que tínhamos dezesseis anos. Ela parecia jovem e frágil com suas lágrimas de porcelana e seu robe ridículo, jovem demais para ser responsável por qualquer coisa além dela.

– Você vai conseguir. É claro que consegue. Você está apenas exausta, é só. E assustada. Isto... – Estendi a mão, abrangendo os presentes de bebê, o carrinho e o trocador, para incluí-los em meu veredicto, como se anunciar o medo estivesse conectado ao seu desaparecimento. – Isso, Luce, é assustador e exaustivo. Se, no entanto, alguém consegue dar conta de tudo isso, esse alguém é você.

– Hoje, percebi que fiz a única coisa irreversível da vida. Que idiota ter demorado tanto para perceber isso. Sabe, é possível a qualquer momento me divorciar de Greg. Ou me mudar. Se você pisar na bola, sempre há uma maneira de pedir desculpas. O bebê, porém, não vai a lugar algum. Ela só vai ficar cada vez maior, e eu sempre vou ser sua mãe. O que foi que eu fiz?

Eu não tinha resposta. Ela estava certa: Sophie não voltaria ao útero pelo canal do parto. Parecia que Lucy acabara de fazer seu papel em uma das duas únicas coisas irreversíveis – nascimento e morte – e escolhera com sabedoria. Então, lhe disse para descansar e a ajudei com o bebê – pensei nela como *o bebê* naquela época, muito amassada, estrábica e escorregadia demais para ser dona de um nome como Sophie. Tentei fazer o meu melhor para que tudo fosse menos desgastante. O medo de Lucy finalmente foi vencido pelo amor, e ela abraçou a maternidade com o mesmo zelo entusiástico com que encarara a faculdade.

Mais tarde, durante a cerimônia em que me tornei a madrinha, ela riu sobre seu pavor inicial e usou um evidente clichê, que era a única forma de se expressar quando se tratava de sua filha: "Sophie foi a melhor coisa que já aconteceu comigo."

E depois para mim em particular: "Você devia ter um filho, L. Ainda não, eu acho. Mas *logo*. Acredite em mim, vai ser a melhor coisa na sua vida também." Embora tentasse deixar passar, não consegui evitar de me sentir incomodada. Eu não tinha a menor vontade de ter um bebê, nada como a dor aguda que sinto agora, e ainda assim me sentia diante de uma censura. Lucy não conseguia deixar de me lembrar mais uma vez que ela alcançara antes a linha de chegada.

Não me orgulho desses momentos de ciúmes que costumavam aparecer sem aviso prévio e às vezes sem motivo. Agora eu daria tudo para ter Lucy sentada nesta sala de almoço, esperando a família acordar. Ficaria naquela viela em seu lugar e sentiria a ponta afiada da faca, se isso fizesse Lucy estar aqui e Sophie deixar de molhar a cama, se isso significasse que Sophie dormiria a noite toda.

Se pudesse, eu teria feito isso. Teria dado minha irreversível vida. Porém é fácil dizer isso agora, nas primeiras horas cruéis da manhã, considerando ser um juramento que nunca terei que cumprir.

13

Greg desce para o café da manhã sóbrio e cheirando a xampu de bebê. Ele segue direto para a cafeteira. Agora sei mais coisas sobre o marido da minha melhor amiga do que deveria. Que ele quebra seu biscoito em pequenos pedaços antes de dar uma mordida. Que usa cueca *slip* e não *boxer*. Que suas roupas velhas são malhas com fios puxados que ele pega ao acaso e calças de moletom desbotadas que ele usa pela casa nos fins de semana para se aquecer do frio úmido do verão. À noite, ele ronca como uma buzina de navio e como quem sofre de arritmia. Sei como ele cheira durante ocasionais bebedeiras, e como seu cheiro é diferente na manhã seguinte.

– Me desculpe por ontem à noite. Aparentemente passei do ponto – fala, enquanto espero na cozinha com os pés enfiados debaixo do corpo e as duas mãos envolvendo uma xícara. Sua voz é acanhada e ele evita meus olhos. Costumava achar que Sophie parecia e agia exatamente como a mãe; agora noto que os maneirismos dela são todos de Greg. Esta expressão em seu rosto, querubínica e envergonhada, é idêntica à de Sophie ontem à noite.

– Sem problema, mas...

– Está bem, então. Vou indo. – Ele deixa cair a caneca na pia, apesar de mal ter tomado o primeiro gole, num movimento tão brusco que o café respinga na manga de sua camisa. Ele se dirige à sala de jantar, em direção à porta da frente.

– Greg? Espere. Precisamos conversar sobre algumas coisas. Sobre Sophie.

– Agora não, Ellie. Por favor, estou atrasado.

– Ela está falando.

– Ótimo. Sabia que ela daria a volta por cima. Eu lhe disse que ela é uma menina corajosa.

– Sim, mas ontem à noite ela acordou gritando e molhou a cama.

– Eu não ouvi.

– Não, não ouviu. Você estava desmaiado. – Não tinha a intenção de ser rude como fiz parecer, mas preciso lembrá-lo da existência de Sophie.

Entendo que ele acabou de perder a esposa, mas há uma garotinha lá em cima que, pelo que sei, não vê o pai há três dias. Gostaria de mudar o tom, não soar como a esposa carente, ser mais compreensiva, mas já havia deixado escapar – talvez eu tenha praticado demais – e parece tarde para mudar.

– Deixe os lençóis para a lavanderia. – O tom dele se torna parecido como o meu, aborrecido e indiferente com a frustração. – É só isso?

– Bem, não, na verdade, não. Peguei o nome de um psiquiatra. Para Sophie.

– Um psiquiatra? Mas ela está falando.

– Greg...

– Você pode ir mais devagar? É muito cedo para termos esta conversa. Mais tarde, tudo bem? Por favor, vamos falar sobre isso mais tarde. – Não sei se ele quis dizer que é muito cedo desde a morte de Lucy ou muito cedo de manhã, ou os dois.

Seu desespero faz com que eu abrande a voz e minhas expectativas para com ele. Não sou a pessoa a quem ele deve alguma coisa.

– Tenha um bom dia no trabalho, Greg.

– Obrigado. Você também. Não sei como...

– Esqueça. Está tudo bem. Agora não. Vá, você vai se atrasar.

Greg acena com a cabeça, um daqueles acenos que os homens de negócios costumam dar a um funcionário, querendo dizer: *"Bem, então, vou andando; tenho que ganhar dinheiro em outro lugar e tenho que chegar primeiro."* E segue em direção ao refúgio da porta de saída.

Observo Greg partir e sinto o peso de minha intromissão. Cavei meu caminho para dentro da casa dele, penetrei sua mais profunda intimidade no momento mais vulnerável, até mesmo colocando sua filha na cama. Mesmo assim, sem Lucy, temos o embaraço dos estranhos.

Três horas mais tarde, estou pastoreando um grupo barulhento de crianças pelo Gorilla Kingdom, debaixo de uma chuva cortante, usando sapatos com abertura na frente e presos com uma tira atrás, obviamente inapropriados, os mesmos que usei no enterro. A pele exposta está congelada e latejando. É a primeira vez que venho ao zoológico de Londres – que, para falar a verdade, é igual a qualquer outro zoológico, talvez um pouco mais compacto e com proporções reduzidas devido às limitações urbanas. Sou uma das seis acompanhantes dos trinta alunos, uma tarefa que, na maior parte do tempo, envolve encurralá-los. Não foi a forma como originalmente planejei passar o dia – eu devia estar na sala de visitas dos Staffords, assistindo a *reality shows* numa tela gigantesca – mas quando Claire me pediu para substituir a desistência de último minuto de uma mãe, não pude dizer não.

As outras acompanhantes, todas mães, exceto por Claire, me intimidam com sua conversa imponente e seus corpos perfeitos – barrigas retas e peitos empinados, o tipo de corpo que somente as celebridades retocadas voltam a ter depois do parto, ao programar simultaneamente a plástica de abdômen com o parto cesárea. Elas se vestem com jeans *skinny*, botas de couro marrom até o joelho, suéteres de cashmere marcando o corpo (a maioria azul-marinho) e colares de pérolas com duas voltas: tão uniformizadas quanto as crianças, de comportamento também exclusivistas. Não parecem interessadas em conversar comigo, talvez porque se preocupem com o contágio da nossa tragédia ou porque notam que seus filhos não são amigos de Sophie. Ou talvez porque eu não seja alta, magra e glamourosa como elas são. De qualquer maneira, ignoro os sentimentos que foram uma constante no ensino médio – não ser popular o suficiente, não ser especial o suficiente para manter a atenção de alguém, o sentimento de que minhas eventuais amigas me toleravam por causa de Lucy. O que não tinha importância porque já havia encontrado minha amiga, e uma era suficiente. Esta talvez fosse a grande lição da minha amizade de uma vida inteira com Lucy. A maior parte do tempo, bastava Lucy. Mas Claire, quando não estava gritando, à sua maneira educada, com as crianças, conversava comigo, feliz por ter uma desculpa para não precisar interagir com as mães participantes. Ela não é solidária com seus desejos de ter leite de soja na lanchonete ou seus pedidos para que a escola ensine chinês além do já obrigatório francês no primeiro ano. É evidente que os pais são a parte menos agradável de seu trabalho.

– Olhe para ela – Claire fala para mim num sussurro e aponta para Sophie, que está olhando no olho de um gorila dez vezes o tamanho dela, a quatro metros e meio de distância. Ela está separada do restante da classe, sem notar a agitação das outras crianças, que gritam e riem, correndo em círculos para mais perto e depois para longe da exibição. Sophie caminha até a cerca sem medo de chamar a atenção do gorila. Ela se interessa por um em particular; ele é enorme e peludo, e se chama Bobby Jr., nome mais apropriado para um acampamento de trailers americanos do que para um gorila do zoológico de Londres.

– Olá, Sr. Gorila. Meu nome é Sophie Stafford. Gostaria de lhe emprestar meu guarda-chuva, pois parece que você está ficando bem molhado.

– Ela não tem medo – digo.

– Eu sei, isso não é incrível?

Um garoto junta-se a Sophie em frente à jaula. Seus cabelos são pretos e espessos, amarrados por um tecido preto num coque no centro da cabeça, e ele tem longas pernas que parecem ainda estar crescendo. Há dois indianos na classe, mas ele parece ser o único sikh identificável. Ele é tranquilo, como Sophie, e não imitou os gorilas como as outras crianças fizeram. Em vez disso, ele parou o guia do zoológico algumas vezes para sussurrar perguntas em seu ouvido, as quais o guia respondeu para o grupo todo. Por sua causa, agora sei que Bobby Jr. nasceu na floresta, capturado primeiramente para o circo, e pesa cerca de 190 quilos.

– Quem é aquele? – pergunto a Claire.

– É Inderpal. É o parceiro de leitura de Claire. Um ótimo garoto, embora tenha os mesmos problemas na classe que Sophie. As outras crianças tendem a rejeitá-lo por causa do coque. Eu os coloquei juntos porque ambos estão academicamente bem à frente das demais crianças.

– Ele é adorável. Todas as crianças são.

Sophie e Inderpal agora estão sentados um ao lado do outro, e percebo que estou analisando o comportamento deles da mesma maneira como eles examinam os gorilas: com admiração e curiosidade. Eles são tão bonitos e tão diferentes. Não compreendo suas habilidades.

– Queria que estivéssemos em um zoológico de dinossauros – Inderpal fala para Sophie. – Não seria legal? Como um *Jurassic Park* na vida real. As jaulas teriam que ser gigantescas, principalmente para o tiranossauro rex. Eles são carnívoros e eu sou herbívoro. Portanto eles poderiam me comer, mas eu não poderia comê-los.

– Você já tomou sorvete de astronauta? Provavelmente é bom para herbívoros. Meu pai me comprou um quando me levou ao museu de ciências, mas era muito estranho. É como sorvete, porque derrete na boca, mas não é frio. É congelado e desidratado. – Imagino Sophie e Greg juntos em um museu, seguindo o mapa do folheto pelas atrações, uma sala levando à outra, aprendendo sobre o espaço, o tempo e o corpo humano, e finalmente terminando na lojinha de suvenires, comprando bugigangas para lembrar do dia. Esta imagem me conforta.

– Não. Ei, você assiste a críquete? Tenho pôsteres de Monty Panesar no meu quarto. Você precisa ir lá em casa para vê-los um dia.

– Quem é Monty Pane sei lá o quê?

– Panesar! Você deve conhecer Monty Panesar. Ele é o melhor jogador de críquete do mundo. Meus primos de Luton o conheceram e tudo mais. Minha mãe diz que eu me pareço com ele, ou vou parecer quando também tiver barba. Ele é chamado de "Turbanator" porque joga usando um *patka*, um turbante.

– Sério? Ele é chamado de "Turbanator"?

– Sim. Minha mãe acha rude chamá-lo assim, mas, não conte para ninguém, eu acho engraçado.

– Não vou contar. – Eles retornam a atenção na direção de Bobby Jr., agora comendo uma banana. A fronte gigantesca do gorila está franzida, e ele está sentado com as pernas cruzadas no chão. Ele descasca e mastiga sua fruta, mordidas rápidas em sucessão, sem pausa; quando termina, ele imediatamente pega outra e joga o que sobrou por sobre o ombro.

– Uau, esse gorila está se embananando! – diz Sophie, uma piada batida, uma piada típica de Lucy, mas a forma como Sophie fala é acanhada, quase um sussurro, como se estivesse praticando antes de contar em voz alta. *Por favor, Inderpal, por favor, ria*, penso, enquanto observo o olhar crítico dele, examinando esta espécie antes desinteressante: menina.

– Essa foi boa, Sophie – ele diz, e meu coração fica todo cheio quando ele ri.

A atração seguinte, uma macaca-aranha-de-cara-vermelha, está andando de quatro com seu bebê pendurado – um minimacaco pegando carona, de ponta-cabeça, barriga com barriga com a mãe.

– Que lindo! – exclama Claire. Há em sua voz um desejo que reconheço como igual ao meu. Ajusto a idade dela alguns anos. É um tom de mulher na faixa dos 30, esse desejo.

– Sim.

– Você tem? Filhos, quero dizer. Não macacos.

– Não. – Isso é tecnicamente uma mentira? Não sei, não sei, nunca sei. – E você?

– Nada, a não ser que você conte estas crianças.

* * *

Entramos no Butterfly Paradise, um túnel quente e úmido, com o formato de uma lagarta gigante, preparado para imitar as condições de temperatura caribenhas. Embora Sophie não tenha tido medo dos gorilas, ela fica perturbada com esta atração, parada perto da minha perna, praticamente abraçando minha coxa. Entendo por que ela está assustada. As borboletas, com suas grandes asas parecendo vitrais, estão livres para se misturarem conosco, voando perto de nossas orelhas, às vezes pousando em nossas camisas. O bater de suas asas parece frenético, como se estivessem desesperadas para se arremessarem através do tempo, mas seus esforços são ineficientes e convulsivos, incapazes de cumprir a tarefa.

As outras crianças percebem o medo de Sophie, e, de um modo estranho, isso as traz para mais perto dela. Elas param suas imitações – braços jogados para cima e para baixo, sacudindo o corpo – para falar conosco.

– Você é a mãe de Sophie? – um garoto com cara de cocker spaniel, com corte de cabelo em forma de tigela e uma mordida superior projetada, pergunta enquanto duas outras crianças olham.

– Não – respondo.

– Sim – diz Sophie.

Nossas respostas se sobrepõem uma à outra e ele nos olha, confuso.

– Sou a madrinha dela – digo, e sinto tristeza e orgulho por Sophie ter me dado o título de mãe. Será que ela está preocupada por isso ser mais uma coisa, a falta de uma mãe, que a separará das outras crianças?

– Você é dos Estados Unidos? Você tem um sotaque engraçado – ele comenta.

– Ela é de Boston, é por isso – informa Sophie. – Que é no estado de Massachusetts, que é na América do Norte.

– Você fala como um dos Transformers. Eu queria ter uma madrinha que fosse um Transformer e que se transformasse num carro ou coisa parecida. Isso seria demais – ele fala e seu corpo treme de excitação só de imaginar. Ele transforma a palavra *demais* em duas: *de-mais*. – E, então, minha madrinha faria RRRRRRR-RRrrrrrrroar.

– Já chega, Stephen – uma das mães, supostamente a dele, diz, e o leva embora pelo braço. Alguns minutos mais tarde, percebo que lhe é permitido continuar a fazer ruídos de Transformer; a mãe quis dizer já chega de falar conosco.

– Obrigada por ter vindo junto, Ellie. Você fez com que o dia fosse bem agradável. – Claire e eu estamos de volta à escola, no ponto de chegada e partida onde parece que ando gastando uma quantidade de tempo excessiva.

– O prazer foi meu. Embora as outras mães tenham sido de assustar. Você notou como todas foram tomar café e não convidaram nem a mim, nem a Soph?

Claire baixa o olhar para os pés, envergonhada por eu ter sido tão direta. Aparentemente, cometi um lapso social: meu reflexo americano de falar mais do que o necessário.

– É, não é o grupo mais caloroso de pessoas. Desculpe, Ellie. Espero que não tenha a impressão errada do lugar. Os pais não são todos assim.

– Eu sei. Escute, posso estar sendo muito intrometida, mas posso lhe fazer uma pergunta pessoal?

– Claro.

– Você está saindo com alguém? Pergunto porque meu irmão mora em Londres, e, bem, você parece perfeita para ele.

– Sério? – Não sei dizer se a surpresa na voz dela vem da minha quebra de outro tabu cultural. Talvez os ingleses não saiam com amigos que mal conheçam. Mas então o rosto dela se abre num sorriso. – Obrigada! Na verdade, estou terrivelmente solteira no momento. Mal sobrevivi a um rompimento há pouco tempo e não consegui ainda sair da toca. Você acha que estas mães são assustadoras? Então, nem queira sair com alguém em Londres.

– Então, você se interessa? Ele é um ótimo partido. Não estou dizendo isso só porque é meu irmão.

– Claro, com certeza. O que pode acontecer de mau? – Tenho algumas respostas para ela: que ela e Mikey poderiam se transformar nos meus pais, ou em Philip e eu, ou que eles poderiam ter um jantar embaraçoso, em que a falta de assunto parece um código para sua falta de habilidade.

Mantenho a boca fechada. Reconheço uma pergunta retórica quando ouço uma.

14

São 9h da noite, já passou do horário de Sophie ir para a cama e ela me implora para ler mais um capítulo de *O jardim secreto*. Embora esteja tentada – adoro deitar aqui, comprimida contra a parede, sentindo suas costas quentinhas no meu ombro – está ficando tarde. Não sou mais a velha tia Ellie que costumava irritar Lucy servindo *fast-food* para Sophie no almoço e correndo com ela antes de deitar.

– Não. Hora de ir dormir, mocinha. – Falo novamente como os pais e mães dos programas de humor. – Temos que nos preparar.

– Deixe-a ler outro capítulo – Greg diz, surpreendendo-nos. Ele apoia-se contra o batente da porta e observa Sophie e eu com uma falsa expressão de confusão. Nós não o ouvimos entrar, ou subir as escadas, e imagino há quanto tempo ele está ouvindo nossas negociações.

– Soph, tenho uma ideia. Por que você não lê o capítulo seis com seu pai? Atualize-o sobre o livro. Estou ficando um pouco cansada.

– Mas você disse que nós temos que ler o livro juntas. Você disse que era uma regra. Papai, a tia Ellie disse que era uma regra.

– Ela disse? – Greg fala. – Já fazendo regras?

O tom dele é brincalhão, e não duro, e fico pensando se ele já andou bebendo de novo. Provavelmente ele está sendo bonzinho depois da nossa discussão acalorada de hoje de manhã.

– Posso fazer uma exceção esta única vez, certo, Soph? Sei que seu pai quer muito vê-la ler.

– Não, tia Ellie. Você disse que era uma regra. Por que não posso ler para vocês dois?

Olho para Greg, esperando por minha deixa para ficar ou ir. A última coisa que quero fazer é diminuir o tempo deles juntos. Já me sinto intrusa o suficiente.

– Falando sério, fique – Greg diz. Fazemos contato visual talvez pela primeira vez desde que estou aqui. O olhar dele diz: *Estou aqui e estou tentando, mas ter algum apoio não seria ruim*. – Tenho certeza de que você quer saber o que vai acontecer, não é?

Estou presa nesta cena familiar, minha presença é dissonante. Greg senta-se do outro lado de Sophie para poder ler junto dela. Empurro meu corpo ainda mais contra a parede, tentando ocupar o menor espaço possível na minicama.

– Papai, adivinhe? Fomos ao zoológico hoje, a tia Ellie foi também, e vimos gorilas e tudo o mais.

– Ao zoológico?

– Passeio da escola – falo, para o caso de ele pensar que tirei sua filha da escola.

– Adivinhe o que eu disse quando vi os jacarés? Adivinhe. Eu disse: "Até, jacaré." E então a tia Ellie falou: "Não coma tanto milho, crocodilo." Foi tão engraçado. – Sophie ri, mas é um riso forçado, como a expressão de confusão de seu pai: risos com o propósito apenas de entretenimento. Ela está representando para o pai, desesperada pela atenção dele. Espero que ele perceba; ela precisa que ele a note.

Não tenho o direito de fazer isso sozinha.

– É mesmo? Leões, tigres, ursos, oh, céus! – Greg cantarola, representando seu papel, todos os três atores terríveis e sinceros.

– Como você sabia? Leões, tigres, ursos e girafas também. Gostei muito das girafas. E das zebras. Que pareciam cavalos pintados.

– Parece divertido. Eu gostaria muito de ter estado lá. A propósito, querida, é muito bom ouvir sua voz.

– Obrigada. É bom ouvir sua voz também, papai – retruca Sophie, e então pega o livro novamente. – Tudo bem, posso ler agora?

* * *

Depois que pusemos Sophie para dormir, nos sentamos na sala de estar, de forma bastante adulta e civilizada, tomando um Merlot, repousando as taças de vinho em descansos para copos em mosaico verde-limão. Sobrevivemos uma semana inteira sem Lucy, a pior parte, e agora estamos sentados aqui, prontos para discutir Sophie. Racionalmente. Como se aquilo fosse normal – Greg e eu sozinhos em sua sala de estar, às 10h da noite, em uma quinta-feira. Desta vez, representamos bem nosso papel: dissimuladamente relaxados, engolindo nosso sofrimento para que ele fique trancado em algum lugar, longe o bastante para não entrar sorrateiramente na conversa. Este é um papel que já representei antes.

– Claire me deu o nome de um psiquiatra infantil para Sophie. Ele aparentemente é especialista neste tipo de coisa. – Tento novamente, deixando, por enquanto, de mencionar o trabalho no Sudão. Não há motivo para assustá-lo.

– Você acha mesmo que isso é necessário? Um psiquiatra? Ela tem oito anos.

– Eu sei. Mas o que aconteceu é traumático demais. Não apenas ela perdeu Lucy, mas viu acontecer.

– As coisas são diferentes aqui. Você não corre a um psiquiatra quando há um problema. Sem intenção de ofender sua mãe. – O sotaque de Greg é ao mesmo tempo charmoso e imponente demais. O uso da terceira pessoa, que parece ser um hábito da classe alta inglesa, me irrita até não poder mais.

– Este não é um problema pequeno. Ela está tendo problemas na escola, que aparentemente começaram bem antes do acidente. Ontem à noite ela fez xixi na cama. Precisamos de um profissional.

– Eu não terceirizo a paternidade.

– Ora, vi o mural.

Greg me lança um olhar feroz que eu mereço e não mereço. Parte de mim quer lembrá-lo de que, desde que cheguei, é a primeira vez que ele chega a tempo de colocar a filha na cama.

– De qualquer maneira, isso não significa terceirizar. Isso é ter certeza de que sua filha tenha toda a ajuda necessária. Se ela não gostar, ou se você achar que não está ajudando, então ela pode parar. Não vai fazer mal ir algumas vezes. Para ver como é.

– Não sei.

– É o que Lucy faria. – Sei que é manipulador jogar a carta de Lucy, mas é verdade. É o que Lucy teria feito, se a situação fosse inversa. Sophie sempre vem em primeiro lugar.

Uma sombra passa pelo rosto de Greg, quase uma fúria, uma tensão em sua fronte, fazendo o sangue subir para o rosto, mas é temporário e passa. Não estou bem certa a quem esta raiva é direcionada – a mim, a Lucy, ao cara que nos fez isso, talvez a Deus.

– Muito bem, ela irá uma vez e então reavaliaremos e montaremos uma estratégia. – Greg dá seu veredicto e, tal como Philip, não consegue evitar escorregar para o sem sentido jargão de negócios quando se sente impotente. – O que mais está na pauta?

Ele dá um meio sorriso. Uma lista com cada item digitado ao lado de quadradinhos para ticar o que foi feito faria nós dois nos sentirmos melhor.

– Bem, precisamos falar sobre mim.

– Terapia provavelmente não é uma má ideia para você também.

– O quê?

– Estou brincando. – Dou risada de verdade, não a risada de atriz que venho usando para Sophie. Ele provavelmente não está errado. O único problema é que, na minha família, recusar-se a ir à terapia é uma das poucas formas de rebeldia.

– Sobre o que você precisa falar?

– Bem, estou pensando em ficar aqui em Londres por um tempo. Para ficar perto de Sophie. Para ajudar. E queria ter certeza de que está tudo bem. Não quero ficar no caminho nem colada em seus calcanhares. Como esta manhã...

– Você pode ficar o quanto quiser. Falei o que penso naquele dia. É verdade, adoraríamos ter você aqui. Não sou tão cego para não perceber que Sophie e eu precisamos de toda a ajuda que conseguirmos.

– Obrigada. Quero dizer, tudo bem. Não sei ao certo quanto tempo estarei por aqui; preciso falar um pouco mais com Philip e no trabalho. Mas essa garota... ela é...

– Incrível.

– Sim. Ela é mesmo.

Paramos de falar por um momento e ficamos sentados num silêncio confortável e contemplativo. O simples reconhecimento de que ambos nos importamos com Sophie e de que estamos no mesmo time faz a pressão ir embora. Apenas queremos ter certeza de dizermos o que precisa ser dito enquanto temos a oportunidade.

– Ellie, já que você já começou a fazer regras por aqui, posso fazer uma minha?

– É claro.

– Enquanto estiver aqui, morando na minha casa, por favor, não me julgue. – A voz de Greg agora está livre de qualquer sentimento de raiva. Ele está pedindo como um favor, como levar Sophie à escola ou amarrar o lixo.

– Não estou julgando você. Jamais...

– Não, você estava. Hoje de manhã. Não a culpo. Eu me julgo também. Mas se sobreviver a isso... Eu não sei. – Ele deixa a cabeça cair sobre as mãos. Apesar do terno e gravata e das elegantes abotoaduras, Greg parece ser exatamente o que é, um viúvo em sofrimento. – O que estou tentando dizer é, estou fazendo o melhor que posso.

– Sinto muito. Não quis...

– Sim, você quis. E estava certa. Não se deve cair bêbado no sofá quando sua linda filha está tendo pesadelos no andar de cima. Só não sei... Não tenha certeza de que consigo fazer isso. – Ele está falando com o chão, com a cabeça ainda descansando sobre o travesseiro que fez com as palmas das mãos. Parece estar prestes a chorar, e não sei o que farei se ele chorar. Ele balança o corpo para a frente e para trás. Um movimento ritual e calmante. Um homem em prece.

– Sinto muito. Não tive a intenção de julgar. Só estava tentando, eu não sei. Sinto muito.

Greg não está me ouvindo. Ele está distante demais, perdido em seus próprios pensamentos e não precisa das minhas desculpas. Não era isso o que ele estava pedindo, de qualquer maneira.

– Mal consigo olhar para ela. Dói fisicamente ver pelo que ela está passando, e isso é apenas o começo. Sophie terá que viver uma vida inteira sem a mãe, e eu não posso consertar isso. Passei meia hora hoje tentando me convencer a ir até o quarto dela – diz ele. – O que isso diz sobre mim, que eu mal consigo olhar para minha própria filha?

– Tudo vai ficar bem. – Se Greg não fosse um homem adulto, com quase quarenta anos e alguns fios grisalhos na cabeça, eu deslizaria as mãos em suas costas, como faço com Sophie. Ele não é uma criança; não tem o privilégio da indulgência de outras pessoas ou de abdicar da responsabilidade. Esta casa, a garota lá em cima, esta tragédia, tudo pertence a ele. Seu rosto está enrugado nos lábios, nos olhos, na lateral das narinas, todas rugas novas que não me lembro de estarem ali da última vez que estive em Londres. – Ainda não sei como, mas nós vamos descobrir um jeito. Você consegue, Greg. Sei que você consegue.

Uma conversa quase idêntica à que tive com Lucy oito anos atrás. Naquela época eu estava mais esperançosa em relação à vida, em relação ao que éramos capazes. Isso foi antes, quando assumia que podíamos fazer qualquer coisa que quiséssemos. Desta vez, acredito em minhas próprias palavras apenas porque não tenho nenhuma outra opção.

15

Nas duas semanas seguintes fingimos ser uma família normal, que um buraco do tamanho de uma pessoa não foi feito no tecido deste lar, e que não sou uma mãe e esposa impostora tentando remendá-lo. Que todos nós, com muita vontade e uma nova rotina, podemos fazer as coisas ficarem bem. Sophie acorda todos os dias às 4h da manhã, como um encontro permanente, e Greg e eu nos revezamos em consolá-la e em pegar lençóis e pijamas limpos. Estou no turno das segundas, quartas e sextas-feiras.

As vans de reportagem empacotaram suas coisas e foram embora, até mesmo o implacável parisiense que ficou alguns dias a mais e me bombardeava de perguntas sempre que eu saía da casa. Isso faz com que a ida até a escola fique mais fácil. Claire também sempre encontra um jeito de conversar toda vez que deixo Sophie na escola ou vou buscá-la. O primeiro encontro dela com Mikey, que me fez apresentá-lo como Michael, será na semana que vem, e estou mais animada por eles do que deveria estar. Uma satisfação indireta, considerando que não serei eu a tomar drinques e possivelmente desfrutar de um delicioso primeiro beijo. Estarei "em casa", lendo um pouco mais de *O jardim secreto* e colocando Sophie na cama.

Agora que os pesadelos e o xixi na cama tornaram-se uma batalha constante, agora que viu por si mesmo a expressão no rosto de Sophie quando ela acorda aterrorizada – um olhar consciente que mostra o derramamento entre o sonho e a realidade –, Greg está totalmente de acordo com a operação "Terapia para Sophie". A consulta mais próxima que conseguimos – mesmo Greg oferecendo o dobro do preço normal do cara – foi para a quinta-feira seguinte. Estamos rezando para que o médico possa operar milagres. Durante as horas do dia, Sophie jamais menciona seu problema durante o sono, e nós também não. E à noite, quando ela acorda gritando por Lucy, dizemos a ela que está segura, que sua mãe está no céu, que está tudo bem.

Toda noite, depois que Sophie vai para a cama e antes de seu terror começar, ligo para meu marido, e por meia hora retorno à vida que costumava viver. Falamos sobre o que Philip vai comer no jantar – ele vai pedir comida chinesa ou tailandesa? – sobre seu trabalho e alguns de seus amigos, e se ele sabe que a conta do seguro do carro vai vencer em breve. Ele pergunta sobre mim – como vou indo, se já fui ao Museu Tate Modern, se li aquele artigo de viagem do *New York Times* que ele mandou sobre lugares frequentados por literatos, em Londres – mas pulamos os assuntos reais. Ele nunca pergunta como é meu papel como substituta, e eu não digo. Na maioria das vezes, somos educados, condescendentes, e tentamos não deixar muito das nossas expectativas e desapontamentos se arrastarem sobre nossa ligação à longa distância. Tornamo-nos mestres em uma enorme variedade de conversas fiadas.

Sinto-me como uma agente dupla ou uma polígama. Não considero mais pegar o próximo avião da Virgin Atlantic para casa, engolir um calmante para conseguir dormir e aquecer os pés em uma daquelas meias vermelhas e quentinhas. Não penso mais sobre o que estou fazendo aqui. Minha missão foi esclarecida. Sophie precisa de mim. Greg precisa de mim. E, embora odeie admitir, neste momento, com a partida de Lucy, também preciso deles. Eles são a coisa mais próxima que tenho de um objetivo. Eles entendem, eles valorizam o que foi perdido.

– Quando você volta para casa? – Philip me pergunta esta noite e, de repente, decido mudar o roteiro. Sem mais "eu não sei" e "veremos" e "estou vivendo um dia de cada vez".

– Não sei se vou voltar. – Meu coração está batendo acelerado e minhas mãos estão trêmulas. Não tenho certeza do que estou fazendo... nada foi premeditado, e estou trêmula com esta nova clareza que tomou conta de mim e me derrubou: *Não quero ir para casa.*

– Ótimo – retruca Philip. Jamais tinha ouvido tanta raiva em sua voz.

– Ótimo. – Resignação insípida.

– O que isso quer dizer, então? Você está me deixando.

– Não sei. Não quis dizer isso.

– Então, agora estamos de volta ao "eu não sei"?

– Philip, estou apenas tentando ser honesta. Estou confusa demais. – Não estou bem certa do que esperar dele: convencer-me a voltar para casa? Dar-me um ano inteiro de licença conjugal para que eu possa ficar aqui com Sophie? Entender que eu adoro levá-la à escola, devorar meu livro favorito e perder-me na vizinhança nova onde ninguém me conhece e ninguém se lembra de que eu tinha uma barriga promissora e bonita que murchou? Permitir-me o sentimento de que meus dias, embora difíceis e cheios de sofrimento, têm algum sentido?

– Confusa? Ora, dá um tempo.

– Por favor... – Novamente, nem sei ao menos o que estou pedindo. *Por favor* o quê? Sinto-me amordaçada e arrefecida. Cheguei à beira do abismo e parece que não vou conseguir pular, afinal de contas. É claro que ele está zangado. Tem todo o direito de estar.

– Por favor o quê? Você quer honestidade? Pois aqui está a honestidade: vá se foder, Ellie.

– Por favor, pare – peço. De repente quero que nos afastemos da margem.

Porém, já é tarde. Philip já desligara.

Kensington Gardens, um local recomendado no guia turístico de Londres, fica a menos de dez minutos subindo a rua de casa. Levo Sophie até seus portões majestosos – pretos com ponteiras de ouro – e descemos pelos caminhos de cascalho margeados por canteiros floridos, que dividem o extenso gramado verde e dão ao lugar seu senso de dimensão. Somos protegidas do sol de verão pelas folhas das árvores.

– Você está bem, tia Ellie? – Sophie me pergunta quando me vê parar o olhar por tempo demais em uma jardineira com flores rosa que não sei identificar. Sophie não queria estar ali; ela preferia estar dentro de casa, lendo ou assistindo a desenhos animados, agora que a viciei no mundo da Disney. Com certeza, não foi a minha melhor atitude como madrinha, expor Sophie à cultura das princesas, Cinderela; a Bela e a Fera; A Pequena Sereia, mas não pude evitar. Eu mesma sou um pouco viciada, principalmente agora que sinto que preciso de alguma ajuda, e às vezes é muito mais fácil deixá-la ficar, ou ambas nos deixarmos ficar, em frente à televisão do que fazendo qualquer outra coisa.

O mundo está desperto e aberto, despojado para receber os poucos raios que secam este pedaço de terra umedecido neste glorioso dia de verão. Mulheres de biquínis e homens de shorts, sem camisa, estão espalhados pelos gramados irregulares e pelas espreguiçadeiras públicas de madeira. Eles salpicam o cenário como ovelhas felizes. Eu e Sophie podemos nos beneficiar de ar fresco e de um pouco de sol, tendo em vista nossa excessiva palidez nesses últimos dias. Por isso forcei-a a fazer esta caminhada, que terminará no playground do Memorial à Princesa Diana, a cerca de 800 metros de distância. Não tenho certeza de que, quando chegarmos lá, Sophie saberá usar o equipamento. Imagino que ela ficará toda formal e escorregará para a terceira pessoa: "O que é essa história de 'brincar'? Como se faz isso exatamente?"

Deixamos sua mochila para trás, um alívio de peso que faz com que nós duas nos sintamos nuas, já que não temos um único livro entre nós.

– O que foi? – pergunto agora. Será que esqueci de responder a algo que ela disse?

– Perguntei se está tudo bem, tia Ellie. Você não estava ouvindo mesmo.

Neste momento, rodeada por casais de mãos dadas, meu cérebro está saturado por Philip. Não com o Philip de agora. Não consigo me prender ao Philip de agora – que se tornou um conhecido, alguém que eu não imaginaria encontrar ou compreender – aquele que há dois dias disse "Vá se foder" e quis dizer isso. Não, o velho Philip, aquele que de algum modo bloqueou todo o resto e me puxa do aqui e agora. Aquele que costumava morder meu bumbum sempre que eu saía do chuveiro, e aquele que me pediu em casamento em um dia como este, à beira do rio Charles, surpreendendo-me com um anel em nossa cesta de piquenique.

O Philip de hoje, que passa dias e noites no escritório, que raramente pergunta o que estou pensando de um modo que diz que ele precisa saber, está fora de questão. Aquele Philip não tem lugar num dia promissor como este, quando ao menos parece possível que o tempo bom vá continuar. Sei como estas pessoas estão se sentindo, relaxando com a prorrogação do sol; é exatamente como Lucy e eu costumávamos nos sentir no primeiro dia das férias de verão há mais de vinte anos, quando pegávamos nossas toalhas de praia e caminhávamos rio abaixo para tomar sol até nossas peles cheias de óleo ficarem bronzeadas. Agora Sophie e eu estamos cobertas da cabeça aos pés com FPS 45.

– Estamos aqui, tia Ellie. O que faremos? – pergunta Sophie, como era esperado, quando o enorme parque infantil avança sobre nós.

Pesquiso os brinquedos do parquinho elaborado e procuro pelos suspeitos usuais – escorregador, balanços, cercado de areia. Em vez disso, vejo um gigantesco navio pirata, um aglomerado de tendas e ovelhas de madeira – nenhum deles capaz de proporcionar o exercício de que precisamos.

– Bem, precisamos de um pouco de ar fresco, é só. Algo que faça com que a gente se mexa. Como Mary Lennox correndo na charneca.

– Mas não vejo nenhuma charneca. Nem ao menos sei como é uma charneca – argumenta Sophie.

– Eu também não. Mas tenho uma ideia melhor. O trepa-trepa. – Aponto para o brinquedo a apenas alguns metros à esquerda.

– Você está brincando, não é?

– Não – respondo, como a disciplinadora que me tornei.

– Mas eu vou me machucar. Não sei se você notou, mas sou muito pequena. Nem ao menos alcanço.

– Você se preocupa muito, Soph. Eu coloco você.

Então, eu a levanto e Sophie fica dependurada ali, na primeira barra, incapaz de se mover.

– Vamos. Vá para o próximo e continue se movimentando. Vai ser bom para você.

Sophie começa a balançar e acabamos descobrindo que ela tem facilidade. Se o trepa-trepa fosse um esporte olímpico, minha Sophie ganharia o ouro. Ela nem ao menos precisaria treinar em um acampamento russo, onde perderia sua festa de formatura e sofreria abusos verbais de um treinador chamado Boris.

– Olhe para isso. Você está conseguindo. Você é fantástica.

– Um braço, tia Ellie! Um braço! – E lá está ela, conseguindo apoiar o peso do corpo com um de seus pulsos finos.

– Sophie, Sophie – começo a cantar, ela ri e finalmente se solta. – Sophie, isso foi *de-mais*.

Divido a palavra em duas sílabas, como o garoto da classe dela, e batemos as mãos como os meninos fazem. Por um momento, sinto-me como se também tivesse oito anos, capaz de me perder na alegria do trepa-trepa.

– Sua vez, tia Ellie. Mas eu não posso colocá-la lá em cima.

Ponho as mãos nas barras, e então percebo que elas são cerca de 30cm mais baixas do que eu. Para poder usá-las tenho que dobrar os joelhos para diminuir minha altura pela metade.

Meu primeiro pensamento é: *Droga, como sou pesada.* Meu segundo pensamento é: *Preciso começar a fazer ginástica.* Meu terceiro pensamento, enquanto caio no chão e ouço algo meu quebrar é: *Oh, merda.*

Sophie já está a meu lado e suas lágrimas são instantâneas, como se estivessem esperando todo este tempo para ser liberadas. Tento recuperar o fôlego, dizer alguma coisa que a faça sentir-se melhor, mas não consigo focar.

– Tia Ellie, você está bem? Por favor, não morra. Oh, Deus, por favor não morra.

– Pare, querida, estou bem. Estou bem. Só caí. Só isso. – Tento fazer minha voz soar calma, embora sinta dor no corpo todo. Não sei como minhas mãos escorregaram e não pus os pés para baixo rápido o suficiente.

Ainda estou deitada no chão. Minha cabeça bateu no chão... pelo menos é o que imagino, pois sinto cascalho em meu rosto e meu cérebro dói. Mas preciso me levantar, por Sophie. As pessoas estão começando a olhar; estou fazendo papel ridículo no parquinho do Memorial à Princesa Diana.

Meu braço esquerdo está formando um ângulo anormal. Foi aí que se quebrou. A dor, aguda e forte, ecoa por todo meu corpo, e deixo escapar lágrimas involuntárias. *Droga, droga, droga.*

– Oh, é tudo culpa minha. Sinto muito, tia Ellie. Sinto muito. Por favor, fique bem.

– Estou bem, Sophie, é sério. Eu sou uma trapalhona. Não é culpa sua. Você não fez nada.

– Me desculpe. – As lágrimas dela ainda estão caindo e sua postura tornou-se fetal, com os braços em volta da barriga, inclinando-se para a frente e balançando. Ver a reação dela dói mais do que meu braço.

– Estou bem, coração. Por favor, pare de se desculpar. – Começo a me levantar, devagar e com firmeza, varro a dor de meu rosto e me sinto aliviada por não haver sangue. Sophie não tem que olhar para o meu sangue. – Viu, estou bem. Nova em folha.

Faço uma dancinha "nova-em-folha" – somente alguns passinhos, pois os movimentos doem – e Sophie se endireita, enxuga as lágrimas com a manga da camisa e balança a cabeça em concordância. Desistimos do parquinho por hoje, andamos até a lanchonete mais próxima e pedimos taças de sorvete para provar meu bom ânimo. O momento perfeito para surrupiar cinco comprimidos de Advil da minha bolsa e aliviar a dor enquanto Sophie não está olhando. Até paramos para ver a estátua de Peter Pan: Peter de pé num tronco de árvore, tocando flauta para uma plateia de esquilos, fadas e turistas. Quando a dor atinge em cheio meu braço esquerdo – rapidamente e de forma alucinante – e ouço o latejar constante da minha cabeça, recuso-me a piscar e uso isso para me lembrar de sorrir mais, fingindo melhor ainda que nada dói.

É claro, não estou nova em folha. Descubro cinco horas mais tarde, depois que Sophie está em casa e na cama, ao fazer minha primeira visita solo ao pronto-socorro, que meu braço esquerdo está quebrado.

16

A secretária de Philip transfere a ligação para sua sala. Embora sejam 8h da noite no horário de Boston, ambos ainda estão lá, empoleirados no topo do Prudential Center, em meio a mármores e vidros, sentados em cadeiras com *design* ergonométrico, imunes à vista maravilhosa do porto de Boston. Aposto que Philip está finalizando uma proposta, rodeado por um harém de jovens analistas, ansiosas para ficarem acordadas a noite toda com ele, "repassando os números". Antes, quando decidíamos se eu ficaria grávida, também repassamos os números sobre isso, e Philip criou um gráfico multicolorido em forma de pizza, com os gastos, que ficou sob um ímã na nossa geladeira; durou muito mais tempo do que a ultrassonografia de Oliver.

– Ellie – diz ele, com uma ponta de sarcasmo na voz, ainda mais penetrante por estar calmo. – Que gentileza sua ligar.

– Você desligou na minha cara.

– Três. Dias. Atrás.

– Eu estava esperando as coisas acalmarem.

– Besteira. Você demorou três dias para ligar. Mais de 72 horas. Será que simplesmente se esqueceu de ligar? Aposto que esqueceu. Está muito ocupada com sua vidinha nova?

– Você disse para eu ir me foder, Philip. Isso não é algo que eu esqueceria. – Nossa conversa é como um chato bate-bola de tênis, em que propositadamente contemos a batida antes da jogada.

– Não, já que você gosta de regras de gramática, permita-me corrigi-la. Eu disse "Foda-se". Há uma diferença.

– Philip, por favor.

– Por que você fica dizendo isso? Por favor o quê?

– Por favor, pare.

– Pare o quê? Eu não devia estar zangado? Você vai para Londres e de repente recebo uma ligação dizendo que você não vai voltar para casa. Nunca.

– Não foi de repente – retruco.

– Isso é um casamento, Ellie. Devia significar alguma coisa.

– E significa.

– Então, você não pode fazer isso. Quem faz algo assim? Não faz sentido.

– Lucy morreu, Philip. Ela morreu! E eles precisam de mim aqui. Você não precisa de mim do modo como eles precisam.

Minha voz está entrecortada, e eu me odeio por isso. Queria ficar calma como Philip, gostaria de ter aquela raiva penetrante e aquela ira direcionada.

– Então, vamos nos divorciar porque sua amiga morreu.

– Quem falou em divórcio?

– Você está me gozando? Alguém está brincando aqui? É isso o que está acontecendo?

– Não estou brincando. – Meu peito... não, meu coração, literalmente meu coração... se aperta. Nunca falamos a palavra *divórcio* em voz alta um para o outro. Já dissemos *separar*. E, detesto ter que admitir, mas "vá se foder" ou variações disso já estavam no arsenal bem antes desta semana. Mas jamais *divórcio*. Compreendo que comecei o caminho, que iniciei a longa trajetória para *Divorciolândia*. Mas mencionar a palavra de repente me parece prematuro. – Eu só... Philip. Não estou falando de divórcio. Estou falando de uma separação, ou talvez nem mesmo isso. Não tenho certeza do que estou falando. Só sei que, neste momento, preciso estar aqui.

– Bem, por que você não pensa o que é que *você* quer e volta a me ligar? Em vez de dizer "eu não sei" por três malditos dias?

– Philip, não fique tão zangado.

– É, tudo bem.

– A propósito, quebrei o braço. Liguei para contar.

– Você partiu meu coração. Tenho a sensação de que isso dói bem mais.

* * *

Na noite seguinte, depois que colocamos Sophie na cama, Greg e eu nos acomodamos para ocupar o espaço vazio do final do dia, assistindo ao *Big Brother* na televisão, ambos fascinados por seu apelo excessivamente piegas. Hoje há um casal em formação e outro em separação, e pode até ser que os casais se invertam, embora eu espere que não. Pouco me importa se suas decisões impensadas farão a televisão ficar melhor; eles parecem pessoas reais, com amores reais, e incitá-los só por causa do enredo será sacrificar demais.

– Há uma tradição inglesa que diz que quando quebra um osso, você precisa sair e se embebedar – Greg fala, estalando o dedo contra seu copo. – Temos aproximadamente quatro horas antes do pub fechar. Que tal, temos pelo menos seis horas antes de Sophie acordar.

– Não podemos deixar Sophie sozinha.

– Vou ligar para a garota da casa vizinha para ficar com ela. Ela está sempre a fim de ganhar um dinheiro extra.

– Tenho certeza absoluta de que não devo beber tomando medicação para dor.

– Ah, mas veja, há outra tradição inglesa da qual você está se esquecendo. Quando um amigo de repente fica viúvo, e antes dos 40, você tem que passar ao largo de toda e qualquer droga prescrita pelo médico. Na verdade, creio que é uma lei.

– Verdade?

– Certo, não é verdade. Mas, poxa, eu quero me embebedar. É isso o que nós, ingleses, fazemos quando estamos tristes. Todo mundo sabe disso. Isso realmente se tornou lei durante o período Thatcher.

Duas horas mais tarde, estamos no pub King's Head, onde vejo Greg tomar seu oitavo chope. Um após o outro, sem pausa. Assim que seu copo chega a um quarto do final, um novo copo aparece, bem a tempo de ele virar o resto do último. Não tento acompanhar, nem poderia mesmo que quisesse. Ao contrário, venho bebericando o mesmo copo de água sem gelo; preciso estar sóbria. Esta é a noite do meu plantão para ajudar Sophie.

O pub tem cadeiras de madeira com assentos verdes e um tapete persa horrendo, que fede a cerveja e talvez urina, uma combinação única que não tive o prazer de sentir desde a minha última festa de fraternidade, uma semana antes da minha graduação na faculdade. O lugar está surpreendentemente cheio para uma quinta-feira à noite, na maioria homens de meia-idade, bebendo chope com espuma. A ambientação não é escura e charmosa, como em alguns pubs. Pôsteres na parede anunciam que o local serve carne assada aos domingos, com a foto de uma grossa fatia de carne para provar. Não consigo pensar em um lugar menos convidativo para se fazer uma refeição. Este pub é para apenas uma coisa: beber.

– Mais uma, chefe – um sujeito suado, encorpado e de dente quebrado fala para o barman, enquanto oscila sobre a banqueta.

– Para mim também, continue mandando – diz seu irmão gêmeo, ou primo, ou companheiro de bebedeira igualmente instável. E assim eles vão, sem parar, *"outra, para mim também, continue mandando"*, num ciclo interminável de levantamento de copos, incluindo a ocasional visita até o lado de fora para um "cigarrinho". Não sei por que Greg escolheu este lugar, que parece um tanto tosco para ele, e não o mais limpo e mais simpático no fim da rua, com a placa Old English e o calor de uma lareira.

A cada novo copo, o comportamento de Greg muda. Começa com uma falsa animação – somos uma dupla de amigos tomando um drinque, afinal de contas. Estamos jogando o jogo no qual nos especializamos durante as últimas semanas, um jogo agradável que nos permite esquecer o quanto são estranhas as circunstâncias.

Com o passar da noite, ele beira a hostilidade. O álcool libera sua raiva, soltando sua língua. No entanto, ele não parece zangado comigo. Está zangado com Lucy. Acho que ambos estamos, por ela nos fazer tomar parte nesta farsa.

– Sabe o que me deixa mais furioso? – Greg me pergunta, seu dedo apontando para o ar e ficando ali esquecido. – Sabe o que me deixa maluco? Não ter conseguido persuadi-la a cair fora disso.

– Do que você está falando? Você não pode persuadir alguém a cair fora da morte. Não foi escolha dela. – Talvez a mortalidade seja algo que só podemos apreender em nossas mentes quando estamos sóbrios. E mesmo quando temos acesso à perspicácia cruel do intelecto, a divisão entre vida e morte ainda parece insuperável. Há graus de ausência. Percebo isso agora. Lucy nos leva para um lado do espectro, para o reino do absoluto.

– Sentia que se ela me ouvisse...

– Greg, você está sendo ridículo. Você não pode nem mesmo persuadir Deus de evitar a morte. Acredite, eu tentei. Muitas vezes. E não tenho certeza se acredito em Deus.

– Eu só pensei, sabe, que tudo aquilo ia passar. Mas não passou. Foi ficando cada vez pior. E, bum, agora está feito. Assim... Eu nem ao menos tive uma chance. E Sophie...

– É... – Não tenho a menor ideia do que ele está falando. Estou paparicando meu amigo bêbado.

– Eu quero matar esse cara. Não teria pena alguma de arrancar o coração dele. Sonho com isso. Não se destrói uma família desse jeito.

– Todos nós queremos matá-lo. Mas por favor não vamos falar sobre... – Vejo o rosto dele novamente, o homem que fez aquilo, e por um momento me preocupo se ele também não está sentado nesse pub, ou se está esperando lá fora, pois ele não é uma pessoa, é um gás mortal derramado na névoa inglesa, lentamente envenenando todos nós. Ele penetra em minha consciência e, às vezes, quando surge de repente indesejado em meus pensamentos, volto-me para ter certeza de que não está atrás de mim.

Gostaria de poder acreditar que ele é apenas um bicho-papão, uma aparição, o vilão dos pesadelos de Sophie, e não alguém que existe no mundo.

– Você ficará com Sophie, certo, quando eu for a Paris e acabar com a vida daquele... daquele... filho da mãe?

– Paris? O que Paris tem a ver com isso?

– Tudo. A cidade do amor. Amor de pica. Como ele é, Ellie? Ele é mais bonito do que eu?

– Quem? Greg, acho que está na hora de ir para casa.

– Por favor, me diga. Ele é mais bonito? – Greg parece estar prestes a chorar. Seu cabelo está novamente bagunçado, e ele derrubou um pouco de cerveja em sua camisa polo. Está desarrumado e sujo, mas acho que eu também estaria se tivesse bebido metade do que ele consumiu esta noite.

– Não sei do que você está falando. Venha, vamos embora. – Começo a levá-lo para fora do bar na direção da noite fria. Prometo que as coisas estarão melhores de manhã.

Greg acena enquanto caminha em direção à porta, mas ninguém nos nota; ele está exatamente como todos os outros caras que tomaram umas a mais. De volta à rua, ele me para com o braço e se vira em minha direção. Neste momento, seus olhos estão claros e ele parece sóbrio.

– Não, Ellie. É aí que você se engana. Amanhã, ainda estarei vivo. E Lucy? Lucy ainda estará morta. Não, as coisas *não* estarão melhores amanhã.

O que posso dizer a não ser *Você está absolutamente certo?* Cruzo meu braço com o dele, o meu direito com o seu esquerdo, numa tentativa de impedi-lo de cair. Minha pele coça debaixo do gesso e sinto uma dor aguda que vai do centro do osso quebrado até as pontas dos dedos.

Passamos por alguns jardins particulares de Notting Hill, jardins enormes, inacessíveis e silenciosos, graciosamente iluminados em suas fronteiras por luminárias antigas. Nenhum de nós diz qualquer palavra até que finalmente chegamos à porta da frente dos Staffords. De algum modo, o caminho de volta para casa pareceu mais longo do que a caminhada até o pub. Suplico pelo refúgio da minha cama.

– Como você deixou que ela fizesse isso, Ellie? – Greg pergunta, espiando-me do degrau mais alto. Vendo que ele não fez esforço algum para procurar as chaves, procuro as minhas com o braço bom.

– Não sei do que você está falando.

– Ela deve ter falado com você. Você poderia ter colocado algum juízo na cabeça dela.

– Não tem graça, Greg. Vamos entrar, e aí você pode cair na cama. Você bebeu demais.

Mas Greg não quer entrar e arranca o chaveiro da minha mão.

– Ela não lhe contou, não é?

– O quê?

– Ela não lhe contou. Nem mesmo para você. Uau!

– Contar o quê?

– Nada. Me desculpe, eu sei... Sei que não estou falando coisa com coisa. Vamos entrar. Estou acabado. – Ele abre a porta com facilidade, outro lampejo de sobriedade que é mais alarmante do que sua bebedeira.

No corredor, um pouco antes de nos separarmos para irmos para nossos quartos, Greg olha para mim mais uma vez com olhos lúcidos.

– Boa-noite, Ellie. E obrigado. Você, na verdade, fez com que eu me sentisse muitíssimo melhor.

17

Meu novo celular pré-pago me acorda às 6h da manhã com seu grito estridente.

– O quê? Alô?

– Eleanor, é Jane. – Minha mãe é a única pessoa no mundo que me chama de Eleanor.

– Que diabos aconteceu? Ainda é, tipo, madrugada.

– Não diga "tipo". Você tem trinta e cinco anos e não treze.

– O que você quer? Que horas são aí?

– Uma da manhã. Bem, ouça, querida, seu pai e eu estamos indo visitá-la.

– O quê? Você e papai? Juntos?

– Ora, Eleanor. Não finja para mim. Sei que seu irmão já lhe contou sobre nós.

– Eu esperava que fosse uma piada. – Imagino minha mãe ligando de seu minúsculo apartamento em West Village, com paredes cobertas de tapeçarias de lã e pôsteres de arte moderna enquadrados. Sem dúvida, ela está usando um quimono de seda e fumando um cigarro de cravo-da-índia. É uma noite no meio da semana, portanto, suponho que meu pai ainda esteja em sua velha casa em Cambridge, lendo um livro em sua cadeira reclinável de couro rachado e imaginando como segurar minha mãe desta vez.

– Vamos chegar às 5h da manhã da próxima sexta-feira. E jantaremos com você e Michael. Seu pai já cuidou da reserva. Ele recentemente se tornou um *gourmet*.

– Mikey tem compromisso na sexta-feira à noite.

– É mesmo? Com um homem ou uma mulher?

– Mãe.

– O que foi? Só estou perguntando. Não me lembro da última vez que ele trouxe alguém para casa.

– Novembro de 2004. Lembra-se? Você disse a ele que achou a moça tão chata que preferiria passar a tarde memorizando o valor de *pi* do que conversando com ela.

– Ah, certo. Aquela garota simplória. Dentes bonitos. Quadris bons para parir. Então, ele poderá nos encontrar para tomar uns drinques depois de seu compromisso.

– Isso está sendo um pouco em cima da hora.

– O que posso fazer? Seu pai e eu vivemos no limite.

– Ele certamente sim. – Minha mãe me ignora, como sempre. No entanto, ela parece feliz. Vou colaborar com ela. Talvez haja uma chance de que desta vez meus pais deem certo.

– Seja como for, você está disponível, não é? O que você poderia ter para fazer?

– Muito obrigada. Sim, estou disponível. Vou me certificar de que Greg estará aqui. Ou posso encontrar uma *baby-sitter*.

– Uau, mergulhamos neste novo papel de mamãe rapidinho, não é?

– Detesto quando você usa a primeira pessoa do plural. É grosseiro. É assim que você fala com seus pacientes?

– A maioria não é tão difícil quanto você.

– Quanto tempo você vai ficar?

– Ficaremos apenas por volta de um dia, e então vamos para Paris. – Ela fala como os franceses: *Par-rí*. – Não vamos à França desde que rodamos a Europa de mochila nas costas quando você era bebê. Esperamos poder fazer amor debaixo da Torre Eiffel novamente.

– Por favor. Pare.

– Oh, Eleanor. Recatada como sempre. E, então, como estão as coisas por aí? Philip me disse que você não vai voltar para casa.

– Ele lhe disse isso?

– A pergunta correta é por que você não me contou?

– Desde quando você fala com Philip?

– Do que você está falando, querida? Philip e eu nos falamos o tempo todo.

* * *

– É, eu ouvi – Mikey responde ao telefone quando ligo para ele algumas horas mais tarde. – Os dois. Em Londres. Juntos.

– Sim. Ela lhe contou sobre os planos deles na Torre Eiffel?

– Você está querendo acabar comigo? É claro que sim. Ela sempre fala.

– Talvez seja por isso que nunca transamos. Nossos pais estão transando o suficiente por nós dois.

– Ellie, pare. Ainda estou com nojo.

– E nós não vamos fazer nada, certo? Com relação à mamãe e papai? Apenas torcemos para que ela não o destrua? De novo?

– Não vamos fazer nada. Ellie?

– Sim.

– Pode me fazer um favor?

– Qualquer coisa.

– Por favor, ligue para seu marido.

Então, ligo para meu marido e ele não atende a minha ligação. É justo, creio. Eu também estaria zangada se ele me deixasse. Mas independentemente do que ele disser, ainda assim vou ter que ficar aqui. Nada do que ele disser me obrigará a voltar para casa. Independente do que ele diga, não quero magoá-lo – ou magoar nenhum de nós – ainda mais.

Para: philip.klein@excesscapital.com
De: ellie.lerner@yahoo.com
Assunto: Guerra Fria
Está tudo bem aí?

Para: ellie.lerner@yahoo.com
De: philip.klein@excesscapital.com
Assunto: Re: Guerra Fria
Você quebrou mesmo o braço?

Para: philip.klein@excesscapital.com
De: ellie.lerner@yahoo.com
Assunto: Re: Guerra Fria
Sim. Eu parti mesmo seu coração?

Para: ellie.lerner@yahoo.com
De: Philip.klein@excesscapital.com
Assunto: Re: Guerra Fria
Não sei, mas vamos ser honestos. Não estou nada bem.

18

Estou fuçando – não há outra forma de colocar – quando Claire liga na quarta-feira seguinte. De início, estou aérea demais para ouvir seu tom de advertência. O que começou com uma procura por um adaptador para o meu laptop – para mudar de corrente contínua para corrente alternada ou corrente alternada para corrente contínua, seja o que for – terminou comigo fuçando o escritório de Lucy. Num exercício totalmente absorvente de procurar por todos os cantos evidências de uma pessoa que eu costumava conhecer. Não queria fazer isso – embora, para ser honesta, não estou bem certa do que privacidade significa em relação aos mortos –, mas há uma pilha de papéis na sua mesa e algumas fotografias que eu nunca vi antes, e como posso não olhar?

Estar neste ambiente, que é cem por cento Lucy, da pequena coleção de primeiras edições em sua prateleira, da foto preto e branco dela esfregando o nariz com o nariz de Sophie aos dois anos de idade, e um CD de *Francês para Iniciantes*, faz com que eu sinta que ela esteja, na realidade, apenas de férias. Ela tem que voltar para casa e para nós. Ela tem francês para aprender, livros para ler, além de uma filha para cuidar.

Ela não pode ter ido embora se há um diploma desbotado da Faculdade de Jornalismo de Columbia na parede; um par de seus chinelos favoritos, todo cor-de-rosa e com as solas totalmente gastas, ainda no chão; uma pilha de pesquisas para um artigo ainda não escrito. São "aindas" demais – uma identidade congelada pelos objetos – para o alvo desses objetos ter ido embora.

– Ellie, você pode vir até a escola? Sinto muito fazer isso com você. Tentei o Sr. Stafford primeiro, mas a secretária dele disseque ele estaria fora a tarde toda. – Claire fala e agora estou ouvindo. Desviei o olhar da mesa de Lucy, fechei os olhos para me concentrar nas palavras de Claire e foi então, somente então, que percebi que sua voz parece abatida. Claire é professora do ensino fundamental; a voz dela nunca soa abatida.

– Sophie está bem?

– Ela está bem...

– O que está acontecendo?

– Por favor, venha buscá-la. Houve uma pequena briga, mas eu lhe explico quando chegar aqui. E, Ellie?

– Sim?

– Por favor, venha logo. Sophie precisa de você.

A diretora Calthorp me faz lembrar uma daquelas bolas de elástico que você encontra nas baias de escritório, obsessivamente compacta e amarrada de um jeito bastante apertado, além de ser um produto inútil e um desperdício de tempo fazê-la. Eu a detesto à primeira vista. A maneira como ela se veste como um de seus alunos: saia xadrez, suéter azul-marinho, camisa de gola por baixo e o cabelo loiro mantido no lugar por uma faixa combinando. A maneira como ela se recusa a ir direto ao ponto, recostando-se em sua cadeira antiga de couro marrom, decorada com taxinhas que parecem deixar marcas em suas costas. O modo como ela cruza as pernas e seus sapatos azul-marinho, um modo apropriado e afetado, panturrilha com panturrilha, tornozelo com tornozelo, paralelos. Aposto que suas meias de lã são modeladoras e ela se sente virtuosa pelo fato de elas apertarem.

– O que aconteceu? Onde está Sophie? – indago, passando por cima das formalidades usuais, esperando que ela não enrole e me diga o que está acontecendo. Corri para lá com os chinelos de Lucy, um tamanho menor, estou sem fôlego e tremendo de medo.

– Sophie está esperando na secretaria principal. O que aconteceu com o seu braço? – ela me pergunta, olhando fixamente para meu gesso e seus desenhos infantis, os desenhos de Sophie, com aversão. Seu tom é seco, crítico e rígido, como a madeira de sua sala. A mesa de onde ela dirige a escola é obviamente uma antiguidade cara, como a cadeira, que tem pernas grossas como as dela.

– Caí do trepa-trepa. Sophie está bem?

– Como é? Você caiu de onde?

– Do trepa-trepa. Sophie está...

– Você quer dizer escada horizontal. – Ela fala como se eu tivesse cometido um erro e fosse seu dever cívico me corrigir. – O que você estava fazendo em uma escada horizontal? Elas são para crianças. – "*E saias xadrez também*", penso, mas não digo.

– Sophie está bem?

– Se você define "bem" como estar bastante encrencada. Ela está suspensa por dois dias.

– Suspensa? Mas ela só tem oito anos.

– Tratamos violência com muita seriedade nesta escola.

– Violência? A senhora só pode estar brincando. A senhora conhece Sophie?

– Ela atacou outro aluno. Sei que nos Estados Unidos as crianças levam armas nas lancheiras, mas não é como funcionamos aqui em Pembridge Place. – Ela dá tapinhas em um caderno sobre a mesa, cheio de meninas vestidas de saias xadrez e meninos de gravatas-borboleta, para enfatizar. Quero trucidá-la.

– Por que eles brigaram?

– Não sabemos ainda, mas pode-se dizer que é irrelevante. Você não concorda?

– Não, acho que se *pode* dizer que não.

– Bem, como disse, Sra... como é mesmo, Lerner?

– Pode me chamar de Ellie.

– Oh, aqui não nos referimos aos adultos pelo primeiro nome. Acreditamos que propaga o desrespeito. Como eu estava dizendo, Sra. Lerner, temos uma política rígida de não violência.

– A senhora sabe que Sophie acabou de perder a mãe, certo?

– Sim, eu sei. Uma tragédia. – Ela torce o nariz. – Porém, a despeito das circunstâncias, não podemos aceitar este comportamento. Se Sophie não se desculpar, será expulsa.

– Deixe-me ver se entendi direito. A senhora sabe que a mãe de Sophie foi assassinada... a apenas alguns quarteirões da escola, na verdade... e sua preocupação no momento não é "*Vamos ver como podemos ajudar Sophie?*" Em vez disso, "*se ela não se desculpar, vamos expulsá-la?*" Uma garota de oito anos? Uma das garotas mais inteligentes desta merda de escola?

– Por favor, não usamos este tipo de linguajar aqui, Sra. Lerner. – Ela acena com as mãos no ar e depois volta a se recostar com os braços cruzados. Ela não tem medo de mim. – Deve-se entender...

– Onde está Claire? Eu gostaria de falar com ela.

– Não sei de quem você está falando. Não temos uma aluna chamada Claire – ela fala com formalidade e com toda a seriedade. Ela não vai deixar de representar, nem mesmo para falar com um adulto.

– A professora de Sophie, *Claire*.

– Oh, sim. Você quer dizer a *Srta. Walters*.

Sigo a diretora Calthorp para fora de sua sala e observo enquanto ela anda pelos corredores com a marcha da Rainha. Com seus pés chatos e sua rigidez. Enquanto ela passa, os alunos se acovardam pelas salas adentro e eu não os culpo.

– Soph? – Sophie está sentada ao lado de Claire numa cadeira do lado de fora da secretaria principal. Ela se dobrou sobre si mesma, inclinada para ocupar o mínimo espaço possível. O que chamo de *olhar mudo*, aquela morte em seus olhos que ela tinha quando cheguei a Londres, voltou. – Venha cá, minha pequena.

Sophie corre pelo corredor até mim. Ela enterra o rosto no meu estômago e me abraça com o corpo inteiro. Está tremendo como um cachorro.

– Tudo bem, Soph. Seja o que for, vai ficar tudo bem. – Eu me abaixo e a pego no colo, segurando seus 20 quilos com meu braço bom. Ela envolve as pernas em volta das minhas costas e deita a cabeça em meu ombro. E foi então que eu vi. Minha pequenina e doce Sophie tem um olho roxo.

Olho para Claire, que ainda está sentada, bem atrás da diretora. Ela parece abatida e triste. Fazemos contato com o olhar, e ela rapidamente faz um sinal de *Eu vou lhe telefonar* por detrás das costas de sua chefe.

– Sophie não será bem-vinda de volta à escola até quarta-feira.

– Tudo bem.

– E não é preciso dizer que você e o pai dela precisarão ter uma longa conversa com ela. Sophie não parece entender que não há outra escolha a não ser se desculpar.

– Tudo bem.

Sophie está chorando em meu ombro. Concordo com qualquer coisa que nos tire daqui. Agora.

– Obrigada, Sra. Calthorp. – No caminho para fora, faço uma reverência, com Sophie ainda pendurada em mim, realmente faço uma reverência, como se a diretora fosse, na verdade, Sua Majestade Real. Não sei o que deu em mim.

Sophie e eu pegamos o caminho mais longo, costurando pelas ruas, passando pelas lojas chiques de Ledbury Road e pela livraria onde às vezes paramos para comprar um chocolate, pelo quarteirão das mansões brancas, de colunas pesadas e sua pintura fresca e reconfortante. Passamos pelos jardins particulares, onde crianças com chaves especiais vão brincar.

Embora meu osso quebrado esteja latejando por baixo do gesso que segura as costas dela, eu a carrego por todo o caminho de volta para casa.

Não pergunto imediatamente o que aconteceu. Primeiro entramos, nos aconchegamos na sala de almoço e eu lhe faço um chá e lhe dou alguns dos seus biscoitos favoritos de chocolate. Eles chamam de biscoitos aqui, mas são *cookies*. Sophie teve outro dia infernal, mais um de uma série recente deles, e não importa o que tenha acontecido na escola, ela precisa de um pouco de consolo.

– Isso dói? – pergunto, e lhe entrego um pacote de brócolis congelado que tiro do freezer e coloco sobre seu olho.

– Não – ela responde, a primeira palavra que ela falou desde que deixamos a escola. – Não muito.

– Parece bem ruim.

– Sim.

– Você tem certeza de que está bem?

Ela levanta os ombros e fixa o olhar para dentro da xícara de chá. Como um de seus biscoitos.

– Quer falar sobre o que aconteceu? – Sophie não responde, então, eu continuo falando. – A diretora disse que você atacou um garoto.

– Foi.

– Foi? Vamos lá, Soph. Você pode fazer melhor do que isso. O que aconteceu?

– Nada.

– Você está com o olho roxo, coração. Alguma coisa obviamente aconteceu.

– Stephen Devereaux é um porco idiota. – Stephen é o garoto do zoológico que perguntou se eu era a mãe de Sophie, aquele cuja mãe me tratou como se eu fosse uma leprosa. – Ele disse... Bem, ele mereceu, tia Ellie. Eu nem mesmo o machuquei muito. Ele só teve alguns arranhões ou coisa do tipo.

– Como você ficou com o olho roxo?

– Foi um acidente. O cotovelo dele bateu em mim quando eu, hum... quando eu mordi a perna dele.

– Sophie!

– Ele mereceu. Juro. Você o teria mordido também. Ele é um idiota, um imbecil e pensa que é um Transformer, mas é apenas um garoto estúpido e asqueroso.

– O que ele disse?

– Não quero falar.

– Por que não?

– Porque.

– Porque o quê?

– Porque.

– Posso continuar aqui a noite toda, Soph. Não tenho nada para fazer. Porque o quê?

– Ele disse... disse muitas coisas. Primeiro, chamou Inderpal de cabeção, por causa do coque dele, e ficou tirando sarro. Dizendo que a pele dele é marrom porque ele é sujo e que devia tomar mais banhos e cortar o cabelo. Falei para ele parar e disse que Inderpal é de Punjab, região do Nordeste da Índia. Ele não é sujo. Mas o grande, gordo e estúpido Stephen não parava.

– Você devia ter contado à Srta. Walters. E não ter batido nele.

– Mas não é só isso. Depois... depois ele disse coisas sobre minha mãe. Coisas ruins. Coisas muito horríveis. – Ela começa a chorar novamente, e eu faço o possível para me segurar. Não posso chorar também, não agora. Certamente não agora. Ela é a criança, e eu sou o adulto aqui. – Ele disse que ela... que ela mereceu, mereceu ser morta, que ela era uma prostituta, e outras coisas.

– Oh, Soph. – Mal consigo respirar. O ar está preso em meus pulmões e meu estômago queima. – Vou matar esse Stephen idiota e a idiota da mãe dele também.

Ela olha para mim, chocada e assustada. Ela sabe que eu não estou falando palavrões para fazê-la rir.

– Desculpe, esqueça que eu disse isso. Estou zangada, só isso. Você não deveria jamais ter que ouvir coisas assim, Soph. Você está certa. Stephen é um grande idiota. Venha cá.

Sophie põe a cabeça em meu colo e estica as pernas no banco. Acaricio seus cabelos e massageio suas costas.

– Vai ficar tudo bem. Prometo, coração. Vai ficar tudo bem – digo, embora seja menos para o bem dela e mais para o meu. Suas lágrimas cessaram e ela está quase dormindo. Seu olho agora está roxo como uma berinjela. – Vamos dar um jeito nisso.

– Tia Ellie? Posso lhe fazer uma pergunta?

– Claro, Soph.

– O que é uma prostituta?

19

– Como vai ser? Simples ou duplo? – Greg pergunta, com as mãos esperando na garrafa de uísque. Ele já esteve no andar de cima para checar, mesmo à distância, enquanto Sophie dormia, a sombra azul de seu olho roxo, e o modo como fica destoante e absurdo em seu rosto de criança.

– Triplo. E acho que você vai precisar de um também.

Greg senta-se a meu lado no sofá, serve nossas bebidas e me entrega a minha.

– A nós, finalmente chegando ao fundo do poço – digo, e brindo com meu copo no dele.

– É tão ruim assim?

– Acho que sim. Mas você terá que me contar. Realmente não entendo o que está acontecendo. Este menino com quem Sophie brigou? O nome dele é Stephen Devereaux. – Greg me olha assustado, e posso vê-lo digerindo a notícia pelo modo como seu rosto se abre e se fecha. Ele põe o copo de volta e a mesa de centro vibra.

– Certo, certo – ele diz, e então se dobra, recostando a testa na ponta do copo. Ele está se contraindo, como Sophie faz.

– Vou ser honesta. Não compreendo, Greg. Não mesmo.

– Presumi que você soubesse. Pensei que estava apenas sendo educada. Por não dizer nada.

– Soubesse o quê? – Meu braço dói, e de repente desejo estar em casa com Philip, bebericando vinho com ele após um esforço conjunto em saborear um prato *stir-fry* no jantar. Longe desta tempestade dramática de asneiras. Quero ir embora e recomeçar. Era o que eu estava tentando fazer ficando aqui, afinal de contas. Certo? Apertar o botão de recomeçar na minha vida.

Bem, vou precisar de outra tentativa. Isso é demais para mim. *Lucy, onde foi que você me meteu?*

– Isso não importa agora, importa? Está tudo acabado. De um jeito ou de outro.

– Sim – retruco, e consigo deixar que isso seja suficiente. Talvez eu não precise saber. Nada disso é da minha conta. E então me lembro de Lucy com 12 anos, exibindo nossos colares "Amigas Para Sempre", uma das duas pessoas que pensei que sempre ia conhecer e entender neste mundo. Pensei que puláramos a linha invisível, e lembro-me de que também costumava me sentir assim em relação a Philip... não sabia onde um de nós terminava e o outro começava. Eu me enganei duas vezes. – Aparentemente ainda importa – digo, e aponto para os sapatos de Sophie abandonados à porta.

– O que o pequeno bastardo falou para ela? – Eu esperava que Greg não perguntasse, então eu não teria que pronunciar as palavras em voz alta. Que tola eu sou.

– Ele chamou Lucy de prostituta e disse que ela mereceu – soltei sem emoção. Se fizesse de outra forma, me quebraria em duas.

Greg dá um gole em sua bebida. Olhos no chão. Mãos nos joelhos. Respiração funda, inspirando e expirando.

– O que Sophie fez?

– Ela o mordeu.

Greg engasga com a bebida.

– Sério?

– Sério.

– Essa é a minha garota.

– Não tem graça.

– Não, acho que não. – Ele passa as mãos por cima da barba por fazer, que começa a surgir em seu rosto. – No entanto, é impossível não sentir pena do garoto. Ele está apenas repetindo, como um papagaio, as besteiras da mãe. E o pior de tudo é que não culpo a mãe dele também. Eu teria dito a mesma coisa sobre o marido dela. Eu *disse* coisas piores sobre ele.

E então, é claro, tudo se encaixa, todas as peças que eu não queria ver.

– Então, apenas para ser mais clara: Lucy tinha um caso? Com o pai de Stephen? – Penso no zoológico e como a mãe de Stephen o apressou a se afastar de Sophie e de mim, como se tivéssemos piolho.

– Ela ia me deixar por ele.

– O quê? – Eu havia imaginado que teria sido uma única noite, uma tolice. O tipo de escorregão que poderia ser, talvez, perdoado.

Greg dá de ombros como se nada pudesse ser feito. Casual e conformado demais. Traições cujas feridas ainda estão vivas e profundas. Ele perdeu Lucy duas vezes, e a segunda não tornou a primeira menos dolorosa.

– Quem é ele?

– Não sei. Nunca o conheci, mas ele parece ser um francês metido. Aparentemente eles trabalharam juntos no jornal. Ela ia se mudar para Paris para ficar com ele.

Um repórter francês. Volto meu pensamento para a semana do enterro, ao homem de cabelos compridos caídos na testa que ficava me perguntando: *Quem é você? Quem é você?*

E então volto à pergunta que continuo repetindo a mim mesma, que vem sendo sussurrada por trás da conversa: *Por que ela não me contou?*

– Como você descobriu? – pergunto.

– Ela me contou. Alguns dias antes do acidente. Quer dizer, eu sabia que algo estava estranho, não estávamos felizes há algum tempo, mas nunca pensei que ela nos deixaria.

– Paris?

– Sim, Paris.

– Meus pais estão vindo, eu lhe contei? Eles vêm para Londres e depois vão pegar o Eurotúnel. Eles querem fazer sexo sob a Torre Eiffel. De novo. – Não estou bem certa do motivo por que voluntariamente lhe forneci esta informação, mas não sei mais o que dizer. Ainda não posso acreditar que Lucy estava tendo um caso.

Não, não é verdade. Acredito que Lucy estava tendo um caso. Seu código moral era diferente do meu, o que não fora problema, contanto que eu não fosse sua vítima. O que não consigo acreditar é que ela não me contou nada.

– Que bom para eles – diz Greg, e me oferta um sorriso amarelo.

– Espere, o que você quer dizer com nunca pensou que ela "nos deixaria"? – pergunto. Meu corpo sente a traição primeiro, antes de meu cérebro. E, então, fica óbvio o motivo pelo qual ela não me contou. Eu jamais teria permitido que ela fizesse isso.

– Ela ia deixar nós dois. Não apenas eu, mas Sophie também.

Decido renunciar aos medicamentos para dor esta noite e, em vez disso, Greg e eu prosseguimos nos embebedando. O latejar do meu braço cede, minha cabeça se turva e as coisas parecem um pouco mais controláveis. Sou uma bêbada feliz. Jamais sentimental, talvez porque eu seja sentimental demais na vida real. Rendo-me ao uísque e ao gelo em meu copo. Um torpor agradável toma conta.

– Uma lousa em branco. Um recomeço. Foi o que ela disse que queria – Greg agora fala. Sua voz é ininteligível, mas poderia ser tanto pela exaustão quanto pelo álcool. – Como se eu e Sophie fôssemos um fardo que ela não pudesse continuar carregando. Foi como ela me fez sentir, no final. Uma bagagem pesada. Não é nada engraçado sentir-se como uma bagagem pesada.

– Não, não é. – Fico pensando se Philip se sente assim, que eu sou mais uma coisa com que ele tem que pelejar no já desafiante jogo da Vida. E então, lembro-me de quando tinha certeza de que estarmos juntos era a parte simples. Quando fazíamos um ao outro nos sentirmos mais leves.

– Ela disse que Sophie e eu ficaríamos melhor sem ela. Você acredita? Disse que nós merecíamos ter alguém em nossas vidas que realmente quisesse estar ali. Quanta besteira. Egoísta, só pensou em si.

– É estranho ela não ter me contado. Ela me contava tudo.

– Talvez não quisesse ter você lhe dizendo para não fazer o que ela queria fazer.

– Provavelmente.

– Desisti de entendê-la há muito tempo.

– Pensei que eu a entendesse.

– Você consegue acreditar que ela se foi? Para sempre? Ela se foi, se foi. – Ele fecha os olhos ao dizer isso, como se pudesse capturar sua imagem fugaz se tentasse o bastante. Uma sombra escorregando por baixo da porta.

– Não, eu não acredito.

Nós nos sentamos em silêncio por um momento, olhando fixamente para nossos copos, imaginando como desemaranhar a confusão que Lucy deixou quando estava viva. Ainda é importante o fato de que ela ia deixá-los? Penso em como Greg olha para Sophie, com amor, sofrimento, nostalgia e mais do que um pouco de dor; embora ele talvez pudesse suportar chegar em casa algumas horas mais cedo, acho que seria impossível alguém amá-la mais.

– Como estão você e Philip? – pergunta ele, sem mais nem menos.

– Você sabe, estamos levando. – Tanto Greg quanto eu não somos tão ingênuos a ponto de pensar que Lucy não revelou os segredos de cada um. Como sei coisas sobre ele que não deveria, ele sabe tanto quanto eu. Um dia desses deveríamos comparar nossas anotações. Eu ficaria curiosa em ouvir como Lucy me transpôs para seu marido e quem eu me tornei em uma segunda contagem.

– Casamento é difícil. Por que as pessoas não dizem isso?

– Elas dizem. Mas acho que todos nós esperamos ser a exceção.

– É, acho que sim. Olha, obrigado por estar aqui – ele fala devagar, quase devagar demais. Como se quisesse que suas palavras transmitissem mais do que seu significado. Sinto sua mão na minha bochecha antes de vê-la. Sinto um frio na barriga, meus órgãos foram parar em algum lugar no chão, apertados, inquietos, assustados e desconfortáveis.

Ele quer virar meu rosto.

Ele quer me beijar.

Não quero virar o rosto.

Não quero que ele me beije.

– Greg. – Sacudo a cabeça de um lado para o outro, como para afastar suas mãos. Mantenho os olhos fixos à frente. Se eu não olhar para ele, isso não vai acontecer. Pelo menos, vai impedir que a coisa avance. – Não é uma boa ideia.

– É, você está certa. – Ele retira a mão e acena ambas no ar, num gesto que diz *você me pegou*, avançando, num rápido movimento, o momento para o que quer que iremos sentir depois. – Me desculpe. Foi totalmente inapropriado.

– Tudo bem.

Nós nos sentamos em silêncio por alguns momentos, tentando apagar o constrangimento e ressurgir do fundo do poço.

– Você acha que eu deveria ter meu próprio apartamento? – pergunto. Minha mente gira em torno das possibilidades: ir para casa, ficar nesta casa ou começar vida nova em Londres. Estou com 35 anos de idade e não tenho ideia de qual é o meu lugar.

– Por causa do momento de fraqueza de um bêbado em desespero e possivelmente, sim, admito, vingança? Não, é claro que não.

– Mas o modo como estamos vivendo é bizarro.

– Sou um idiota, Ellie. Mas, por favor, não vá embora por eu ser um idiota.

– Não por causa disso. Mas porque a situação é insustentável.

– Engraçado, foi exatamente o que Lucy disse sobre o nosso casamento.

Horas mais tarde, quando estou sozinha no quarto de visitas, já livre da bebedeira e incapaz de dormir, sinto a ferroada da traição de Lucy. Que tipo de pessoa *escolhe* deixar o próprio filho para trás? Minha melhor amiga postumamente transformou-se em uma estranha.

A fúria me varre em ondas, ganhando terreno no *replay* dos eventos de hoje à noite. Lucy não está aqui para se defender, mas não importa. Não há defesa. Apenas um fato brutal: estivesse Lucy viva ou morta, Sophie teria sido deixada para trás.

20

Abordamos a diretora Calthorp como uma frente unida. Greg e eu estamos em pé diante dela, ombro com ombro, escondendo nossa ressaca. Embora possamos não nos sentir assim, somos adultos e não deixaremos esta mulher nos transformar, com sua condescendência de gelo, em crianças de escola. Greg e eu podemos ser um time estranho, no que diz respeito à parentalidade, mas, mesmo assim, somos um time, e ninguém mexe com nossa Sophie.

– Fiquei surpreso em descobrir que a senhora ameaçou expulsar minha filha – diz Greg, inclinando-se sobre a mesa dela. Ele está usando um terno de risca de giz, a listra branca um pouco grossa para meu gosto americano, gravata cinza-mate sobre uma camisa impecável, e seus cabelos hoje estão penteados para o lado: um pai jovem mas ao mesmo tempo responsável.

Tenho noção do que ele deve parecer à luz do dia, naquele espaço de tempo que passa no coração de Londres, delineando acordos de fusão multimilionários. Controlador e autoritário. Um homem que não se abate com perda ou traição. Ele ainda usa aliança de casamento, outra credencial que o coloca acima do menino e na direção do homem sério. Ele é alguém para ser levado em conta.

– Quanto doei nos últimos três anos para esta escola? Pelo que me recordo, meus cheques estavam na casa dos cinco dígitos. Não, perdão, dos seis – diz.

– Sr. Stafford, Sra. Lerner, por favor sentem-se. Gostariam de tomar uma água? – A diretora Calthorp faz um aceno para sua assistente nos servir. Sorri para Greg e brinca com as pérolas em volta do pescoço. O efeito seria coquete, se não fosse pela frieza de seus olhos.

– Não tenho tempo para conversas – Greg responde; seu tom é seco. – O aluno com quem Sophie se envolveu numa altercação disse palavras imperdoáveis sobre minha esposa falecida. Sem mencionar ter feito comentários racistas sobre outro aluno. Na verdade, creio que eu estaria no meu direito em insistir para que *ele* fosse expulso.

– Veja, ninguém está falando em expulsar ninguém.

– É mesmo? – pergunto. – Então, talvez eu estivesse confusa ontem, quando a senhora suspendeu Sophie por dois dias e insistiu em desculpas. Ah, sim, e depois ameaçou expulsá-la.

Sinto ódio pela Sra. Calthorp – não raiva, mas puro ódio por sua falta de imaginação, seu ego excessivamente inflado, sua necessidade desesperada de impor limites. Eu a odeio com tanta intensidade que por um momento, a culpo pela morte de Lucy. Sei que ela provavelmente estava bem aqui em seu escritório quando aconteceu, redigindo uma detenção ou uma lista de deméritos. Mas esta mulher com faixa na cabeça e saia xadrez, aos sessenta anos de idade, representa o motivo pelo qual a rebeldia existe. Faz sentido que Lucy e uma mulher como esta não poderiam coexistir no mesmo planeta. As regras nunca se aplicaram à Lucy.

– Veja bem, Sr. Stafford – a Sra. Calthorp me ignora como se não estivéssemos na mesma sala. Ela olha apenas para Greg –, temos uma política de tolerância zero para violência aqui, como o senhor provavelmente compreende, temos um conselho ao qual responder. Eu estava simplesmente seguindo o protocolo. Mas é claro que isso pode ser solucionado.

– Sim, será solucionado. Imediatamente.

– Entendo – ela diz, e aperta suas pérolas com um pouco mais de força. Eu não ficaria surpresa se ela tivesse tido esta mesma conversa ontem com a mãe de Stephen. Que talvez tenha entrado acenando o talão de cheques e ações judiciais ameaçadoras, armada com fotos das marcas dos dentes de Sophie na perna fina e comprida de Stephen.

– Não obrigarei minha filha a se desculpar quando ela nem ao menos entende as circunstâncias. Ela estava defendendo a mãe, que, não é necessário lembrá-la, faleceu há menos de um mês, e seu melhor amigo, de difamações e calúnias raciais.

– Não estou defendendo a ação do outro aluno, Sr. Stafford. Obviamente foram muito erradas, mas certamente o senhor precisa entender que não podemos permitir que nossos alunos, bem, mordam um ao outro.

– E certamente a senhora entende que este foi um acontecimento isolado, originado de uma situação pessoal confusa e do luto de uma criança de oito anos de idade.

– Mas um pedido de desculpas...

– Basta. – A voz de Greg é dura, sugerindo que qualquer negociação até aqui foi uma discussão simulada para benefício da diretora Calthorp, para preservar um mínimo de sua dignidade. Mas agora ele está farto e mal consegue acreditar que o caso de sua esposa adúltera o tenha levado até ali, para defender sua inocente Sophie no escritório horroroso desta mulher. Ele devia estar no trabalho, negociando condições de uma indenização, e Sophie devia estar na aula, decorando o acrônimo para Reino/Filo/Classe/Ordem/Família/Gênero/Espécie. E Lucy devia estar... ele não sabe onde ela poderia estar, mas provavelmente a não mais que uma estação de metrô de distância. – O que vai acontecer é o seguinte. Sophie voltará para a escola amanhã. Não haverá pedido de desculpas formal. Conversei com minha filha e posso lhe assegurar de que não haverá mais incidentes. Mas se Stephen Devereaux chegar perto de Sophie, se ele disser qualquer coisa que lembre o abuso verbal que ela teve que suportar ontem, Deus me ajude, pagará muito caro por isso.

Os olhos dele faíscam com o ódio que vi algumas vezes nas últimas duas semanas – uma grande onda de raiva e depois uma vergonha superficial, cíclica e irregular.

– Retiro imediatamente Sophie da escola e vou me empenhar pessoalmente para que cada um dos meus colegas faça exatamente a mesma coisa com seus filhos. Não, irei mais adiante. Vou destruir seus fundos de doação. Normalmente não preciso lembrar as pessoas de que sou um homem poderoso. Será que fui claro?

Greg respira fundo e afrouxa as mãos para que elas não fiquem mais cerradas. Seu olhar cruza com o meu, um vislumbre de acanhamento, mas faço um aceno de cabeça para encorajá-lo.

Gosto de observar como ele chuta o traseiro da diretora.

– Sem dúvida, Sr. Stafford.

– Entendo que estamos a apenas algumas semanas para terminar o ano. Espero realmente que, no próximo ano, Sophie e Stephen não sejam colocados na mesma classe. Colocando de lado diferenças pessoais que eu possa ter com a família Devereaux, acho abominável que minha filha seja exposta a qualquer tipo de retórica racista. Ainda não conversei com os pais de Inderpal, mas tenho intenção de fazê-lo e estou certo de que todos nós concordaremos que ele merece um pedido de desculpas.

– Está certíssimo, Sr. Stafford.

– Ah, e Bernadette, acredito que nos conhecemos há tempo suficiente. – A versão má de Greg se retira, guardada no recesso de suas vísceras, e ele volta a ser o homem-menino encantador. Sorri e depois pisca. – Por favor, me chame de Greg.

21

O consultório do Dr. Boyd fica na parte de baixo da Portobello Road, próximo do final, onde os turistas não se importam de se aventurar. Eles tendem a se deixar fascinar com os primeiros quarteirões de barracas, roupas, frutas e baús antigos, e voltam quando o ar se enche do aroma gorduroso e saboroso das lojas onde *kebabs* ou *kielbasa* giram no espeto. Aos sábados, quando o mercado de Portobello está no auge, as ruas se enchem de pedestres que transbordam da estação de metrô de Notting Hill Gate. Durante a semana, no entanto, sem os negociantes chegando e saindo e a pesada tensão de comprar e vender, o lugar se torna sonolento. Hoje, as lojas multicoloridas, frequentemente bloqueadas pelas barracas, parecem quase caribenhas com seus tons fortes alternando-se com tons pastel. As portas das lojas estão totalmente abertas para permitir que os clientes entrem e saiam. Às vezes, depois da saída da escola, Sophie e eu exploramos os sebos de Portobello, folheando tesouros empoeirados na seção de crianças, parando depois para tomar um chocolate de leite de soja quente na padaria Gail's, no caminho de volta para casa.

Hoje, não há tempo para demora. Tenho a missão de levar esta criança à sua primeira sessão de terapia. Surpreendentemente, ela não fez muitas perguntas sobre por que ela está indo a um "médico de sentimentos", que foi a maneira como descrevemos Dr. Boyd para Sophie. Como um lugar seguro para discutir sobre o que está se passando em sua cabeça. Talvez ela seja muito nova para se preocupar com os estigmas tolos dos adultos, relacionados à procura de terapia.

– Então, vou ter que voltar para a escola amanhã? – Sophie pergunta, enquanto subimos os três lances de escada até o consultório, que fica acima de um restaurante marroquino que anuncia dançarinas do ventre e *tajine*, um prato típico dos países árabes, por cinco libras. Ao lado, há um café, onde pretendo comer um *croissant* de chocolate e ler a revista *Hello!* enquanto espero.

Para sua estreia na terapia, Sophie usa jeans e sua camiseta "favorita" – rosa de mangas compridas, com figuras de órgãos do corpo humano, todas claramente identificadas. Supõe-se que a figura corresponda ao órgão que está por baixo, e Sophie orgulhosamente me mostra onde seu fígado está localizado. Decidimos pesquisar sobre o fígado no Google hoje à noite, porque eu não sabia o que lhe dizer quando ela me perguntou o que ele faz. Tudo o que sei é que danifiquei seriamente o meu ontem à noite com aquele uísque.

É engraçado como frequentemente ela me faz perguntas para as quais não sei a resposta. Quem ia saber que há tanta informação que os pais precisam saber ou, pelo menos, fingir que sabem? Sinto como se também precisasse começar a ler a enciclopédia para conseguir acompanhar o ritmo.

– É. De volta ao mundo real amanhã. Por quê? Você não quer ir? – pergunto.

– Gosto de passar o dia todo com você. Você é mais divertida que as crianças. Tudo o que eles fazem é falar sobre coisas bobas, como seus bichos. Eles são tão chatos.

– Ora, Soph, é bom para você brincar com as outras crianças.

– Eu queria ser bem velha. Como você.

– Muito obrigada. Sabe de uma coisa?

– O quê?

– Eu queria ser bem nova, como você. Oito anos é a melhor idade.

– Sério?

– Não sei. Para ser honesta, não me lembro dos meus oito anos.

– Isso é bom.

– Por quê?

– Eu também não quero me lembrar dos meus oito anos.

O consultório do Dr. Boyd é um sonho infantil, mas Sophie não é uma criança comum. Ela não se mexeu diante do quebra-cabeça de 500 peças espalhado pelo chão, o kit de aeromodelismo esperando para ser colado por mãos pequenas, o giz de cera e as folhas brancas de papel espalhadas em mesinhas com superfícies longas, e a pilha de animais de pelúcia no canto, dando a impressão de ser divertido mergulhar de cabeça neles. Até mesmo a prateleira de livros em outro canto – uma biblioteca infantil impressionante – não a faz se mover.

– Olá, Sophie, sou o Dr. Boyd, mas você pode me chamar de Simon. – Ele se agacha para ficar no nível dos olhos dela e para cumprimentá-la com um aperto de mão, como numa entrevista de empregos oficial.

– Olá – ela fala baixinho, medindo aquele Dr. Boyd, cuja cabeça é careca e cuja mão é duas vezes o tamanho da dela. Minha suposição é de que ele tenha pelo menos 1,98m, tão alto que aposto que, pelo menos uma vez por dia, lhe perguntam quanto ele tem de altura. Surpreendentemente, ele é elegante e cheio de vida apesar de toda aquela altura, levantando-se para me cumprimentar depois de se agachar para cumprimentar Sophie. O dobrar e desdobrar de seu corpo é suave. Um iogue de 1,98m e 100 quilos.

– E você deve ser a Ellie. Prazer em conhecê-la – ele diz, envelopando minha mão com a sua e usando a outra mão para bater de leve em cima da minha, um gesto cheio de bom humor e cordialidade. – Que gesso legal. Posso assinar?

– Claro – respondo, e ele saca uma caneta Sharpie de tinta permanente do bolso. Ele é o tipo de cara que anda com uma caneta de tinta permanente e provavelmente também com um canivete Swiss Army. Ele coloca um SIMON, todo em letras maiúsculas, perto do meu cotovelo. Há algo neste homem e em suas mãos grandes e sem aliança e sua cordialidade, as rugas em sua testa e na parte superior de sua cabeça, mas lembro a mim mesma de que sou casada, de que ele é o terapeuta de Sophie, e uma paquera nessas condições seria totalmente impróprio.

Ele parece ter cerca de 45 anos, ainda deve ler histórias em quadrinhos e usar cuecas boxer temáticas – com trevo de quatro folhas no Dia de St. Patrick, renas no Natal. *Pare de pensar nas cuecas do homem, Ellie.*

– Seu pai me falou que você é uma grande leitora, Soph. Eu também – Simon diz, casualmente nos levando até a prateleira de livros, tentando mobilizar-lhe a atenção. Comentar Greg foi inteligente da parte dele; isso faz lembrar Sophie da legitimidade de Simon. Ela está ali somente porque o pai dela quer que ela esteja. – Quais são seus livros favoritos? Ouvi dizer que você gosta de mistérios. Estou certo?

– Sim, mas somente os que não são fáceis de desvendar – ela responde. Também gosto de livros de Ciências. Tenho aquele ali em casa. – Ela aponta para um livro sobre o corpo humano. – Eu o li um montão de vezes, mas agora o uso mais como referência. Ah, tia Ellie, temos que procurar o fígado antes que a gente se esqueça.

Simon puxa o livro para fora da prateleira, joga-o sobre a mesa e puxa uma cadeira de criança de plástico vermelha para Sophie.

– Vamos ver o que podemos aprender sobre o fígado, mas só se pudermos olhar os intestinos depois, porque acho que eles são muito interessantes. Você sabia que o seu pequeno intestino tem sete metros de comprimento? Portanto, se esticássemos o seu, ele provavelmente teria quatro vezes mais que o comprimento desta mesa – comenta Simon.

– É mesmo?

– Sim, vou lhe mostrar. – Ele começa a folhear o livro, procurando por *intestino*, e faz um aceno de cabeça para mim sobre a cabeça de Sophie. Entendo como a minha senha para ir embora.

– Voltarei em uma hora, Soph. Estarei lá embaixo se você precisar de mim – digo, mas ela nem ao menos levanta o olhar. Está ocupada demais olhando para as figuras das vísceras.

* * *

Quando volto para pegar Sophie, a folha branca sobre a mesa está cheia de desenhos. Parece que cada um trabalhou de um lado para se encontrarem no meio, o lado esquerdo do papel rabiscado por um adulto fingindo ser criança – planetas, super-heróis, pegadas de galinha, feitas por sua mão; o lado direito feito por uma criança não especialmente com dons artísticos – os jardins murados, flores e adesivos que agora povoam meu gesso lotado. Fico imaginando sobre o que falavam enquanto desenhavam com giz de cera, e com base nas migalhas que salpicam a mesa, houve biscoitos também. Será que Simon de repente disse apenas: *Vamos bater um papo sobre sua mãe ter sido esfaqueada?* Ou ele ganhou sua confiança primeiro, com brincadeiras e doces?

– Oi! – Eles falam em uníssono quando entro na sala, os dois já fazendo parte do mesmo time na operação "Rabiscar na Terapia", relaxados e animados, quase como o comportamento de Sophie no parquinho. Sinto como se estivesse invadindo e quero deixar Sophie na sala de paredes amarelas, passando mais uma hora com este homem que, de alguma forma, conseguiu transformá-la novamente em algo parecido com uma criança.

– Ei, pessoal – digo, minhas expectativas subiram irracionalmente por conta do papel cheio de desenhos. Seria demais pedir que Simon jogasse os braços para o ar e anunciasse que Sophie está curada? Seria tolo esperar que hoje à noite ela durma até de manhã, sem que o homem mau visite seus sonhos e sem que ela ensope os lençóis de suor e urina?

Olho para Simon, com braços que parecem um diorama das Montanhas Rochosas, um minúsculo espaço entre os dentes da frente, uma cicatriz na orelha esquerda, sem dúvida deixada por um brinco ridículo, e sem cabelos, inclusive sem um fio de sobrancelha, e posso ver um ser integrado, complicado e simples. Esse cara pode salvar Sophie.

– Então, estamos combinados para a próxima semana – ele anuncia, o polegar e o indicador posicionados como uma arma.

– Certo – concordo.

– Tchau, Simon – Sophie sorri para ele e faz o aceno de sua mãe. Uma mão, um dedo de cada vez. Se eu não a conhecesse bem, diria que ela está flertando.

22

Meus pais chegam com alarde. Uma mistura tumultuada de ligações de celular, e-mails e mensagens de textos, descrevendo tudo nos mínimos detalhes, numa agitação de inovação tecnológica, enquanto vão ticando cada etapa da viagem. Quando estávamos todos em casa, marcando a Costa Leste com um alfinete hipotético, semanas inteiras se passavam sem que ouvíssemos falar de nenhum dos dois, ambos ocupados e interessados demais em suas próprias vidas para se importarem com as minhas objeções ou as de meu irmão.

Meu pai, um professor universitário, ocupa-se com suas pesquisas inesgotáveis sobre a Guerra Civil, o resultado da devoção de uma vida profissional inteira de análises. Ele nunca se cansa de Abe Lincoln e Jefferson Davis, dos Free-Soilers e Know-Nothings (grupos contrários à expansão da escravidão), dos abolicionistas, e de sua particular contribuição a esse quebra-cabeça, a Reconstrução, um tópico sobre o qual ele escreveu cinco enormes livros, publicados por pequenas editoras acadêmicas. Planejo ler pelo menos um inteiro antes de morrer. Minha mãe passa os dias consumida por seus pacientes, e as noites consumando a visão romântica que tem da própria vida. Ela se senta em um bistrô francês – ela conseguiu encontrar um que secretamente permite fumar na atual Manhattan livre de cigarros – com um cigarro de cravo, do qual traga ocasionalmente, mais pelo efeito de ver a fumaça formando ondas no ar, com uma taça de vinho tinto, uma garrafa três quartos vazia sobre a mesa e um bloco de notas amarelo para suas observações do romance freudiano que ela vem escrevendo desde que sou criança. O livro se chama *Oedipal, Shmedipal.*

Agora que estamos todos juntos neste país-ilha, meus pais, livres da biblioteca e do divã, repentinamente mudam de curso e se transformam em obcecados por comunicação. A primeira ligação vem enquanto eles ainda estão no avião. Parecem ansiosos e inquietos, desesperados para fugir da indignidade da viagem aérea dos dias de hoje. Meu telefone toca quando eles passam pela alfândega e novamente quando sinalizam para um táxi. O check-in no hotel acontece sem dificuldades, outro motivo para me ligarem, porque "acharam que eu estaria preocupada". Não sei por que eu ficaria preocupada, já que meus pais são viajantes experientes e surpreendentemente pessoas competentes.

Minha mãe liga pela quinta vez, menos de quinze minutos antes de nos encontrarmos para jantar, enquanto me ocupo em passar rímel pela primeira vez em meses.

– Quem é você e o que você fez à minha mãe? Você está começando a me deixar apavorada – respondo quando vejo o identificador de chamadas.

– O que está dizendo, Eleonor?

– Na vida real, tenho notícias suas, deixe-me pensar, a cada duas semanas, mas hoje você ligou uma centena de vezes. O que está acontecendo?

– Você sabe que esta é a vida real, certo? – retruca minha mãe. – Só porque você está longe de casa não significa que esta não seja a vida real.

– Você está aqui a menos de duas horas e já começou com o sermão de psicanalista? Incrível.

– Só estou dizendo que...

– Vamos combinar uma coisa? Vou desligar e terminar de me vestir e vejo vocês em quinze minutos.

– Ótimo. Gosto quando você toma as rédeas e diz o que quer. Você costumava ser mais passivo-agressiva, como seu pai. Talvez a Inglaterra esteja fazendo bem a você.

– Te amo, Jane. Vou desligar agora.

– Te amo também, querida. Ah, e não se esqueça de passar batom. Estudos mostram que é um dos meios mais rápidos de levantar a autoestima.

* * *

Meu pai escolheu bem o restaurante, um dos mais respeitados de Londres quando o assunto é culinária renascentista, uma tentativa desavergonhada da cidade para reparar a esmagadora e bem-merecida reputação da culinária britânica. Aqui, peixe, batatas chips e sanduíches de maionese foram aprimorados para pratos deliciosos feitos com farinha crocante *panko* e galinha d'angola picante assada com sal marinho. O restaurante está em plena atividade e bombando. Nós nos sentamos em volta de uma mesa de madeira escura num sofá com encosto alto de couro marrom; o efeito é o de uma caverna familiar. O pé-direito alto, com molduras elaboradas contornando as bordas, é a única lembrança de que estamos comendo em uma casa reformada.

Meus pais sentam-se um ao lado do outro e fazem um lindo par. Os cabelos grisalhos disfarçados de minha mãe caem longos, soltos e em ondas, provavelmente longos demais para a idade dela. Ainda assim, há algo de menina em sua imagem que faz com que fique harmonioso. Meu pai mantém seu cabelo prateado num corte curto e veste seu uniforme de sempre: casaco esporte verde de veludo cotelê e calças cáqui.

– Você está diferente – diz Jane, quando já estamos sentados e ela tem uma taça de vinho na mão, lançando-me aquele olhar crítico de mãe, conhecido no mundo todo. Aquele que calcula o aumento de rugas e o peso extra, como se qualquer ganho em qualquer um desses departamentos conte como demérito para elas em alguma grande contagem cósmica. Fico imaginando quantos pontos ela perderia se eu me divorciasse.

Lucy costumava me lançar o mesmo olhar quando não nos víamos há algum tempo. Uma medida de cima a baixo, literalmente.

– Você está linda – diz meu pai. – Como sempre.

– Não, Christopher, ela parece cansada. E desleixada. Aquilo é sujeira debaixo de suas unhas?

– Por favor, pare – respondo. Estou exausta com os pesadelos de Sophie, de lutar contra o frio, a névoa e a chuva para andar um quarteirão apesar de ser quase verão, e do maldito metrô, lotado, úmido e abafado, a despeito da temperatura lá fora. Estou cansada de morar num lugar que não conheço nem entendo, e de me sentir incompetente porque tenho que perguntar a uma criança de oito anos se devo dar gorjeta ao entregador de comida chinesa, onde posso comprar roupas de baixo novas. Estou cansada do sofrimento, da incerteza do meu casamento, de ter que passar mais um dia sem Lucy, alguém que agora fico em dúvida se realmente conheci. Estou exausta e não tenho energia para me defender de minha mãe, que tem a capacidade assustadora de sempre estar certa.

Não estou sendo justa; minha mãe não está me julgando pelo cômputo cósmico. Ela jamais se importou com o que outras pessoas pensam de nós. Ela desistiu disso há anos, quando abraçou o que ela chama – atipicamente com um termo fora do meio informatizado – de "vestimentas nativas". Por algum motivo só entendido por ela mesma, minha mãe adora usar quimonos, sáris, saias havaianas de ráfia e, ocasionalmente, saias xadrez. Ela diz que vestimentas são parte de sua busca para encontrar seu "autêntico eu" e libertar-se de expectativas culturais. Não é preciso dizer que, quando adolescentes, Mikey e eu achávamos seu estilo infinitamente embaraçoso. Agora ficamos apenas surpresos com sua teimosia em continuar com ele.

Hoje minha mãe está mencionando minha aparência não para ser crítica. Ela me conhece. Sabe que, quando não me apresento bem, provavelmente também não estou me sentindo tão bem. Realmente estou cansada. E tenho mesmo sujeira debaixo das unhas. Minhas sobrancelhas estão tão compridas que dariam para fazer uma trança ou, se eu fosse do tipo irascível ou verdadeiramente a filha da minha mãe, eu as transformaria em *dreadlocks*.

– Esse gesso... Isso de "por favor assine meu gesso" me parece o tipo de coisa para você sentir que tem mais amigos do que na verdade tem. Pensando bem, eu até poderia recomendar isso para alguns pacientes, mas, querida, isso é um pouco... repulsivo.

– Eu acho encantador. Olhe para isso. Quem desenhou todas essas flores? Sophie? – pergunta meu pai, apontando para a assinatura perto do meu pulso.

– Sim, todas foram feitas por ela.

– Que adorável! Não é assim que os ingleses dizem, *adorável*? E *saúde!*

– Sim, querido – Jane fala, dando tapinhas no braço de meu pai. Seu gesto é simpático e afetuoso. Ela começou a mimá-lo, e não costumava fazer isso. – Por falar nisso, como estão eles? Sophie e Greg?

– Não estão mal. Estão bem. Quer dizer, acho que estão tentando.

– Olhe, não quis fazer você se sentir mal sobre sua aparência, amor. Olha só, isso é britânico, "amor". Eu apenas me preocupo com você, Eleanor. Esta mudança para Londres não parece algo pensado – minha mãe comenta.

– É porque não é. Mas talvez isso não seja ruim. Quem disse que tudo precisa ser pensado? Vocês nunca fizeram nada que não fosse pensado, apenas porque não puderam evitar?

Meus pais olham um para o outro, um rubor começando nas maçãs do rosto de minha mãe e chegando até meu pai, como uma "ola" num jogo de futebol.

Pelo olhar culpado em suas expressões, tenho certeza absoluta de que em algum momento destas últimas dez horas, meus pais aprontaram alguma no avião.

Nós nos retiramos para o bar ao lado para um drinque antes de irmos para casa. Meu pai ainda se recupera da conta que se ofereceu para pagar bem antes de sentarmos para comer.

– Com que frequência levo minhas duas meninas para jantar fora? Será um prazer – argumentara. Uma extravagância da qual ele obviamente se arrepende.

"Não entendo – diz ele, levantando a nota de um dólar contra a luz mínima, uma vela dentro de um vidro, para olhar melhor. – Como pode algo que um dia teve algum valor agora não valer nada? E as pessoas acompanham isso, não é incrível? Todos os dias, a cada minuto, este dólar que tenho nas mãos muda de valor em relação à libra. – Meu pai é bem parecido com Sophie, percebo agora. Ele nunca deixa de ter curiosidade sobre o mundo. Por causa do Google, amanhã minha mãe terá que aguentar uma palestra de duas horas sobre flutuação cambial, assunto em que ele se tornará perito da noite para o dia e a que se entregará com a convicção de um cientologista.

– Tudo na vida é assim. Nada é constante – diz Jane, com um sorrisinho, uma confissão de sua própria volubilidade.

– Sim, nunca se sabe o que vai acontecer. Você pode estar vivo hoje e morto amanhã. Assim...

Penso novamente naquela quinta-feira, quando dei uma aula, peguei as roupas na lavanderia e então soube que tinha perdido minha melhor amiga. Viva. Morta. Nada para pesquisar no Google desta vez. A Wikipédia não tem explicações para o que é ao mesmo tempo óbvio e inconcebível.

– Na verdade, este não é um bom exemplo, Ellie. Porque você não pode estar morto hoje, vivo amanhã – diz meu pai, intocado por minha investida a um assunto mórbido e, ao contrário da maioria dos homens da sua idade, abordando confortavelmente o assunto da inevitabilidade da morte. Ele acha embaraçoso o pedido descarado de seus colegas para se tornarem imortais no mundo acadêmico. Ao contrário, meu pai é um homem de métodos e não abriga ilusões sobre o impacto de seu trabalho ou de sua vida. Ele está aqui para uma volta circular, nem mesmo pensa em Mikey ou em mim como uma forma de legado; para ele, este giro, o seu giro, é suficiente.

– Sim, você está certo. Vivo. Depois morto. Sem volta. É uma merda de passagem só de ida.

– Eleanor – diz Jane.

– O que foi? – retruco.

– Nada. – Ela lança um olhar para meu pai, o mesmo com que anos atrás costumava me entregar para passar o fim de semana com ela, quando eu tinha dezesseis anos e era difícil como qualquer adolescente. Um olhar do tipo "Oh, Céus!", que sei agora que merecia totalmente. Depois de bancar a mãe de Sophie, de algum modo parece pouco natural regressar à minha própria infância.

A garçonete traz nossas bebidas, três canecas de chope da cor do mel, três *pints*, ou seja o que for, pois meus pais estavam excitados para usar a palavra *pint*. Não há dúvida de que amanhã estaremos comendo salsicha, ou *banger* e *mash*, purê, somente pela novidade das palavras.

Não sei bem por que fico repentinamente mal-humorada e sem vontade de cooperar. Sinto vontade de me agarrar a meus pais para ter consolo, voltar-me para eles do modo como Sophie e eu temos nos voltado para *O jardim secreto*, para ter algum conforto e refúgio. É claro que meus pais ficariam horrorizados; para minha família, pelo menos para minha mãe, independência é algo sagrado. Tenho 35 anos, quase meia-idade, e por algum motivo quero que meus pais me digam o que fazer para depois reclamar que eles estão sendo autoritários. Quero que me coloquem na cama, como Philip costumava fazer, prendendo o cobertor sobre meus ombros como uma faixa, com um beijo na minha testa e depois em meus lábios.

E, mais, quero que alguém me prometa que não há maldade no mundo, que as pessoas que amamos não serão assassinadas durante o trajeto para a escola. Quero que os tremores diários parem, que cesse o modo horrível como minhas costas enrijecem e meu estômago parece cair toda vez que penso no rosto do homem na primeira página do *Daily Mail*. Quando penso em Lucy *optando* por deixar Sophie.

Mikey chega alguns minutos mais tarde, nos salvando do clima embaraçoso que eu desnecessariamente criei. Quero me desculpar, dizer-lhes que *não liguem para mim, só estou passando por momentos difíceis*. Vou ser mais leve e me ajustar daqui para a frente. Afinal, esta viagem faz parte das férias deles.

– Michael – chama minha mãe.

– Mikey – meu pai e eu falamos ao mesmo tempo.

– Oi, pessoal – cumprimenta meu irmão, circulando em volta da mesa e dando um beijo em cada um de nós. Uma expressão de surpresa toma conta de seu rosto quando percebe que nossos pais estão de mãos dadas sob a mesa.

– E, então, como foi o encontro? – pergunta minha mãe, me poupando de bisbilhotar. Estou morrendo de curiosidade em saber se ele e Claire se deram bem.

– Hum... ótimo, na verdade, quero dizer... – Ele faz uma pausa, como se procurasse a coisa exata a dizer. – Tudo bem, espero não gorar nada, mas acho que foi o melhor encontro da minha vida. Ela é incrível. E inteligente. E linda. É fissurada por filmes de ficção científica, vocês acreditam? Tem todos os DVDs de *Jornada nas estrelas: A nova geração*. Vamos sair de novo amanhã.

– Quando podemos conhecê-la?

– Não o apresse – digo, lembrando-me da primeira vez que minha mãe conheceu Philip. Ela o chamou de "um soldado cortês do lado errado da guerra contra o materialismo". Tudo porque ele estava usando um relógio Tag Heuer que seu pai lhe dera de presente de formatura da faculdade. Levou meses, bem depois de ela ter começado a apreciar sua inteligência e simpatia e, mais ainda, a forma como ele me tratava, para que eu confessasse que ele não era diretor de uma associação sem fins lucrativos, como eu inicialmente dissera, mas gestor de investimentos.

Ela não ficou surpresa. Aparentemente, o fato de ele usar abotoaduras já o havia denunciado.

– Quer dizer que você está apaixonada por um capitalista – ela dissera, dando de ombros. – Sabia que você estava para se rebelar a qualquer momento.

E quando minha rebeldia transformou-se em casamento, ela dera de ombros novamente.

– Nunca disse que ser cortês era algo ruim em um companheiro.

– Bem, não estou bem certo se estou pronto para apresentar meus pais a ela depois de apenas um encontro. Mas ela já foi totalmente aprovada por Ellie, portanto não se preocupem.

– Não estamos preocupados, querido – diz minha mãe, e meu irmão e eu trocamos olhares pelo fato de que meus pais estão mais uma vez unidos em um "nós". – Estamos apenas ansiosos.

– Não me lembro da última vez em que nós quatro nos sentamos juntos ao redor de uma mesa – comenta meu pai.

– Quase nunca fomos apenas nós quatro. Até mesmo quando vocês eram pequenos. Lucy estava sempre por perto, ou um dos amigos de Michael.

Todos ficamos em silêncio por um momento, pela memória de Lucy, e eu começo um misto entre engasgar e chorar, o que é ridículo, já que a menção do nome de Lucy não é nenhuma novidade: estou morando em sua casa, olho para suas coisas e Sophie fala sobre ela mais ou menos quinze vezes por dia. Eu já devia estar habituada. *Lucy, Lucy, Lucy*.

– Sinto muito – desculpo-me. – Estou bem.

– Como está seu braço? – Mikey pergunta, mudando de assunto com tanta facilidade que tenho vontade de beijá-lo.

– Coça demais. Já fiz de tudo que posso para coçá-lo, até enfiei um abridor de cartas por dentro do gesso, mas não funciona. Nada melhora.

– Bem, nós temos novidades – minha mãe diz, indiferente e desinteressada sobre o estado de meu braço. Minha mãe não acredita na arte da indulgência.

– Você está grávida – Mikey fala.

– Gêmeos! – prossigo, sentindo como se novamente fôssemos crianças, mancomunados.

– Não tem graça.

– É até engraçado, sim, Jane. – Meu pai sorri de maneira afetada. – Uma mulher de 67 anos teve gêmeos no ano passado. Embora seja verdade que ela fez tratamento para aumentar a fertilidade. Mas quem pode saber o que você apronta no seu tempo livre? Você só tem sessenta anos.

– E você está parecendo um pouco mais pesada, mãe – Mikey diz.

– E está radiante – acrescento.

– Estou bastante esbelta, obrigada. E estou radiante porque seu pai e eu... bem... nós vamos nos casar de novo.

– Vocês estão falando sério? É mesmo? Vocês realmente acham que essa é uma boa ideia?

– É claro que estamos falando sério. Não poderíamos estar mais felizes. – Minha mãe se volta para meu pai, um olhar de manifesto desejo é trocado entre eles e sinto que sou eu quem está corando.

– Mas... mas, pai – comenta Mikey. – E sobre o que aconteceu da última vez?

– Vocês não entendem. Vamos nos casar. Vocês deveriam estar felizes por nós.

– E se ela mudar de ideia? Isso vai matá-lo – digo.

– Não sejam ridículos. Não vou mudar de ideia. E, se mudar, ele está nas mãos de uma qualificada profissional de saúde mental.

– É exatamente isso o que tememos – Mikey retruca.

– Minha linda Jane, não entendo. – Meu pai sacode a cabeça tristemente para minha mãe, sua ex-esposa e agora sua noiva. – Por que nossos filhos são tão céticos em relação ao amor?

Na manhã seguinte, antes de meus pais partirem para Paris de trem, no início da tarde, minha mãe e eu saímos para explorar a cidade por conta própria. Mikey e meu pai estão na Biblioteca Britânica, onde já fizeram reservas antecipadas para a sala de leitura para que possam alegremente fuçar no computador da biblioteca os 14 milhões de livros e coleções arquivadas. Minha mãe e eu temos o que consideramos uma agenda mais ambiciosa. O Museu Tate Modern, o Mercado Borough e a London Bridge, talvez a manhã ideal de verão num feriado em Londres. No Tate, os trabalhos artísticos nos remetem a posteriores reflexões. Somos levadas pela absoluta massa de pessoas, sob a fria e implacável atmosfera de armazém de aço da entrada, à Sala das Turbinas, onde você não tem escolha a não ser olhar seis andares para cima até o teto. Esticamos ao máximo o pescoço, como crianças quando examinam as estrelas.

Depois andamos ao longo do Embankment até chegarmos ao Mercado Borough, onde os aromas imediatos, que chegam fortes e profundos, despertam nosso apetite. Almoçamos rapidamente, comendo das várias barracas – queijos fedorentos, carnes secas e suflê. Algumas das comidas e produtos mais finos da Europa estão sob um telhado de vidro inclinado; uma estranha combinação de sofisticado e primitivo: lojas para *gourmands* encontrarem a fatia, o pedaço perfeito, ou simplesmente para pegar algo que acabou de chegar fresquíssimo ou que foi recentemente abatido.

– Esqueci a grande viajante que você é – comento com minha mãe, enquanto tomamos um suco de cidra orgânico pois, embora seja verão, o ar ainda conserva aquela revigorante pegada britânica. – Você devia ser viajante profissional.

– A busca pelo prazer é uma habilidade como qualquer outra – minha mãe responde, e depois ri de sua própria presunção. – Brincadeiras à parte, é bom nos alegrarmos de vez em quando, não é? Faço isso em Nova York o tempo todo. Banco a turista.

Depois de nos enchermos de besteiras e até pegarmos algumas coisas para levar – compro uma berinjela, que, com toda a certeza, jamais será preparada, mas ainda assim é algo pequeno e bonito que eu quero que seja meu – continuamos até a London Bridge, para cruzar de volta para o lado norte do rio Tâmisa.

– Adoro essa ponte. Acho que é a ponte mais bonita de Londres, talvez a mais bonita do mundo todo – minha mãe fala, parando para apontar, rio abaixo, para a elaborada Tower Bridge, paralela à que estamos. Ela é encantadora à luz do sol, quase "Disneyesca", com suas espirais douradas, cabos azuis e torres vitorianas crescendo a partir da água.

– Se você gosta mais dela, vamos atravessá-la – digo, ansiosa em agradar depois de ter me comportado tão mal na noite passada. A manhã parece furtiva e exuberante, um bálsamo para meus sentimentos feridos, um presente raro de minha mãe, cuja presença, na maioria das vezes, tem a tendência de criar atritos.

– Não, não é possível ver o quanto ela é bonita quando se está nela. É uma daquelas coisas que só se pode apreciar a distância.

Tiramos algumas fotos com a câmera digital de minha mãe, primeiro com minha mãe posando, depois eu, e então nós duas juntas, com minha mão esticada.

– Ei, Jane, você também gostava do livro *O jardim secreto* quando era criança?

– Não, de jeito algum. Honestamente, sempre achei que esse livro foi valorizado demais. Nunca entendi por que você e seu pai gostavam tanto dele. Toda aquela história de jardim parecia um pouco melodramático demais para meu gosto.

– Mas você o leu para mim quando vovó morreu, para me ajudar, você sabe, a lidar com a situação.

– Não li para ajudar você. Li para ajudar seu pai.

– O quê?

– Ele ficou completamente perturbado quando sua avó morreu. E eu sabia que esse era seu livro predileto quando era criança, mesmo com as irmãs zombando dele e dizendo que era livro "de menina". O pobrezinho tinha que esconder o livro debaixo do colchão, como se fosse uma *Playboy* ou algo do tipo. De qualquer forma, achei que, vendo eu ler o livro para você, faria com que ele se sentisse melhor. Para lembrá-lo do ciclo da vida e tudo o mais.

– Então eu fui usada?

– É uma maneira de ver.

– E funcionou? Papai ver você ler o livro para mim?

– Para ser honesta, acho que ele nem notou. Ele estava muito desorientado.

– Presumi que era um ótimo livro para crianças lidarem com o sofrimento. Eu o tenho lido para Sophie porque pensei que esse fora o motivo pelo qual você o havia lido para mim.

Minha mãe olha para a ponte por um tempo, absorvendo seu esplendor a distância.

– Quem sabe? Talvez tenha sido.

Parte dois

Ah! As coisas que aconteceram naquele jardim!
Se você nunca teve um jardim, não conseguirá entender,
E se você já teve um, saberá que é preciso
um livro inteiro para descrever tudo o que se passa por lá.

– O Jardim Secreto

23

Philip me deixou uma vez, cerca de dez meses depois que perdemos Oliver. Ele me abandonou – saiu caminhando, dizendo: "*sayonara; adios, amiga*" por meio da poesia magnética na porta da nossa geladeira, nada mais. Pior ainda: era uma quarta-feira, um dia de semana comum.

Ele me ofereceu uma linha, oito palavras, depois de mais de mil dias de matrimônio – compartilhando um lar, com beijos de boa-noite, conversas ao final de dias de trabalho, aconchegando-nos um ao outro, corpo a corpo, para encarar uma noite longa e escura pela frente. Mais de mil dias dizendo eu te amo – certificando-nos de dizer uma vez só para o caso de ser a última vez – antes de embarcar em um avião.

A mensagem de Philip na sua totalidade: *Vc Não Me Vê, Então Estou Indo Embora.*

Eu teria ficado com raiva, na época, se soubesse há quanto tempo ele partira. Naquele momento, eu não sabia, não sabia realmente. Dois dias, talvez três? Então, não podia culpá-lo, não é? Talvez ele tivesse me deixado na segunda-feira. Em vez de raiva, senti-me miserável, triste e distante, como se estivesse assistindo a outra pessoa ser levada na tevê.

Philip estava certo em ir embora naquele ponto. Eu havia parado de prestar atenção nele por um tempo, tanto que não notara que havia menos camisas penduradas no closet, que suas chaves não estavam no balcão, que o assento do banheiro estava abaixado. Notei que seu corpo não ocupava a outra metade da cama, isso eu notei, mas imaginei que ele havia me dito que ia viajar a trabalho e que eu esquecera. Ou que não havia escutado.

Naquele ano, depois de Oliver, tenho que admitir, parei de escutar. Philip tentou me ajudar, tentou de tudo, e nada funcionou.

– Por que você não me disse que a esposa de Scott está com câncer? – perguntei, menos de duas semanas antes do "Incidente da Geladeira", como viemos a chamá-lo, quando finalmente, pudemos, pelo menos uma vez, rir dele. – Eu nunca teria dito que parecia que ela estava perdendo peso.

– Eu lhe contei, Ellie – respondeu Philip. – Você simplesmente não escutou.

– Eu teria ouvido a palavra câncer, Philip. Tudo bem, sei que não a conhecia tão bem, mas eu teria ouvido a palavra câncer.

– Teria – ele retrucou. – Mas não ouviu.

Agora, um ano mais tarde, depois de termos voltado com surpreendente facilidade apenas 24 horas depois de eu ter visto o bilhete na geladeira – uma sessão de terapia de casal e promessas de ambos para fazer o outro se sentir mais visível e importante – ainda fico pensando em tudo o que perdi. Um ano de suas palavras, talvez, empilhadas em algum lugar ao serem ignoradas por mim.

Agora é a vez de Philip criar uma barreira. Por quatro semanas inteiras, ele ignorou minhas mensagens no celular, os e-mails e os faxes que enviei para casa, sem responder e provavelmente nem as ouvindo ou lendo. Meus pensamentos tratados como spam. Philip dissera que eu parti seu coração, e agora ele faz o mesmo comigo. Este é o xeque-mate de partir corações.

Talvez seu silêncio implore por um gesto grandioso, mas preciso ficar com Sophie. Ainda preciso colocá-la na cama todas as noites, acalmá-la com imagens de jardins secretos e refúgios entre muros grossos, cobertos por rosas. E há ainda o copo de água que tenho que deixar para ela ao lado da cama todas as noites.

Talvez estes sejam os momentos mais assustadores da vida de casado: quando você se volta para seu parceiro e percebe que prometeu passar o resto de sua vida com alguém que você não reconhece mais. Alguém que não consegue mais ver.

* * *

Estou pensando no "Incidente da Geladeira" ao mesmo tempo em que bisbilhoto novamente no escritório de Lucy, desta vez procurando por evidências de sua relação extraconjugal. Se tivesse tido a curiosidade de pedir à Lucy para marcar o local de seu porto seguro enquanto ela era viva, fico imaginando se teria sido aqui: esta cadeira, esta vista, um oásis em fragmentos.

Meu álibi já está estabelecido. Se Greg ou Sophie me perguntarem por que estou aqui em cima, estou preparando uma palestra sobre microcrédito. Pouco importa que eu já tenha ligado para o reitor da universidade e conseguido um período sabático; comprei seis meses para tentar equacionar minha vida, para fazer minhas grandes escolhas continentais.

Ligo o laptop de Lucy e consigo decifrar sua senha de e-mail em duas tentativas. Ela teria escolhido algo mais difícil, imagino, se não quisesse realmente que eu adivinhasse. Tentativa número um: *Sophie*. A tentativa número dois me coloca lá dentro: *Lulu*, o apelido pelo qual seu pai a chamava quando ela era pequena. Rolo a tela de sua caixa postal que, com exceção dos e-mails *para* e *de* René Devereaux espalhados, se parece com a minha. Está cheia de milhares de mensagens entre nós. Abro uma ao acaso, de cerca de três semanas antes de ela morrer.

Para: Ellie Lerner, ellie.lerner@yahoo.com
De: Lucy Stafford, anamericangirlinlondon@yahoo.com
Assunto: Ficando bem apertadinha
Oi, você faz os exercícios Kegel para fortalecer os músculos do assoalho pélvico? Por favor, informe.

Para: Lucy Stafford, anamericangirlinlondon@yahoo.com
De: Ellie Lerner, ellie.lerner@yahoo.com
Assunto: Re: Ficando bem apertadinha
Não. Ser soltinha nunca foi problema para mim. Por quê?

De: Lucy Stafford, anamericangirlinlondon@yahoo.com
Para: Ellie Lerner, ellie.lerner@yahoo.com
Assunto: Re: Ficando bem apertadinha
Acabei de ler um artigo numa revista que diz que nós deveríamos fazer. Mas, em vez disso, acho que devíamos achar esse tal Dr. Kegel e chutar o traseiro dele. Nós, mulheres, já temos muitas coisas com que nos preocupar.
A propósito, lhe contei que estou fazendo depilação a laser? Dói como o diabo, mas pode imaginar nunca mais ter que depilar pelo resto de sua vida? É o paraíso.

Meu coração começa a bater mais rápido, há sangue demais sendo bombeado de uma só vez, e começo a transpirar apesar do frio que faz na sala. Lucy está viva, só pode estar, com todos esses e-mails aqui. Ela não pode estar morta, não enquanto estou aqui, neste escritório. Pessoas mortas não têm rascunhos de e-mails. Mas aí está, Lucy se foi, suas palavras ficaram para trás, uma pilha delas bem ali na tela, algumas mensagens ainda não terminadas, relutantemente falando por ela.

Escolho um e-mail de René ao acaso em sua caixa postal.

De: René Devereaux, renedever@gmail.com
Para: Lucy Stafford, anamericangirlinlondon@yahoo.com
Assunto: ETA
Estou com saudades, estou com saudades, estou com saudades.

De: Lucy Stafford, anamericangirlinlondon@yahoo.com
Para: René Devereaux, renedever@gmail.com
Assunto: Re: ETA
Eu também, amor. Vamos nos ver depois do trabalho? No lugar de sempre?

De: René Devereaux, renedever@gmail.com
Para: Lucy Stafford, anamericangirlinlondon@yahoo.com

Assunto: Re: ETA
Oui. Oui.

De: Lucy Stafford, anamericangirlinlondon@yahoo.com
Para: René Devereaux, renedever@gmail.com
Assunto: Re: ETA
Adoro o seu *oui-oui.*

De: René Devereaux, renedever@gmail.com
Para: Lucy Stafford, anamericangirlinlondon@yahoo.com
Assunto: Re: ETA
Criança terrível. O que vou fazer com você?

De: Lucy Stafford, anamericangirlinlondon@yahoo.com
Para: René Devereaux, renedever@gmail.com
Assunto: Re: ETA
Você vai se casar comigo.

De: René Devereaux, renedever@gmail.com
Para: Lucy Stafford, anamericangirlinlondon@yahoo.com
Assunto:Re: ETA
Diga local e horário.

De: Lucy Stafford, anamericangirlinlondon@yahoo.com
Para: Greg Stafford, gregericstafford@gmail.com
Assunto: Jantar
Oi, não vou chegar em casa para o jantar. Vou precisar trabalhar até mais tarde. Dê um beijo em Sophie por mim, tá? XX, Lu.

Sinto vergonha por parecer uma *voyeur*. Eu não devia estar aqui, sentada na cadeira de Lucy, lendo suas mensagens mais íntimas, trocadas com seu amante, e suas falsas desculpas para o marido. Ainda assim, não consigo parar. Há centenas de cartas de amor, e cada uma delas me traz um novo ângulo, um mergulho em sua outra vida.

Nas primeiras horas da manhã, apenas três horas antes de Lucy morrer:

De: Lucy Stafford, anamericangirlinlondon@yahoo.com
Para: René Devereaux, renedever@gmail.com
Assunto: O que vamos fazer?
Estamos fazendo a coisa certa? Sempre acreditei que cada um de nós tem o direito de agarrar o máximo de felicidade que puder neste mundo, mas você não acha que estamos indo longe demais? Querendo mais do que merecemos?
Xoxo, Lu

PS – Sou tão feliz com você que às vezes até dói.

De: René Devereaux, renedever@gmail.com
Para: Lucy Stafford, anamericangirlinlondon@yahoo.com
Assunto: Re: O que vamos fazer?
Sim, estamos fazendo a coisa certa. De qualquer forma, acho que não temos outra escolha. Você consegue se imaginar voltando atrás agora? Eu não. *Je t´aime.*
Agora vá treinar o seu francês.
Xoxo, R

PS – Você já contou para Ellie? Aposto que vai se sentir melhor quando contar.

De: Lucy Stafford, anamericangirlinlondon@yahoo.com
Para: René Devereaux, renedever@gmail.com
Assunto: Re: O que vamos fazer?
Não. Mas vou contar. Prometo. Sei que ela vai me odiar para sempre.

Aqui é onde finalmente paro. A menção de meu nome, provavelmente o que eu estava procurando o tempo todo, faz com que sinta como se houvesse uma linha que não devo cruzar. Lucy ainda estava tentando descobrir como me contar quando o homem saiu da rua de pequenas casas alinhadas e acabou com tudo, de uma vez por todas e para sempre. O homem que vi hoje no Pret A Manger, quando Sophie e eu fomos lá pegar algo para o almoço, agora que a escola finalmente parou para as férias de verão; o homem que nos seguiu até Portobello Road quando fomos ver Simon; o homem que está atrás de mim agora; sinto sua respiração pesada e seu mau hálito em meu pescoço. O homem que minha mente racional sabe que está na prisão, que provavelmente ficará lá para sempre se o oficial de ligação da família estiver certo. Mas, ainda assim, eu o sinto também aqui, sinto-o em todo lugar, me seguindo e se infiltrando no escritório de Lucy, seu porto seguro. Roubando-nos inclusive este momento – Lucy queria me contar, ela ia me contar e é claro que eu não a teria odiado para sempre.

Volto meu pensamento para sete meses atrás, quando vi Lucy pela última vez, no réveillon, em Boston, e ela me acusou de estar numa crise de meia-idade antecipada.

– L, pare de se lamentar – Lucy dissera. – O que há de errado com você? Acho que qualquer dia desses você vai largar Philip, comprar um Porsche e dormir com aquele garoto sexy da sua classe, você sabe, aquele tal de John ou Jack ou seja lá com quem for que você sonhou. Seja feliz com o que você tem. Você tem tudo, sabia? É casada com o homem que ama. O que mais pode querer?

– Só estou dizendo que estou descontente, é só. Não é possível que seja assim, não é? Esta é a minha vida adulta? Porque se for, se é assim que vai ser daqui por diante, então, vai ser deprimente.

– Ora, talvez vocês dois devam começar a tentar de novo.

– Você não entende, Luce. Você não entende o que é querer algo e não ter. Você sempre teve tudo. – Estava pensando em Sophie, em seus óculos de plástico, em seus cabelos macios e embaraçados. Estava pensando em comprar roupas de criança e uma cabecinha redonda apoiada em meu ombro. Depois de Oliver, fizemos tentativas sem muito entusiasmo de "tentar de novo" e depois paramos. Mas o tempo todo eu vibrava um medo patente. Querer pode se tornar o pior sentimento de todos, parecido com a esperança. Mas a esperança é pior. Esperança é o momento anterior a fazer xixi e ver o teste dar negativo. Esperança é o momento anterior a lhe dizerem que não conseguem achar o batimento cardíaco. Esperança é uma armadilha, a isca e a vara, uma ilusão.

Lucy não disse mais nada e, percebo agora, neste pouso bizarro após essa viagem no tempo, que ela sabia exatamente o que eu queria dizer. Ela sabia o que eu queria dizer sobre sentir-se presa e perdida, tudo de uma vez. Uma dessas ratoeiras desumanas: seus pés estão grudados e mesmo assim você ainda pode olhar ao redor, horrorizada em descobrir que não consegue se libertar. Isso não é tão simples como dar alguns passos à frente.

24

Ontem à noite Sophie se recusou a comer nosso saudável jantar de iscas de peixe com ketchup, com dois grupos de alimentos cobertos: proteína e verduras – porque os itens se misturaram no prato. Quando insisti para que ela comesse mesmo assim, ela proferiu a frase que eu esperava ouvir desde que cheguei a Londres: "*Você não é minha mãe.*"

O momento não foi tão doloroso quanto eu imaginara. Ela estava tão exigente e engraçadinha, rejeitando o jantar como uma dramatização do clichê de toda infância, furiosa com algo tão bobo quanto o encontro do ketchup e do peixe, que tudo o que consegui fazer foi ser condescendente com seu chilique. Troquei seu prato com o meu e tentei não rir.

O pobre Greg está aguardando uma frase ainda mais perturbadora, uma que ele confessa ter certeza de que ela deixará escapar em algum momento: *Queria que você tivesse morrido no lugar da mamãe.*

– Desculpe pelo que eu disse ontem à noite – Sophie fala agora, durante nosso curto intervalo entre *O diário de uma princesa* e *O diário de uma princesa II*.

A chuva, forte e sombria, bate hipnoticamente e embala Sophie e eu a passarmos este dia maravilhoso e deprimente no sofá. Nossos corpos se desmancham sobre o couro, nossos membros estão inúteis. Não fazemos nada, consoladas por saber que este é o modo de a natureza dizer: passe a sexta-feira comendo salgadinhos crocantes de camarão e assistindo a filmes de censura livre, ocasionalmente discutindo sobre a pessoa corajosa e ingênua – um britânico, sem dúvida – que antes de todos deu o grande salto da humanidade, juntando batatas chips com o sabor do camarão.

– Não se preocupe com isso.

– Eu... Só. É... – Ela segura os cotovelos, frustrada, um tique que percebi que se repete toda vez que ela se depara com seu vocabulário limitado. Ela sabe o que quer dizer, mas ainda não está equipada com as palavras.

– É sério, Soph, não foi nada demais. Você estava certa. Não sou sua mãe. Mas só para você saber, só porque não sou sua mãe, isso não quer dizer que eu não possa dizer a você o que fazer.

– Eu sei.

– Como no nosso livro, certo? Mary fica melhor quando não pode fazer o que quer, quando quer.

– É, acho que sim.

– Você ainda é pequena.

– Não sou *tão* pequena. Tenho 1,05m de altura. É o percentual 20 para altura. Papai mediu e depois verificou.

– Eu quis dizer que você é nova.

– Então, por que não disse nova?

Detesto quando Sophie me lembra do motivo por que tem poucos amigos.

A campainha toca às 5h da tarde. Impaciente por ter ficado em casa o dia todo, Sophie dá um pulo com a novidade, o rabo abanando.

– Posso atender? – pergunta ela já à porta, com a mão na maçaneta para girá-la. Estou com preguiça demais para me juntar a ela, optando em vez disso por me mudar para o lugar quente que ela acabou de deixar vago.

– Veja pelo olho mágico.

– Eu não alcanço.

– Fique na pontinha da pontinha do pé. Quem é? O carteiro?

– Oh, meu Deus! Oh, meu Deus! Oh, meu Deus! – Sophie grita e pula, batendo palmas. Por um momento mais do que infantil, penso que é Lucy que ela está vendo pelo olho mágico, que houve um engano grosseiro e que ela está voltando para casa agora, para sempre. Que ela se sentará conosco e nos contará uma história instigante, algo emocionante, engraçado e impossível, como Lucy.

– Quem é? – Agora estou de pé, caminhando em direção ao hall de entrada.

– Tio Philip!

É claro, tio Philip.

Sophie abre a porta e lá está meu marido, sem casaco, com os braços cheios de sacolas e o suéter manchado pela chuva. Não, minha amiga morta não está ao lado dele, e se eu não estivesse tão tomada de alívio ao ver Philip, teria me estapeado por meu ridículo otimismo. É como o início de uma piada de mau gosto: *Quantas pessoas são necessárias para Ellie acreditar que ela não verá Lucy novamente?*

Philip – sua familiar inclinação de ombros, seu cheiro amadeirado, o jeito como seu cabelo cacheia sob a chuva – faz meu coração doer, e sou dominada pelas saudades de casa, pela nostalgia e, claro, pelo amor também. Quero encostar meu nariz em seu pescoço, bem embaixo de sua orelha, onde há uma inclinação sutil, onde eu sempre consigo me encaixar. Quero beijar sua boca perfeita, a boca que sempre pensei ser minha.

– Sophie, meu doce. – Philip deixa cair a bagagem do lado de dentro e a abraça com um único e impressionante movimento. Ele sacode seus cabelos nos dela, ao estilo cachorro molhado, e ela dá uma risadinha como a velha Sophie costumava fazer. Neste momento, ela tem oito anos de novo. – Como você cresceu tanto? É sério, você está uns 30 centímetros mais alta desde a última vez em que a vi. E o que é isso atrás da sua orelha?

Philip distrai Sophie e consegue tirar um buquê de flores artificiais da manga da camisa. Ele acabou de sair de um voo de sete horas e já é a atração do dia de Sophie. Ele também costumava me divertir assim. Quando eu estava grávida, ele costumava sussurrar para a minha barriga uma imitação de Frank Sinatra em "Fly Me To The Moon".

– Como você fez isso? – Sophie pergunta.

– Um mágico nunca conta seus segredos – ele responde, e finalmente cruza seu olhar com o meu por sobre a cabeça dela.

– Oi – digo, e me movimento em sua direção.

Quero tocar o rosto de meu marido.

– Oi – ele recua quando estendo a mão para enxugar uma gota de chuva que desce por sua testa. Ele olha para meu pijama e meus pés descalços. Pareço confortável demais aqui, na casa que não me pertence. Espero que na parte de cima do pijama não tenham restado migalhas dos biscoitos que Sophie e eu comemos depois dos salgadinhos. Tempos atrás, Philip costumava me trazer biscoitos depois de fazermos sexo. Durante algum tempo, o gosto doce do chocolate e Philip eram um só para mim.

Ignoro sua tentativa de se esquivar, seu foco concentrado em Sophie, e tento fingir que ele não ignorou meus telefonemas nem e-mails no último mês. Sinto mais saudades dele do que imaginava. Vejo isso agora, enquanto olho fixamente para ele, para sua cabeça molhada e seus truques bobos de mágica. Vejo isso agora, enquanto olho a aliança de casamento em seu dedo longo e delgado de homem e lembro do quanto aquele pedaço de metal significa.

Tire uma moeda de trás da minha orelha, quero falar.

Transforme a água em vinho.

Faça o sol sair.

Me leve para casa.

Mas em vez disso digo:

– Hum... Que bom ver você.

O restaurante no lobby do hotel de Philip, o Royal Lancaster, é bem iluminado e implacável. É possível ver muito de cada um aqui, em nossas cadeiras de madeira de encosto duro, um de frente para o outro. Pelas janelas, podemos ver o Hyde Park; sua imensidão coberta de grama é ameaçadora à noite, com seu verde transformando-se em preto.

– Obrigada por ter vindo até aqui. – Aliso o guardanapo no colo, alinho os talheres, coloco meus *hashis* no suporte de porcelana e movo minha taça de vinho para longe da borda da mesa. – Significa muito para mim.

Direciono minha gratidão para a partícula invisível em meu garfo que retiro com a unha. Não consigo olhar para Philip. A familiaridade de seu rosto me dá vertigem. Quantas vezes olhei para seus olhos, sua boca, seus lábios, os ângulos de suas bochechas, estudei aquele terreno como se memorizasse os estados de um mapa? A linha minúscula do lado esquerdo de seu nariz, a antiga cicatriz de um arranhão do gato do vizinho. O belo sinal no alto de sua testa, bem abaixo da linha do couro cabeludo. O traço sutil de covinhas, mais como uma sombra do que uma reentrância, que aparece quando ele sorri. Jamais posso imaginar amar o rosto de um homem como amo o de Philip. Lembro-me de quando éramos recém-casados e eu olhava seu rosto com admiração, o olhar de uma mãe para seu bebê recém-nascido.

– Precisávamos falar pessoalmente e... bem, você não ia voltar logo para casa. – Sua voz é firme, e ele não movimenta as mãos nervosamente. Talvez tenha praticado no avião.

– Tenho tentado falar com você há semanas. Você não atendeu minhas ligações. Nem respondeu meus e-mails ou meus faxes. Meu próximo passo seria enviar sinais de fumaça.

– Eu respondo bem à escrita no céu.

– Mas verifiquei o preço. É caro demais...

– Faço ideia – diz ele, e seu tom é diferente do meu. O dele está entrelaçado com sarcasmo, raiva e cansaço. – Você poderia simplesmente ter aparecido. Como eu fiz.

– Eu queria, realmente queria. Mas... Sophie.

– Ela parece ótima.

– Ela está levando. Mas as coisas têm sido duras para ela. E, então, meus pais escolheram a data do casamento.

– Ouvi falar.

– Sim, na verdade é daqui a três meses. Voltarei para casa para o casamento, claro.

– Claro, você voltará para *isso*.

– Você acredita que meus pais vão se casar de novo? – ignoro seu tom seco e mantenho o meu estável, até animado.

– Eles são glutões da punição. Devem ser malucos.

– Philip?

– O quê? – Uma frase sem emoção, sem inflexão de curiosidade.

– Por favor, não me odeie.

Philip não responde. Ele deixa o comentário no ar, seu silêncio revelando minha oferta patética. Certa vez, prometemos nos amar e cuidar um do outro, e agora o que me sinto no direito de pedir é apenas isso: um apelo desesperado para que ele não acalente o sentimento oposto.

Tomamos muito vinho. Uma garrafa foi esvaziada rapidamente, a falta de coragem aliada ao serviço silencioso, homens vestidos com túnicas brancas e cintos elaborados que combinam com a decoração tailandesa, reabastecendo meu copo sem que eu notasse. Pedimos a segunda, outro tinto, e somente na metade deste, quando ele já havia saturado nosso sangue e anestesiado nossas defesas, foi que começamos a ter uma conversa normal, interrompendo um ao outro para levar a conversa adiante, como sempre fizemos. A estranheza dá lugar ao conforto, aos ritmos naturais que ambos pensáramos que estivessem esquecidos. Discussões sobre *nós* ou sobre *o futuro* são deixadas de lado em favor da simples conversa e das tentativas de entreter um ao outro. Levantamos a voz de vez em quando, nossa plateia favorita na mesa de trás é uma oportunidade para fazermos as súbitas performances pelas quais somos famosos.

Um lembrete potente de por que nos casamos: sempre fizemos rir um ao outro. Quando foi a última vez que eu e meu marido nos sentamos de frente um para o outro em um restaurante, só nós dois, com o único propósito de passarmos um tempo juntos? Não consigo me lembrar.

Philip conta uma história boba do trabalho – sua secretária vestiu a saia de trás para a frente durante um dia inteiro e ele passou o tempo todo reunindo coragem para lhe dizer. Ele agonizava: o que era pior, falar ou não falar? Ele ainda não sabe. Concordo com ele em não ter contado, embora ambas as opções pareçam injustamente cruéis, cada uma a seu modo.

Ele pergunta sobre meu braço quebrado, e eu lhe mostro os nomes rabiscados no gesso. Eu o apresento a Claire, que assinou com uma linda letra cursiva em rosa e que, em menos de um mês de namoro com Mikey, mudou-se para o apartamento dele, em Nottingham Court.

– Eles passaram de estranhos a almas gêmeas em cinco dias ou menos. Mal posso acreditar – conto a Philip, e aponto para os desenhos imaturos de Mikey. Um M ♥ C contidos em um coração ainda maior, com uma flecha. – Eles parecem ter 16 anos de idade.

– Eu sei. Mikey disse que foi amor à primeira vista. Ele parece muito feliz. – Philip está certo. Quando meu irmão encontra um tempo para ligar para mim, suas palavras transbordam, desenfreadas e sem pausa para respirar. Tudo nele se movimenta agora meio passo mais rápido. É isso o que o amor faz a meu irmão. Ele age como se tivesse exagerado na dose de Red Bull. – É engraçado ela ser a professora de Sophie.

– Sim, Claire é o máximo. Mas Sophie terá outra professora no ano que vem. O ano letivo terminou há pouco tempo. Eles vão até o meio de julho aqui.

– E quem é este? – Philip pergunta, apontando para SIMON, que, com suas letras maiúsculas, faz seu nome chamar a atenção. Não tenho certeza de que estamos prontos para falar do próximo ano de Sophie na escola, uma conversa muito pesada neste momento, muito presa ao nosso futuro. Simon parece ser uma opção mais segura.

– O terapeuta de Sophie. Acho que ele está ajudando, mas quem pode saber? Ela parece gostar muito dele. Posso jurar que ela flerta com ele.

– Ah, eu achava que era o único com quem ela flertava.

– Sinto muito, agora você tem um concorrente.

Philip sorri para mim, e por um segundo acho que ambos esquecemos tudo e somos apenas Philip-e-Ellie novamente, vivendo nossas vidas, compartilhando uma deliciosa comida tailandesa, experimentando os legumes do prato um do outro.

Damos continuidade à nossa conversa sem rumo e inocente, deixando que ela teça seu casulo reconfortante. Philip me conta que uma adolescente da vizinhança deu marcha a ré e atingiu nosso carro, deixando uma pequena marca. Nada demais, nada que não possa ser consertado. Conto a ele como Sophie e eu estamos lendo *O jardim secreto*, que ele também já leu certa vez, nos tempos da faculdade, quando lhe contei que era um dos meus livros favoritos. “Um pouco água com açúcar”, ele dissera sobre o livro. “Mas acho bonitinho você gostar dele”.

Não conto a Philip nada sobre os planos de Lucy, sobre fuçar seus e-mails. Os segredos dela não são meus para serem contados.

A conta chega cedo demais. Não está claro onde vamos chegar esta noite. Espero que ele permita que eu suba, na pior das hipóteses para dormir na mesma cama que meu marido, para ficar um pouco mais em contato com seu rosto, mas isso está longe de ser garantido. Ele ainda está cauteloso em relação a mim, pisando cuidadosamente. Estamos pulando corda entre minas explosivas em nossas conversas.

Não nos tocamos, nem uma vez. E embora eu não queira falar sobre o nosso relacionamento, não queira encarar nossa separação em dois continentes diferentes, quero tocá-lo e quero ser tocada por ele. Também quero ser levada, talvez mais do que qualquer coisa. Quero deitar na cama de Philip, sentir minhas costas contra seu peito, sentar na cadeira formada por seus joelhos. Inclinar-me contra ele até nos tornarmos um só.

O *jet leg* está começando a se instalar. O rosto de Philip começa a mostrar-se flácido. É triste que eu esteja aqui, nervosa com o plano de ação para dormir com meu marido, mesmo após quantidades enormes de álcool. *Ele é seu marido*, lembro a mim mesma. *Marido, marido, marido*, repito até que as palavras não tenham mais significado. Lembro-me de quando nos casamos e eu costumava inventar desculpas para usar a palavra: *Oh, aquele é meu marido. Vou perguntar ao meu marido o que ele acha. Você conhece o meu marido?* Mesmo depois, o termo jamais perdeu importância, só ganhou poder com o uso. Eu queria anunciar nossa união para o mundo.

Não sei dizer se Philip está nervoso ou resignado; a última opção é muito pior, enquanto a primeira me traz de volta àquele ponto vulnerável da esperança. Esperança de que, entretanto, não sei dizer. Esperança de que ele ainda me ame, de que ele consiga fazer dar certo em continentes diferentes? Esperança de que ele me amarre e me arraste de volta para casa, para então cairmos novamente na nossa vida velha e vazia? Esperança de que ele se mude para cá para começarmos de novo em outro país, um país onde eu não tenho certeza de que pertenço?

– Posso ir com você, certo? Subir, eu quis dizer – falo, incapaz de encontrar os olhos de Philip. Estou envergonhada da súplica em minha voz, mas não tenho escolha. Eu nos desatei até este ponto.

– Ainda precisamos conversar, Ellie. Não fizemos isso ainda.

– Eu sei. Lá em cima. Conversaremos lá em cima. – Ele me olha de cima a baixo. Estou usando meu vestido preto, o que usei no enterro de Lucy. É um vestido de crepe, acinturado e mais conservador do que pede a ocasião. Eu desejaria estar usando algo mais provocante e vermelho, talvez com uma fenda, ostentando confiança extra em minha nova busca para seduzir meu marido. Mas não tenho nada vermelho em nenhum país.

Sim, o plano é seduzir Philip. Meu desejo sexual está de volta, a ampulheta virou novamente e está cheia, a areia começando uma nova descida. Este vestido não ajuda nem um pouco; no momento estou mais parecida com a mãe dele. Philip pega o cartão que abre a porta do quarto, e eu o acompanho para fora do restaurante. Entramos no elevador e, então, como mágica, subimos.

25

Há duas camas no quarto. Duas porcarias de camas. Uma piada. Uma negociação a mais. Lucy deve estar lá em cima, em algum lugar, rindo até não poder mais pelo fato de eu não saber como fazer meu marido transar comigo.

Duas camas neste quarto exagerado e cheio de franjas, claramente um quarto de hotel inglês. Há duas colchas carmesim floridas e entremeadas com dourado, já viradas para baixo, com dois bilhetes nos lembrando para economizar água. Fotos de paisagens de Londres – o Big Ben, o Parlamento e a Tower Bridge –, em preto e branco e emolduradas, decoram as paredes e acrescentam uma atmosfera de desespero. Por que sair quando você pode ver os pontos turísticos da cidade bem aqui no quarto? Podemos sentir o gostinho de Londres dentro deste oásis de papel de parede delicado, com sua impressionante seleção de chás e seus abajures com cordinhas para acender a luz.

– E então – falo e continuo de pé, sem saber que cama escolher e como fazer isso. Parte de mim quer apenas tirar o vestido e ver o que acontece. Será que ele me rejeitaria a tal ponto? De pé na frente dele, pelada?

– Precisamos conversar, Ellie.

– Tudo bem, vamos conversar, então. – Chego mais perto dele e tento sustentar o contato visual.

– Acho que nós dois sabemos onde isso vai dar. – Ele quis dizer o nosso relacionamento, e não o momento. Preferia que ele estivesse se referindo ao momento, mas Philip está tão aflito que não há chance de estar pensando em sexo. Ele está pensando no nosso inevitável fim.

– Philip. – O vinho tinto me deixa insolente. Vou mudar as coisas, ainda consigo, não é tarde demais. Nunca é tarde demais. Lucy está certa: temos o direito a toda a felicidade que pudermos alcançar. – Philip.

Estendo a mão e toco seu cabelo, castanho e ondulado. Meus dedos percorrem seus cabelos, retirando uma mecha de perto dos olhos.

A mão dele segura a minha, mas é um gesto cruel. É uma pequena algema segurando minha mão com o polegar e o indicador.

– Não – diz.

– Por favor. – Ignoro meu óbvio desespero, a vergonha superada pelo desejo de sentir sua pele. Estamos quase de rostos colados agora e ele está paralisado, segurando meu pulso no ar, sem saber como jogar este jogo. Parecemos guerreiros samurais no silêncio, um momento antes de a luta começar.

Beijo seu maxilar, mesmo sabendo que, neste momento, ele não quer fazer isso comigo. Ele quer se sentar numa mesa, a pelos menos um metro e meio de distância, e falar sobre os detalhes. Não estou pronta ainda para falar sobre o futuro, colher o que plantei.

– Ellie. – Sua voz demonstra pânico. Suas orelhas são sensíveis demais. Eu não estou jogando limpo e sei disso. – Por favor, não podemos.

Eu o ignoro. Já que não tenho mãos – uma ainda está no gesso, a outra está presa com ele –, uso meu rosto para virar o dele, para molestar sua outra orelha. Ele não consegue evitar um gemido.

Depois, seu pescoço. Minha mão cai, ele está se rendendo. Ele está ali em pé, com os braços caídos ao lado do corpo, esperando. Apenas esperando. Ele não tem forças para reagir.

Natureza. Hábito. Instinto. Ele encontra minha boca. Pegamos a cama da direita. A mais próxima da janela, a que tem o livro de histórias do Hyde Park.

Momentos depois, enquanto ele dorme, mato as saudades de seu rosto. Percorro o sombreado de suas olheiras acentuadas. A descida do topo de seu perfil até a parte de baixo de seus olhos. O ponto onde meu nariz se encaixa em seu pescoço. E quando penso se é tarde demais, se cheguei tarde demais, choro em silêncio.

Quando abro os olhos, um raio de luz do sol passa pelas persianas abaixadas, uma linha branca pelo meio do quarto, dizendo que já é manhã. Philip já saiu da cama, já tomou banho, arrumou a mala e está aguardando ao lado da porta. Está usando uma malha de cashmere azul bebê e os jeans de bolsos com abas que eu o obriguei a comprar no ano passado, quando o vimos em promoção. Ele faz com que Philip pareça dez anos mais novo, como o garoto que vi pela primeira vez na biblioteca. Seu rosto está barbeado, com linhas de expressão, e percebo que o novo Philip voltou – a versão adulto competente, que é perfeitamente capaz e feliz de continuar seu dia sem mim. Sua mão descansa na alça de plástico da maleta executiva com rodinhas, ele está pronto e ansioso para puxá-la porta afora.

– Oi. – Minha voz está rouca. Estou com muita ressaca.

– Oi. – Ele está fazendo aquela expressão de desagrado novamente, como se minhas palavras e gestos amigáveis fossem canivetes.

– Ontem foi muito bom.

– Nós não conversamos, Ellie.

– Podemos conversar hoje.

– Ellie...

– Tem um lugar ótimo para tomar café da manhã ali na esquina...

– Não tenho tempo para café da manhã.

– Vamos lá, é a refeição mais importante do dia.

– Tenho que pegar um avião.

– Hoje? Você não tem que ir. Ainda não.

– Ellie...

– É sério, ainda não.

Uma batida.

Por favor, não fale. Philip, por favor, não fale. Ainda não. Hoje não. Hoje não é o dia em que perco meu marido.

– Philip. – Respiro fundo, pronta para mergulhar numa súplica, recorrer de novo à sedução, mas ele me supera. – Por favor, não...

– Ellie, eu já falei com um advogado.

– Por favor, não...

– Eu quero o divórcio. Obviamente está tudo... não sei, acabado.

– Mas ontem... – Não tenho palavras, não treinei. Qualquer um saberia que isso ia acontecer. E, ainda assim, saber não ajuda em nada.

– Ontem foi um erro. Acho que todas as nossas partes ainda funcionam.

– Mas foi... ótimo. Não foi? – Não espero pela resposta, continuo falando. Se continuar falando, ele não pode sair com a mala pelo corredor. Limito meus objetivos. Situação de emergência. Apenas impedir que ele saia porta afora. – E nós?

– Isso não é casamento.

– O que foi ontem, então? Foi só uma... uma... transa, por pena?

– Ellie. – Seus olhos imploram, *por favor, não faça isso ficar mais difícil*. Mas não consigo evitar. Estou apavorada, e o medo se transforma em ira. Sentir raiva parece mais fácil do que entrar em total colapso emocional.

– É isso o que eu sou para você? Alguém com quem você dorme e deixa no dia seguinte?

– Não vamos fazer isso.

– Não vamos fazer o quê? Dizer a verdade?

– Isso não é a verdade e você sabe disso. Tenho coisas melhores a fazer do que ficar esperando, sentado, minha esposa voltar para casa. Na verdade, quando você estava em casa, não estava realmente lá. Então, o que você sabe? Tenho coisas melhores a fazer do que ficar esperando a mulher com quem me casei fazer uma reaparição. Nem ao menos consigo me lembrar de quando foi a última vez em que a vi. – Ele soa como alguém que costumava ter raiva e agora está apenas cansado. Como alguém cuja briga fica sendo adiada.

– Philip...

– Desisto. Está bem? Às vezes, o que se tem a fazer é desistir. Estou farto, estou farto. – Ele me mostra as palmas das mãos; vazias.

– Então, você veio até Londres para me dizer que quer o divórcio? – A palavra é ainda muito nova, muito rude. Eu não quero o divórcio. Quero que ele volte para a cama, que me faça sentir que existe um lugar que eu posso chamar de lar. Tocá-lo de novo, voltar a admirar seu rosto.

Não, quero voltar no tempo, para quando costumávamos reconhecer um ao outro. Talvez antes de Oliver.

– Vim aqui lhe dizer pessoalmente. – As lágrimas começaram e sinto dores pelo corpo todo, por dentro e por fora.

– Mas eu te amo. Isso não significa nada para você? – Uma pergunta apenas metade retórica.

– Ellie, por favor, deixe-me ir. Você não está sendo justa. Isso não é justo – ele diz, e posso ver que ele também está suplicando. Está desesperado para sair deste quarto, para sair do país, até o mais longe que puder ficar de mim.

– Por que está fazendo isso? Você sabe que eu preciso ficar aqui com Sophie. Sabe que eu não posso simplesmente pegar um avião...

– Você realmente não entende, não é? Isso não tem a ver apenas com Londres. Para falar a verdade, esqueça. Não importa mais. Acredite no que quiser. Adeus, Ellie. – Ele abre a porta e eu vejo o corredor acarpetado do hotel, o caminho que ele fará até o elevador.

– Philip.

– Por favor, diga adeus a Sophie por mim, OK?

Ele não espera pela resposta. Um aceno tímido, e o ruído monótono da maleta rolando atrás dele. Tudo leva menos de dois minutos.

Cerca de uma hora depois dele partir – uma hora que passei tentando não vomitar o vinho da noite anterior, uma hora tentando me convencer de que tudo ficará bem, que consigo sobreviver à perda de Lucy e de Philip em um verão, uma hora na qual imaginei se um dia irei me reconhecer novamente –, alguém bate à porta. Corro para atender e deixo a precipitação do alívio me acalmar.

– Philip, você vol...

– O cavalheiro pediu o café da manhã. – Um homem vestido com uniforme verde, de costeletas finas e compridas, entra animadamente no quarto, empurrando uma mesa vacilante sobre rodinhas. Quando percebe meu rosto inchado de chorar, ele desvia o olhar. – Perto da janela?

Aceno positivamente com a cabeça, também desviando o olhar.

– Bom apetite, senhora. – O rapaz do serviço de quarto sai rapidamente, sem parar para receber gorjeta.

Philip pediu meu café da manhã favorito para curar ressaca; ele se lembrou da época da faculdade, provavelmente a última vez em que tive uma ressaca antes de me mudar para Londres – café preto, ovos *benedict* e molho holandês extra.

Eu me forço a comer, embora o molho seja gorduroso e meu estômago esteja dando voltas. Cada pedaço parece um soco no estômago.

26

– Ei, cadê o tio Philip? Fiz um desenho superlegal para ele de mim e do meu polegar falso. Veja, veja – conta Sophie, cutucando minha camiseta, logo depois de eu entrar pela porta. Acho que é aqui onde moro agora: Lansdowne Road. Código Postal: W11. – Tia Ellie, você não está olhando.

– Nossa, Soph. Você fez as articulações bem caprichadas. – Olho para o desenho: um bonequinho com uma mão de galinha completamente desproporcional. Sophie não é boa desenhista. Ela pode ser jornalista quando crescer, como Lucy, ou advogada como o pai dela, talvez até uma romancista. Seu amor obsessivo pela leitura vai lhe ser útil para alguma coisa. Mas, com certeza, não estou olhando para a próxima Van Gogh.

– E então?

– Então o quê?

– Onde está o tio Philip? Quero mostrar a ele. Ele está escondido? – Philip e Sophie costumavam fazer uma maratona de esconde-esconde em Sharon. Ela explorava cada canto da casa, enquanto Philip, espremido dentro de um armário da cozinha, esperava pacientemente que ela o encontrasse. Agora Sophie caminha até o closet e olha lá dentro, para um bando de casacos, dela, de Greg e de Lucy. Um gesto de cortar o coração. Apesar dos eventos recentes, ela tem o otimismo de interpretar a ausência de Philip como uma forma de esporte. Fico imaginando se, no íntimo de seu ser, ela acredita que sua mãe também está apenas esperando pelo momento certo para reaparecer.

– Querida, hum... ele foi embora. Teve que voltar para casa. Mas me pediu para se despedir e dizer que a ama muito. – Dou o recado de meu marido ajoelhando-me na frente dela, da forma como vi pais darem más notícias aos filhos, em datas especiais da escola. Não estou enganando ninguém com este desempenho estoico.

– Mas... mas eu não tive chance de... Nós deveríamos... É sério? Ele foi embora?

– Sinto muito.

– Tudo bem.

– Soph, você pode ficar chateada. É verdade, e vou entender se você quiser chorar ou gritar ou algo parecido.

– Não, está tudo bem, de verdade.

– Certo.

– Tia Ellie?

– Sim.

– Você quer chá com biscoitos?

Sua voz tem a eficiência de um adulto, prática e no controle. O tom que usei no enterro, quando percebi que era eu quem estava no controle. Pegando minha mão, ela me leva até a cozinha e me faz sentar no que agora penso como sendo nosso canto. Sophie enche a chaleira elétrica, liga o botão e arruma um prato com biscoitos.

– Pegue um – ela diz, empurrando a caixa de lenços de papel na minha direção. Toco meu rosto. Uma enxurrada de lágrimas que eu não havia notado ou sentido. – E então – ela prossegue, sentando-se a meu lado e dando tapinhas em meu ombro. – Você quer conversar?

– Na verdade, não.

– Tudo bem, então, você quer só se sentar e ficar em silêncio?

– Sim, por favor. – E assim nós ficamos, sem falar, como na noite depois do enterro de Lucy. Sophie descansa sua cabeça em meu ombro e, como da última vez, quando nosso mundo se partira em dois, nós nos sentamos ali e esperamos recobrar forças para ficar de pé novamente.

* * *

Mais tarde, ligo para meu pai para lhe dar a notícia. Sua filha está finalizando sua graduação no casamento. Conto primeiro para ele porque assim ele contará para minha mãe e eu fico livre do ponto de vista psicológico por enquanto. Ainda não estou pronta para analisar tudo isso e separar todos os componentes. E arcar com a culpa, que inevitavelmente recairá sobre meus ombros.

Meu pai e eu passamos a última meia hora discutindo os arranjos florais do casamento que está chegando. Ele surpreendeu a todos nós tornando-se um noivo neurótico, totalmente consumido com o processo de planejamento, negligenciando sua pesquisa sobre a Guerra Civil, me ligando a qualquer hora da noite para debater sobre os "coquetéis assinados" por *chefs*. Ele quer algo amarelo para combinar com sua gravata e a flor da lapela. Garrafas de água personalizadas foram compradas para ser colocadas em cada mesa, rotuladas de acordo com a "música-tema": "Reunited and it feels so good". Meus pais têm uma música tema, como se estivessem fazendo 13 anos e preparando um *bar mitzvah*. Meu pai pretende imprimir aquelas canções horríveis nos guardanapos. Ele não está comovido por meus conselhos de que o evento tomou um rumo brega.

– Querida, você sabia que existem revistas de casamento? Revistas enormes, que parecem listas telefônicas. É uma indústria impressionante. Uma subeconomia inteira. É fascinante.

– Pai, elas não se chamam revistas de casamento. São revistas *de noivas*. Para *mulheres*.

– Que seja. Eu as acho interessantes. Há muito o que aprender, e nós só temos três meses.

– Eu sei. – Minha mãe está correndo de volta para o altar; se demorar muito, ela vai fugir. – Então, tenho novidades.

Esperei uma hora para contar a ele, na ridícula esperança de que poderia deixar escapar este pequeno detalhe na conversa. Se há alguém que vai me deixar fora do perigo de mais uma discussão, este é meu pai, que está mais interessado em fatos do que em emoções.

– Philip a deixou, não é? Sinto muito, querida.

– Sim. Como você...

– Ora, até eu vi que isso ia acontecer. Você está bem?

– Não sei. Às vezes... Você acha que estraguei a melhor coisa que aconteceu comigo?

– Acho que, nos últimos tempos, o casamento não foi a melhor coisa que aconteceu a nenhum de vocês dois. Mas, sim, acho que as coisas mudaram depois que vocês perderam Oliver. Vocês eram fantásticos juntos. Adoro o Philip.

– Eu sei.

– Ellie, detesto ter que dizer isso, mas ele fez a coisa certa. Sei que isso dói, mas ele teve que se libertar. Você não estava sendo justa.

Tusso para sacudir as lágrimas da minha voz. É difícil ouvir que é um acordo universal o fato de que este rompimento é culpa minha. Eu esperava consolo e não culpa. Já estava coberta de culpa sem a opinião de meus pais.

– Uma vez, li um estudo sobre prisioneiros com sentença de prisão perpétua. Os que não tinham possibilidade de conseguir liberdade condicional estavam mais felizes do que aqueles que poderiam conseguir. Isto desafia a lógica, mas nem tanto. Às vezes é a esperança que mata.

– O que você está querendo dizer? Estar casado comigo é o mesmo que estar na prisão?

– É claro que não. Só estou dizendo que Philip não podia continuar esperando. O pobre homem estava infeliz imaginando quando você voltaria para casa. Pior ainda, *se* você voltaria.

– Mas...

– Ou vai ou racha. Ou caga ou desocupa a moita.

– Entendi.

– Ouça, querida, se quiser conversar mais sobre relacionamentos, você deve ligar para sua mãe. Você sabe que ela é melhor nisso do que eu.

– Tudo bem.

– Desculpe, acabei de perceber que tenho algo para fazer. Nova crise no casamento.

– O que foi agora, pai?

– Preciso refazer a tabela das mesas.

– Por quê?

– Querida, preciso mudar você e Philip para a mesa dos solteiros.

Greg chega em casa depois das 10h da noite. Sophie já está dormindo há tempos. Uma releitura do capítulo 25 – somente 30 páginas para o fim de *O jardim secreto*, embora nenhuma de nós esteja pronta – um copo de água em seu criado-mudo e um beijinho na testa. Um ritual, como todos os rituais, com apego, apoiado em alívio e conforto.

– Ei, onde está Phil... – Greg para no meio da frase quando vê a garrafa de uísque já aberta e o uísque já servido. Esta é a segunda vez que tomo uísque na minha vida toda. A primeira vez foi no "Dia do Olho Roxo". – Oh!

– Pois é.

– Você está bem?

Dou de ombros e faço um brinde silencioso com o copo.

– Suponho que sim.

– Sinto muito. Você sabe que eu já passei por isso. – Ele também se senta no sofá, mas na outra ponta, e afrouxa a gravata.

Sirvo-lhe uma bebida, bem menor do que a minha.

– Em que fase você está agora? A dor de cabeça? A raiva? Repassando tudo em sua mente? Ou foi direto para a fase da exaustão, quando pensa sobre ter que começar tudo de novo com outra pessoa?

– Praticamente tudo isso de uma vez. Mas o pensamento de outra pessoa... não cheguei lá ainda. Isso faz com que eu sinta enjoo. E a raiva, sim, esta também. Ah, e a culpa. A culpa está vencendo neste momento.

– Que saco.

– Sim. Que saco.

Bebemos em silêncio por um tempo, deixando o líquido descer queimando, esperando para sermos anestesiados. Descanso a cabeça nas costas do sofá e expiro.

– Eu vou ficar bem, não é? – pergunto, porque embora tenha sido minha falha, ainda preciso ouvir alguém dizer: *Você vai ficar bem*. Preciso saber que serei capaz de sair da cama amanhã, e depois de amanhã também.

– Sim. Você vai.

– Primeiro foi Lucy. E agora Philip. Sei que não é a mesma coisa e que praticamente pedi para que isso acontecesse... e me perdoe, pois sei que com você foi muito pior, mas, que merda, não sei se consigo superar isso. Não sei mesmo. Perder Philip também?

– Você vai superar. Você vai ficar mais do que bem. Todos nós merecemos ficar mais do que bem. Merecemos toda a felicidade que pudermos conquistar. – Olho para ele e imagino se ele sabe que está repetindo Lucy como um papagaio. Ou talvez tenha sido sempre o contrário. Talvez ela tenha aprendido isso com ele. Aprendeu a lição e a usou como arma.

Minhas lágrimas recomeçam e Greg fica alarmado. Ele é o tipo de homem que se desmancha com o choro de uma mulher. Uma caixa de lenços de papel aparece, oferecida sem contato visual.

– Me desculpe – digo, e ele acena com as mãos. – Acontece que tenho 35 anos e em algum ponto do caminho perdi minha vida. Não sei onde devo morar. Não me importo com a minha carreira. Perdi minha melhor amiga e agora meu marido. A única coisa palpável... que na realidade não foi palpável... também não o tenho. O que é que estou fazendo? Como foi que cheguei até aqui?

– Não sei. Se lhe serve de consolo, sou um viúvo de 39 anos, morando numa casa que detesto... eu realmente detesto este lugar, já lhe disse isso? Lucy adora... adorava... esta casa, então nós ficamos. Ser advogado pode ser tão entediante que toda manhã tenho que convencer a mim mesmo a entrar no metrô. E tenho uma filha de oito anos de idade lá em cima, que às vezes me dói olhar. Mas sei que ficarei bem. Não consigo dizer isso a toda hora, mas agora, neste exato momento, eu realmente acredito que vou encontrar um jeito de ficar bem. Todos vamos.

– Talvez.

– Melhor do que simplesmente bem.

– Sabe de uma coisa? Você está certo. Nós vamos ficar ótimos.

– Eu me junto a seu brado de guerra com o pouco da minha energia.

– Como porcos na lama! – Ele sorri para mim, um amor fraterno, caloroso e radiante, e traz seu copo para brindar com o meu. Se nossas vidas fossem um filme, esta seria a cena em que a música muda. Faríamos contato visual, timidamente no início e depois um pacto, antes de arrancarmos as roupas um do outro e declararmos amor eterno. Chegaríamos assim ao final feliz, nesta casa de cores pastel em Notting Hill, com a música gradualmente aumentando. Uma decisão simples, natural e melhor para todos. Sophie ganha uma mãe, eu ganho uma filha. Greg ganha uma esposa. Tudo resolvido em cinco minutos.

Porém, isso não é um filme e as coisas nunca são simples. Além do que, não tenho interesse algum em ver Greg nu. Somos companheiros de guerra – ele é meu irmão, meu camarada –, portanto, não vamos terminar na cama nem teremos uma saída fácil. Nossas vidas não são um quebra-cabeça que precisa ser solucionado, mas sim peças confusas, pontas soltas, lealdades conflitantes. Definição não cabe na nossa história.

Em vez disso, vou ficar sentada aqui, bebericando meu uísque e pensando em quem eu repentinamente me tornei, sem as pessoas que mais me definem.

27

"*Todas as alegrias do mundo estavam no jardim secreto nessa manhã. E, no meio delas todas, ainda aconteceu a delícia mais gostosinha de todas, mais maravilhosa...*" – Estamos na cama de Sophie, aconchegadas e confortáveis, embora ainda seja final de tarde. Estou no meio da releitura de uma das falas mais comoventes do livro – Mary e Dickon veem um pisco vermelho rasgando o ar e Burnett está no melhor de seu momento mágico – quando as palavras de Sophie explodem, hostis e sem aviso.

– Você acha que sou burra?

– Do que você está falando?

– É uma pergunta simples: Você acha que sou burra?

– É claro que não. Você é a criança mais inteligente que conheço. O que está havendo, Soph? – Não estou acostumada com este tom nela, uma maneira elaborada de desestabilizar que acho que eu não desenvolveria até o ensino médio. Como o olho roxo, em desacordo com o restante dela.

– Então, se acha que sou tão esperta, por que não me contou? – Ela aponta na direção das cortinas amarelas de seu quarto que cobrem a janela. Eu as fechei, esperando que ela não percebesse a comoção do lado de fora. A imprensa, com suas pranchetas, câmeras e sua incessante curiosidade, está de volta com outra série de histórias. Uma faca foi encontrada numa lixeira atrás dos apartamentos populares,em Westbourne Park, e a coisa aparentemente estava repleta de evidências criminais: sangue seco, DNA e impressões digitais. É a prova final que, vamos torcer, nos assegura que o caso está encerrado. O homem, que tem nome, é claro, impresso em todos os jornais do país, embora eu me recuse a pronunciá-lo para não exaltar sua existência, aguarda por uma pena de prisão perpétua. Nigel, nosso oficial de ligação, sugeriu que nos mantivéssemos em silêncio por alguns dias. Ele prometeu que a atenção da mídia passará novamente e também nos lembrou que, embora inconveniente, ganhar a compaixão do público não é necessariamente algo ruim. As fotos de Sophie e eu de mãos dadas a caminho da escola, o foco em nossos dedos entrelaçados, capturou a imaginação do público, aumentando tanto o interesse quanto a indignação. A pressão adicional sobre a Scotland Yard só pode nos ajudar.

– Soph, me perdoe. Eu queria proteger você.

– Você achou que eu não ia notar? Há tempos você não tem insistido para irmos ao parque. E não saímos de casa há dois dias.

– Está chovendo, então, eu pensei...

– Está sempre chovendo, tia Ellie. E sempre levamos um guarda-chuva.

– Quanto você sabe? – pergunto diretamente. Ela pode jogar duro, mas tem apenas oito anos. Não quero que ela saiba ainda sobre as complexidades do sistema judicial ou faça perguntas sobre o teste de sangue. Talvez eu ainda possa proteger o pouco de inocência que restou.

– Sei sobre a faca. Acho... quer dizer, Inderpal disse que é uma coisa boa, não é?

– Você andou falando com Inderpal?

– Às vezes, nos falamos por telefone. E daí?

– E daí nada. – Escondo meu sorriso e uma pequena animação em perceber que talvez Sophie tenha uma quedinha por ele. Fico feliz com qualquer distração que ela possa ter da vida real. – É uma coisa boa. Ajuda a polícia.

– Que bom. Papai diz que é bom ajudar a polícia. Foi por isso que eu falei com eles, sabe, *depois*, mesmo não querendo falar com ninguém. Nem mesmo com você.

– Bem, estou feliz por você estar falando agora. Ainda está zangada comigo?

Sophie olha na direção da janela novamente e depois para nosso livro.

– Nunca não me diga as coisas, está bem? Eu não sou bebê.

– Eu sei. Você tem razão. – Por um momento, me esqueço e acaricio sua fronte, como a um bebê, mas ela não parece se importar. Ela se inclina sobre mim, apaziguada.

– Não gosto de todas essas pessoas aí fora. Sei que são jornalistas, como a mamãe, mas queria que eles nos deixassem em paz.

– Entendo o que você quer dizer. É como se estivéssemos em um aquário.

– Em um aquário. Gostei dessa. Muito bom, tia Ellie. Vou usar esta.

– Por que não fingimos que eles não estão lá fora? Vamos fingir que estamos nos jardins de Misselthwaite Manor, com Mary e Dickon. Estamos observando o pisco vermelho fazer seu ninho e, quando ele cantar, é como se estivesse falando conosco.

– Eles ainda vão estar lá fora.

– Eu sei. Mas podemos fingir mesmo assim, certo?

Passo o livro para Sophie, e ela começa a ler.

28

A caixa do FedEx chega em menos de uma semana. A primeira está cheia de sapatos, não quaisquer sapatos, mas os meus favoritos, uma bela seleção. Sem salto, com salto, tênis, chinelos, botas para o frio e para a chuva. Uma caixa dos sonhos. E a segunda traz dois pares de jeans, algumas suéteres, minha jaqueta, camisetas regata e com manga, meu guarda-chuva, um kit de sobrevivência completo para a vida em Londres. Philip escolheu cuidadosamente as peças do meu closet, avaliando o que eu poderia precisar mais. Ele até lembrou do adaptador para o meu laptop, um pote extra do meu hidratante para a pele – a mesma marca que eu costumava exportar para Lucy, pois aqui custa o dobro – e alguns livros, escolhidos a dedo da minha prateleira: *Retrato de uma senhora*, *A estrada da reserva*, *Paris é uma festa*.

O bilhete é curto, sem sentimentos: *Para você.*

E assim, com aquelas duas palavras, meu coração se fecha novamente e meu corpo dói por Philip, literalmente dói. Sinto dor em meus seios, que latejam de amor, em meu estômago, que dói pela perda, até que novamente eu me veja no chão, dobrada, repassando sem parar o som das rodinhas da mala de Philip, rolando porta afora.

29

Na quinta-feira, meu dia preferido da semana, Sophie e eu vamos ver Simon. Na verdade, Sophie vai ver Simon e eu vou como escolta, ficando mais tempo do que deveria antes e depois das sessões. Ele é bonito, e eu agora estou solteira, além de ele ser uma distração saudável. Mesmo antes de minha mudança de estado civil, eu gostava de fantasiar sobre seus braços fortes e a potencial tatuagem que poderia ou não aparecer em seu bíceps. Sua cabeça careca faz com que eu tenha vontade de lambê-la para dar sorte. Não, é mentira. Quero lambê-la como um aperitivo.

Depois da sessão de Sophie (que, com base nos papéis que cobrem a mesa e que fui forçada a admirar nas últimas seis semanas, agora têm menos desenhos e mais conversa), Simon pede para falar comigo em particular. Sophie foi mandada para o andar de baixo com algumas libras para tomar um chocolate quente. Fui poupada da decisão sobre se ela tem idade suficiente para fazer isso sozinha, já que foi o especialista em crianças quem sugeriu. Sinto-me agradecida, pois é comum eu ficar acordada algumas noites, ponderando as diversas escolhas que fiz durante o dia por Sophie, sem jamais ter certeza de que tomei a decisão certa. Com frequência, recorro à pesquisa do Google para acalmar meus nervos: *crianças de oito anos e filmes de censura livre; crianças de oito anos e* Vogue Teen; *crianças de oito anos, bonecas American Girl e feminismo; crianças inglesas de oito anos e chá depois das três; crianças de oito anos e sexo*. Admito, com base nos resultados, que esta última foi um grande erro, um erro que me fez ter pesadelos por duas semanas seguidas. Se meu nome aparecer em alguma lista da polícia, vou saber o motivo.

– Como você está? – Simon me pergunta assim que ouvimos os passos de Sophie descendo as escadas. – Ouvi falar sobre seu marido.

– Ah, isso. Bem. Estou bem. Há tempos estava para acontecer.

– É? – Ele fala daquele jeito londrino encantador, uma meia sílaba e expectativa.

– É – repito, como um papagaio, seu sotaque.

– Que bom. Fico feliz. – Simon faz uma pausa por um momento e apenas olha para mim. Ele é um homem que sabe manipular o silêncio, encontrando pedaços de calma zen na atmosfera da conversa. Se eu fosse casada com ele acharia este hábito irritante. Como não sou casada com ele, acho o hábito invejável e charmoso. – O aniversário de Sophie.

– Sim.

– Está chegando.

– Sim.

– Quais são os planos?

– Não sei. O que você acha? Greg e eu ainda não falamos sobre isso, mas estava pensando em fazer uma festa, como a que ela teve no ano passado. Lembro-me de Lucy dizer que foi um sucesso.

– Ninguém apareceu no ano passado.

– Do que você está falando? Lucy disse que Notting Hill inteira estava lá.

– Não foi o que Sophie contou. Ela me contou que foi um desastre. Disse que prefere morrer a ter outra festa. Foram as palavras dela. Não minhas.

– Oh! – Readapto minha maneira de pensar. Lucy mentiu. Não é surpresa, estou aprendendo isso desde que entrei na vida dela. Fico envergonhada por ela não ter me contado a verdade. Pior ainda, sinto-me enjoada ao imaginar Sophie enfiada num vestido de festa, sentada sozinha entre bandejas de sanduíches, sabendo muito bem que não importava o quanto ela esperasse, a campainha não ia tocar. E sabendo também que desapontara sua mãe.

– Muito bem, é hora de um plano novo. Alguma ideia? – pergunto.

– Vou pensar com carinho, mas, Ellie, para que você fique sabendo, isso é muito importante para Sophie. Ela mencionou inúmeras vezes.

– Eu sei. Teremos que pensar em algo bem legal. Ela merece.

– Como estão os pesadelos?

– Ainda acontecem todas as noites. No entanto, ela está se saindo melhor com eles, se é que isso faz sentido. Ela se acostumou tanto, acho, que não acorda mais tão trêmula. E o xixi na cama parou totalmente, isso é bom.

– É bom. Estou trabalhando a culpa com ela neste momento.

– Culpa? Ela só tem oito anos. Por que ela se sente culpada?

– Ela desobedeceu na manhã do acidente. – É interessante que até Simon, um especialista em genocídio, adotou a palavra *acidente*. Talvez seja da natureza humana querer encobrir a ideia do mal, limitando nosso vocabulário a palavras que podemos controlar.

– Mas o que isso tem a ver...

– Sua mãe lhe disse para correr, mas ela parou no final da rua. Sophie acha que o fato de ela estar lá, e ver, fez com que acontecesse. Ela está sofrendo um tipo de "culpa do sobrevivente".

– E como podemos impedir isso? Como podemos fazê-la se sentir melhor?

– Estou trabalhando nisso. – Ele toca meu braço, num gesto de conforto. – É frustrante. Culpa é uma emoção inútil quando é irracional. E ainda assim muito poderosa. Ela nos impede de seguir em frente.

Ele fala de um modo que me faz pensar que não está falando apenas sobre Sophie. Balanço a cabeça como se compreendesse, embora não tenha certeza disso.

– A propósito, ler *O jardim secreto* com Sophie foi uma ideia absolutamente brilhante. Estou pensando em incorporá-lo à orientação psicológica com outros pacientes em luto.

– Obrigada. Não fazia ideia se isso realmente ajudaria. Simplesmente adoro o livro.

– Sabe, você daria uma mãe fantástica. – Simon fala de maneira estranha, como se estivesse me dando um presente que mais tarde requereria um bilhete de agradecimento escrito à mão. Levo suas palavras comigo e pondero sobre elas enquanto saio pela porta, as emoções confusas demais para suportar. Seu presente não é tanto um presente, talvez seja mais parecido com uma granada de mão.

O seu "daria" sugere que não sou mãe. Não para Sophie, pelo menos não no sentido literal da palavra, e, é claro, também não para Oliver. Sinto novamente a queimação da culpa e da vergonha. Emoções inúteis, talvez. No entanto, ainda dolorosas.

30

Sophie se recusa a comer o carneiro que eu tão amorosamente pedi do cardápio de um bar com uma placa de luzes fluorescentes e depois levei para casa em uma embalagem de papelão. Normalmente não seria nada demais, mas trazemos para casa comida indiana três noites por semana e as sobras vão parar no lanche do dia seguinte, e, sim, carne de carneiro à moda oriental tornou-se um alimento básico em nossa dieta. Sem ele, temo que Sophie fique ainda mais magra.

Criamos um sistema sofisticado de pedidos e divisão, a descoberta do equilíbrio perfeito entre a carne e o *curry*, o tempero apimentado e o suave, o líquido e o sólido. Acima de tudo, rapidamente entramos numa rotina nesta casa. É reconfortante saber que, haja o que houver, na terça-feira à noite haverá um *naan*, o pão indiano, recém-saído do forno.

A recusa repentina de Sophie em tomar parte de nosso ritual é frustrante. A recém-descoberta fobia de carne de carneiro foi falha minha, é óbvio. Dickon, um dos personagens de O *jardim secreto*, acha um filhote de carneiro órfão na charneca e cuida dele. A descrição é preciosa: *era uma coisinha linda e fofa, com uma cara bobinha de bebê e pernas bem compridas para o corpo... Quando Mary se sentou debaixo de uma árvore com aquele calorzinho vivo no colo, ela se sentiu tão cheia de uma alegria estranha que nem conseguia falar. Um carneirinho! Carneirinho de verdade! Um carneirinho vivo no colo, todo aconchegado, como se fosse um bebê!*

Mais uma vez o tema "órfãos" bate de frente conosco, embora Sophie não se importe; na verdade, relemos este parágrafo diversas vezes. Nós duas queremos tocar a lã dele, sentir ele morder a ponta de nossos dedos, observá-lo mamando na mamadeira; ambas queremos salvar este animal ficcional e adotar um carneiro órfão só para nós.

Sophie se consola com o fato de que deve haver outras criaturas no mundo como ela. Aparentemente, mães que morrem – sejam elas de carneiro ou o que quer que sejam – acontece aos montes. Quem sabia que essa era a lição de *O jardim secreto*? Às vezes, os pais morrem e os filhos ficam bem. E até mesmo prosperam, de uma maneira independente e com bochechas rosadas. Isso é algo que tanto Sophie quanto eu temos que aprender: outros sobreviveram ao que ela está sobrevivendo.

– Querida, vamos. Você tem comido tanto disso ultimamente – Greg diz, tentando colocar a carne no prato dela. Ela continua retornando a carne espetada para o prato dele.

– De jeito nenhum. Não vou comer nada que seja bonitinho. E os carneiros são bonitinhos.

Não entro na briga. A menina tem certa razão. Por que não respeitar o que é bonitinho? Talvez tenhamos que comer, digerir e defecar todas as coisas feias do mundo e deixar os bonitinhos saltitando e mordiscando sobre as folhas.

– Acho que isso quer dizer que você está a salvo, então. Porque você é superbonitinha. – Greg devora sua comida do jeito exagerado de um ogro, sua imitação de Shrek, que termina com *curry* por todo o queixo. Nós dois fazemos isso, Greg e eu, usando as piadas mais baratas e bobas à mão para Sophie. Faríamos qualquer coisa... que vergonha... para provocar umas risadas.

Ela lhe dá o que ele quer. Uma risadinha.

– Não acho que sou bonitinha. Sou desastrada – ela fala, lenta e, propositadamente, mudando o assunto em sua cabeça. – Todas as crianças na escola me chamam de "Sophie, a bibliotecária lésbica". O que é lésbica?

O *curry* do meu frango pega o tubo digestivo errado e desce queimando até o estômago. Olho para Greg, e ambos pensamos exatamente a mesma coisa. Precisamos de um iPhone sob a mesa para pesquisar no Google: "crianças de oito anos e explicação sobre sexualidade".

– Uh, é porque você lê muito, querida. É por isso que eles a chamam de bibliotecária. Você sabe que as bibliotecárias são superlegais. Sim, elas costumavam usar coques e ter a aparência da diretora Calthorp, mas agora a maioria das bibliotecárias é inteligente e bonita. Eu ficaria feliz se você quisesse ser uma bibliotecária quando crescesse. E, olhe só, você é a menina mais bonitinha do mundo.

– Dã, eu *sei* o que é bibliotecária, tia Ellie. – Ela revira os olhos para mim, hábito que eu presumia que não apareceria até seus catorze anos. – O que é lésbica?

Greg fica pálido – estes são momentos em que ele se apavora, os momentos sem a mãe, quando ele não tem ideia do que fazer ou dizer para sua filha – e olha para mim em súplica. *Ajude-me*, ele diz. *Com certeza você deve saber o que dizer. Você é mulher. Você é geneticamente modificada para lidar com crianças.*

Pego a bola, fazendo a mim mesma a velha pergunta, como uma evangélica: *O que Lucy faria?* E respondo da velha maneira: *Não sei.*

– Hum, bem, Soph, lésbica não é um palavrão ou coisa assim. Acho que eles a chamam assim porque acham que combina com bibliotecária.

– Não é verdade. Bibliotecária tem seis sílabas e lésbica tem três. Mas o que *é*?

– É uma mulher que gosta de outras mulheres.

– Oh! Você é menina e eu sou menina, e eu gosto de você. Então, somos lésbicas? – Oh, Céus, se o Google não me mandou para a prisão ainda, certamente será desta vez. Imagino Sophie anunciando a quem quiser ouvir: *Minha tia Ellie e eu somos lésbicas. Ela disse que sou a menina mais bonita do mundo todo.*

– Não. Quero dizer, é gostar de outra mulher de uma maneira romântica. Você sabe o motivo por que sua mãe e seu pai se casaram? Bem, há mulheres que querem se casar com outras mulheres e elas são chamadas de lésbicas.

– Isso faz sentido. Mas fique sabendo que quero me casar com um menino.

Greg parece aliviado. Não sei se, no momento, ele conseguiria lidar com a filha de oito anos revelando preferências homossexuais.

– Para falar a verdade, quero me casar com Inderpal. Ele é o menino mais legal que eu conheço.

Escondo o sorriso, contente por Sophie ter admitido que gosta de alguém, principalmente de um candidato que vale tanto a pena – Inderpal é inteligente e gentil, e faz todas as perguntas certas, qualidade subestimada em uma pessoa – mas o rosto de Greg fica vermelho. O alívio que ele sentira momentos atrás é encurtado e substituído por um medo paralisante. Oh, não, o assunto "meninos" não pode já estar começando. Por favor, Deus, ainda não.

Sem dúvida, Greg ficará acordado até tarde esta noite, pesquisando no Google: *escolas somente para meninas em Notting Hill.*

Mikey me liga às 10h da noite, depois que Sophie foi para a cama e enquanto assisto à BBC, tentando entender o que há de engraçado em *Only Fools and Horses*. Greg me promete que, se eu der uma chance ao programa, vou me apaixonar por ele, como aconteceu com *Big Brother*, mas até agora o seriado não pegou. Não tenho muita coisa para fazer, já que tirei um ano sabático no emprego. Não há palestra alguma para preparar. Portanto, esta parece ser uma ocupação para estes dias: *entender o senso de humor inglês*. A vida se tornou um curso sobre o modo londrino de viver. Greg me apresentou aos escritores ingleses Martin Amis e Evelyn Waugh, à marca de chá PG Tips e à loja de conveniências Mark & Spencer Simply Food, ao hábito de olhar para a direita quando for atravessar a rua e a ficar calma quando conhecer alguém novo. Agora, sempre saio com um guarda-chuva e pelo menos duas camadas de roupa para pôr e tirar, conforme a vontade do sol em aparecer, e termino minhas frases com perguntas retóricas (*não é assim?*), e entendo que *babaca* e *porra* são palavras perfeitamente aceitáveis em uma conversa normal.

– Ellie? – Meu irmão pergunta, com voz desanimada, toda a euforia do amor suprimida.

– Você está bem? O que aconteceu? – Eu mato a Claire. Juro por Deus que corto aquela cabeça bonita em pedacinhos se ela magoar Mikey. Mesmo sendo uma nova amiga e apesar do chá agradável que tivemos ontem, se ela magoar meu irmão, faço picadinho dela.

Se há uma coisa que aprendi nesses últimos meses é que você tem que tomar conta dos seus. Não quero que ninguém mais seja prejudicado no decorrer da minha vida.

– Estou bem. É só... o casamento – diz ele.

– Não, por favor, não. Ela não fez isso. Não desta vez.

– Sim, ela fez.

– Mas como? E papai? – pergunto, como se esta fosse a solução para o desejo insaciável por drama de minha mãe, um apelo aos sentimentos de meu pai.

– Ela não cancelou o casamento oficialmente. Disse que precisa de um tempo. Ela está agora em um avião para o Peru para participar de um tipo de retiro. Alguma coisa com um xamã místico. É uma maneira de explorar vidas passadas ou alguma besteira do tipo.

– Como papai está lidando com isso?

– Acho que ela se recusa a enxergar. Continua cuidando de todos os preparativos. Acabou de deixar os convites no calígrafo. Só descobri que ela fugiu porque liguei para ele por acaso.

– Ele está bem?

– Engraçado, ele me perguntou o mesmo sobre você. Quando você estava pensando em me contar sobre o divórcio? – Meu estômago dá um nó por conta de meu egoísmo. É claro que meu irmão ia descobrir sobre Philip e eu; tentar protegê-lo da notícia era somente uma desculpa para adiar dizer as palavras em voz alta. Se mencionasse o assunto com ele, teria que falar sobre isso, e eu não quero falar.

– Desculpe, eu só... ia contar. Aconteceu.

– Você está bem?

– Não. Sim. Não sei. Como estão você e Claire? Por favor, me diga que pelo menos alguém nesta família está vivendo um relacionamento saudável.

– Nós estamos... Sim, estamos ótimos.

– Estou tão contente. Estou colocando minha fé na humanidade em vocês dois.

– Bem, felizmente ela não é como você ou mamãe.

– O que isso quer dizer? – Sei exatamente o que ele quis dizer. Sinto-me nauseada, carne de carneiro e frango ao *curry* reviram em meu estômago e me preocupo se vou vomitar. Ele ignora minha pergunta.

– O que vamos fazer?

– O que podemos fazer?

– Não sei.

– Eu também não, Mikey.

– O que vamos fazer sobre você, então?

– O que podemos fazer?

– Não sei. Mas me parece um enorme desperdício. Philip é uma pessoa tão boa... Sei que já disse isso um milhão de vezes, mas vocês eram muito bons juntos. Antes de tudo isso acontecer, vocês dois eram felizes. De um jeito irritante, se me lembro bem. "Antes de tudo isso acontecer" é o código para a perda de Oliver, como "o acidente" é o código para a perda de Lucy.

– Bem... é triste, mas o que podemos fazer? – Não menciono que estou sentindo seja lá o que vier depois de *triste*, porque *triste* é uma palavra muito leve; sinto-me esmagada por uma dor silenciosa. Aparentar estar um tanto indiferente parece ser minha única opção.

– Não sei.

– Eu também não, Mikey. Eu também não.

Continuamos a conversar sem chegar a lugar algum. Não há nada a ser feito em relação às mulheres Lerner. Minha mãe vai escalar montanhas no Peru, talvez volte, talvez não. E Philip já falou com um advogado.

Fico imaginando se é da natureza humana sempre querer o que não lhe pertence. Foi por isso que Lucy beijou Stuart Tannenbaum e quis fugir com seu francês casado? Por que minha mãe aprecia o barulho de Nova York, uma cidade emprestada, entregando-se ao fardo temporário dos problemas de outras pessoas?

Por que eu estou aqui, nesta casa, de forma cruel, gentil e ambígua, tomando a filha de Lucy emprestado?

Mas quando toco na questão e tento abraçar o que tenho, ao que posso me apegar – *o que me pertence* – percebo-me vazia. Não é surpresa para mim, então, que assim que termino o telefonema com meu irmão, estou no chão do segundo dos quatro banheiros da casa dos Stafford, botando para fora minha carne de carneiro. Aparentemente, nem isso era meu.

31

Meu braço finalmente está pronto para ser libertado, uma semana antes do aniversário de Sophie. Ela vai comigo ao hospital, ansiosa para ver como eles vão conseguir cortar a fibra de vidro sem me cortar o braço.

– Como você vai saber quando parar? – ela pergunta ao médico, que, dez segundos depois que sento na maca, já está com a serra nas mãos. – Você sabe como os mágicos cortam as pessoas ao meio? Não seria legal se você cortasse o braço da tia Ellie mas não saísse sangue ou coisa parecida? E então nós o levaríamos para casa. Eu o levaria a todo lugar e falaria assim: "Olha, esse aqui é o braço da minha tia Ellie. Quer cumprimentá-la?"

A animação flui por ela em ondas e ela saltita com seu tênis Converse, rosa, de cano alto, que adotou para usar durante as férias de verão sem uniforme. O médico demonstra como a serra não poderá me machucar, pois o gesso entrará em contato com a trava de segurança antes que o equipamento possa me cortar a carne; ainda assim, não gosto da ideia disso estar tão perto da minha pele. Começo a suar e faço Sophie segurar minha outra mão, a boa, com a qual sairei daqui hoje, haja o que houver.

O médico, um jovem inglês com dentes surpreendentemente perfeitos e um anel de noivado, liga a serra. O barulho é penetrante. O motor do dentista não é nada comparado a esta serra cortante, que não é muito maior do que uma escova de dentes elétrica. Ela é pequena demais para fazer tanto barulho.

– Pare! – grito, para poder ser ouvida acima daquele motor barulhento. Não quero mais aquela coisa perto de mim. – Acho que meu braço precisa de mais tempo para se curar. Ainda dói. Vamos deixar o gesso. Quero deixá-lo um pouco mais.

– Sente-se e relaxe. Prometo que não vou cortar seu braço – o médico diz, educado o suficiente para não rir da minha cara de terror. Sophie aperta minha mão, ela também está apavorada, e eu percebo que não foi uma ideia inteligente trazê-la. – Apenas olhe para sua linda menina e concentre-se nela e não no gesso.

Obedeço, olho para Sophie e não me importo em corrigir o pronome possessivo usado pelo médico. Acontece com frequência agora, de qualquer forma, para que eu fique corrigindo. Embora ela tenha me chamado de tia Ellie na frente dele, ele quer ver uma mãe e uma filha. Todos parecem fazer isso, preenchem uma relação parental em nome da conveniência. Como se nós fôssemos um daqueles testes psicológicos nos quais você lê a frase mesmo que a maioria das palavras esteja faltando.

Sophie e eu fazemos contato visual, e eu mantenho o olhar dela; nenhuma de nós olha enquanto a serra roda e vai abrindo caminho pela fibra de vidro.

É claro que o médico não corta meu braço. Nem ao menos toca a pele. Mas o barulho – como um grito, pois é tudo o que consigo ouvir –, a serra giratória e o estalo final do gesso, parecido com um alicate invertido, me deixam trêmula e sem fôlego. Meu braço, depois de finalmente revelado ao mundo, está encolhido, escamoso, pesado e leve ao mesmo tempo. Uma coisa inútil e fraca, como um peixe morto.

– Aaargh, você está fedendo! – Sophie fala exultante, talvez até mais feliz do que eu por eu ter dois braços. – É como se seu braço tivesse peidado.

– É do suor sob o gesso. Um banho rápido vai resolver isso em um minuto. – O médico é gentil, e também é uma criança, não deve ter mais de vinte e cinco anos. Ele me faz cerrar os punhos e mexer os dedos, põe raios X contra a luz. – Vê aquela linha branca e fina? – Ele faz a pergunta mais para Sophie do que para mim. Ela está muito mais interessada no lado médico disso tudo; quero apenas pegar meu braço e ir embora. – Este aqui é o ponto da fratura. Aquela linha vai permanecer assim por um tempo. Como uma cicatriz interna.

– Por quê? – Sophie pergunta.

– O corpo precisa se lembrar de onde foi quebrado. Mesmo que o osso tenha se fundido, ele ainda precisa de um tempo. A cura não acontece do dia para a noite.

– Bem, a menos que você morra, certo? Aí você é imediatamente curado. Ninguém vai para o céu todo sangrando e cheio de cicatrizes, não é? Não é?

O médico captura meu olhar sobre a cabeça de Sophie. Não é o olhar de "*salve-me*" de Greg durante o jantar no outro dia, mas um olhar parecido com uma campainha de alarme, aquele que diz "*esta menina precisa de terapia*".

– É claro que não, Soph – digo, interrompendo, porque se o médico não for cuidadoso com o que diz, podemos ter pela frente noites de pesadelo por mais dois anos. – É por isso que o céu é tão especial. Tudo lá é melhor. Não há sangue, tripas, nem coisas grosseiras do tipo. Não há gesso no céu, nem braços fedorentos.

Movimento o braço em sua direção e ela é forçada a pular para trás para evitar o cheiro da minha pele suada.

– Aargh, pare, por favor! – diz, rindo e prendendo o nariz. Consegui com sucesso desviar sua atenção.

O médico dá uma olhada nos testes e me passa alguns exercícios para fortalecer os músculos atrofiados. Sophie ganha um adesivo com uma estrela dourada e um pirulito "por ser paciente com a paciente", e o gesso também, pois ela quer guardar seus desenhos. Ganho meu braço de volta. Fico olhando para ele como se fosse um membro fantasma. Ainda não o reconheço como meu.

– Está liberada – o médico fala. – Seu braço está quase novo.

Quase, mas não muito, penso, lembrando da linha fina e branca que, se fosse possível abrir minha pele, seria visível a olho nu. Qualquer um poderia ver o ponto exato no qual fui quebrada.

32

Estamos a apenas um capítulo do final de O *jardim secreto.* Vamos terminá-lo hoje e finalizar este projeto de 200 páginas no Jardim Secreto verdadeiro, o lugar onde Frances Hodgson Burnett morou e que depois foi tema do livro, quando ela estava morando em Long Island e sentia saudades de casa. Greg e eu conseguimos um *tour* particular pelos jardins em honra ao aniversário de Sophie. E não foi uma tarefa fácil, considerando que as dependências não são abertas ao público. A mansão foi transformada em apartamentos acarpetados e luxuosos para aristocratas aposentados, que podem ter o prazer de passar o fim da vida, vadiando e passeando na charneca. Porém, quando liguei implorando, o gerente ouviu minha história – ele lera sobre o "assassinato da jornalista americana" nos tabloides, uma "tragédia", dissera, "ela era muito bonita" – e emocionou-se com o desejo de Sophie de ver o lugar em primeira mão.

Expliquei que o livro não é mais apenas um livro para nós, e ele pareceu intuir que não éramos meros turistas, procurando por um local sofisticado para um piquenique. Estávamos em uma peregrinação para a terra natal, o romance se elevara a dimensões bíblicas, a parada obrigatória para diversão, filosofia, consolo e orientação. Não contei a ele que durante nosso tempo livre nós brincamos de "Jardim Secreto", um jogo que Sophie inventara, em que fingíamos ser personagens diferentes e encenávamos no quintal.

– Sou Mary desta vez – Sophie falou ontem, enquanto curtíamos uma tarde de sol, vagando pelo pedaço de grama atrás da casa.

– Mas você foi Mary da última vez.

– É, mas eu sou a criança aqui. – Ela tem certa razão.

– Certo. Então, serei Susan Sowerby, mãe de catorze lindas crianças e a mulher mais sábia da charneca.

– Que cena nós vamos fazer? Quando Susan traz pão fresquinho e leite para as crianças que brincam no jardim?

– Legal. Mas prometa que não vai rir do meu sotaque caipira de Yorkshire. *Êta sô, se ocê me ama tráis a lua pra mim.*

Agora são 8 horas do sábado – adotei o uso do horário militar britânico – e a "operação Aniversário Perfeito" começa sem dificuldades. As pessoas preferidas de Sophie foram reunidas: Greg, Mikey, Claire e Inderpal (cujos pais tornaram-se fãs de Greg desde que ele o defendeu diante da diretora; e baseado no entusiasmo deles, parece que Inderpal é convidado para festas de aniversário com a mesma frequência que Sophie). Estamos todos com os cintos afivelados e prontos para partir na minivan alugada, com lanchinhos e almoço embrulhados, e presentes na "mala" do carro; Greg, no banco da frente, dirigindo; eu ao lado, como copilota. Sinto-me no controle, uma supermadrinha no leme.

Sophie e Inderpal estão na primeira fileira, bem atrás de nós, e Claire e Mikey atrás, os dois ainda naquele estágio em que cada pedacinho deles precisa estar em contato constante. Sempre que se beijam, as crianças – e, sim, às vezes Greg e eu – os trazemos de volta do esquecimento com um importuno e infantil "Nojento!"

Agora que os planos já foram traçados – vamos fazer um *tour* pelo jardim, depois o piquenique e então vamos ler – a ansiedade é palpável e há eletricidade na minivan; estamos agitados e a pergunta de todos é *já chegamos*? Quando contei a Sophie qual era meu plano para o seu aniversário, ela ficou ao mesmo tempo agitada e aliviada.

– É sério? O verdadeiro Jardim Secreto? E eu vou poder convidar quem eu quiser? Não precisam ser crianças? Você vai dar risada? – Minha mãe provavelmente diria que estou fazendo vista grossa, que deveríamos forçar Sophie a interagir mais com outras crianças. Não estou bem certa do que é a "coisa certa" aqui, só sei que se eu pudesse pararia o tempo e congelaria este momento, *zoom* em Sophie sentada no carro, sorrindo com a expectativa, mantendo-se o mais longe possível da escuridão que se agiganta e das sombras vestidas em casacos compridos.

Além do mais, ver e estar no verdadeiro Jardim Secreto? Não tenho dúvidas de que haverá mágica ali, ou Mágica, como eles dizem no livro – e que começo a achar que é a palavra das crianças para Deus. O Deus no qual eu não acredito, mas que não tenho problema em chamar ou barganhar com ele quando a necessidade pede.

– Tem um garoto chamado Dickon no livro e ele tem jeito com animais, pessoas, pássaros e tudo o mais. Ele só tem treze anos, mas todo mundo o adora. E quando Mary descobre a chave do jardim, eles ficam muito amigos, e ele ajuda Mary a fazer as plantas crescerem – conta Sophie, com animação e contentamento, com o olhar que ela sempre assume quando falamos sobre nosso livro favorito. – E sabe o que mais? Ninguém ia ao jardim há pelo menos dez anos desde que a mãe de Colin morreu ali, o que foi muito triste. E Colin, olha só, ele é primo de Mary, e ele também mora na mansão da charneca. E ele pensa que é deficiente físico e corcunda, e nunca sai do quarto. Mas aí...

Sophie faz uma pausa, uma parada dramática, um efeito que, sem dúvida, ela aprendeu com a mãe. Lucy contava uma história desagradável, cada encontro transformado em comédia ou tragédia, a pontuação treinada do narrador, feita com golpes de desespero e frases baratas cheias de emoção.

– E aí ele conhece Mary, e ela o leva para o Jardim Secreto. E todos tomam ar fresco e voltam a ter apetite, tornando-se crianças novamente – diz Sophie.

– E a cadeira de rodas... – Inderpal corta, aparentemente também bem versado neste clássico. – Você se lembra, eles chamam Colin de rajá porque ele age como um príncipe indiano e tal. É assim que se chamam os príncipes na Índia. Rajás.

– Certo. Mas Colin não precisa de cadeira de rodas. Ele apenas tinha se convencido de que precisava, pois a vida toda lhe disseram que ele era doente. Mas ele não era. Ele não era! Ele era um menino perfeito. Como qualquer outro. Esta é a melhor parte, quando eles descobrem que são como todos os outros. Tudo o que eles precisam é de comida, ar puro e um tempo no jardim.

Sophie me olha por cima do banco do passageiro para receber aprovação, e eu lhe dou um largo sorriso.

– Exatamente, Soph. Um belo resumo.

– E Mary acaba ficando bonita depois de fazer tantas coisas boas. Ela começa a história toda triste, doente e feia, mas depois ela engorda um pouco e, no final, ela se torna uma menina bonita. – Sophie tira os óculos e os limpa na camiseta. – Mas o que mais gosto é que ela faz amigos. As pessoas param de não gostar dela.

Viajamos pela região de Kent, a região chamada de "Jardim da Inglaterra". Olhamos pela janela para os campos verdes que se desenrolam e que nos fazem ficar em silêncio depois de passar pela barreira da grande metrópole londrina. Esta é a outra Inglaterra, a Inglaterra das minisséries da BBC – que fazem Philip rir de mim quando assisto a elas na PBS, 95 por cento das quais são adaptações dos romances de Jane Austen. Imagino todas as mulheres por aqui usando vestidos do final do século XVIII, com o busto saltando exuberante do decote, passando as noites rodopiando pelos bailes dos arredores, analisando maridos em potencial em danças coreografadas. Encontro de mãos com palmas, mal se tocando, e o restante do salão iluminado pela luz de velas torna-se indistinto. Pouco importa que ela tenha um dote miserável, e que ele seja um homem rico e nobre. Na cena final, eles darão um jeito de ficar juntos.

Entendo que este mundo foi atualizado – vi, inclusive, uma mulher que passava usando jeans 7 For All Mankind e galochas Wellington. Mesmo assim, imagino que a vida aqui seja, de algum modo, diferente. Posso me ver morando em um daqueles chalés minúsculos, de chaminé antiga com quatro torres no alto – as chaminés são parte da paisagem aqui, assim como a grama monocromática – e perambulando por minha fazenda totalmente verde. Eu seria amiga dos cavalos, vacas e ovelhas. Seria uma encantadora de animais. Seria, também, alguém com quem se poderia ter longas conversas sobre o crescimento de minhas anêmonas e dos melhores fertilizantes.

– Veja, papai, carneirinhos! – exclama Sophie enquanto passamos por uma fazenda com cerca de 50 bolinhas de pelo. Pego minha câmera e tiro uma foto. Eles parecem ter sido colocados ali para nosso entretenimento, uma imagem de cartão-postal de como é o interior da Inglaterra. – O que são aqueles números neles? – Os olhos de Sophie já estão cheios de lágrimas, aguardando.

– São apenas para controle, amor. Para que outra fazenda vizinha não os roube – responde Greg.

– Eles não vão se tornar, você sabe, comida, vão? – ela pergunta, seu otimismo faz com que as lágrimas não caiam.

– Claro que não – diz Greg. – Eles são raspados por causa da lã, é só isso.

Tento capturar seu olhar para ver se ele está mentindo. Será que são estes os animais que vão para os meus cozidos de carneiro? Entretanto, Greg se recusa a me olhar nos olhos, e isso me diz tudo o que precisava saber.

Às 11h, passamos para uma estrada vicinal em que ventava muito, chegando a Great Maytham Hall, que é o que os britânicos chamam, em seu típico estilo modesto, de casa grande, e o que eu chamaria de mansão. Enorme e erguida com tijolos vermelhos desbotados, o lugar se desdobra de ambos os lados, dando a impressão de que foi aumentado duas vezes a partir do centro, construção que deve ter ocorrido há cerca de um século. O acesso de veículos alonga-se pela expansão do jardim da frente até o meio da casa, e à medida que nos aproximamos, a construção cresce a nossa frente até que ficamos ali, estacionados diante da gigantesca porta da frente. Sinto-me ofuscada por seu tamanho.

Começamos nossa comemoração no gramado da frente, apreciando os bolinhos que trouxe para o lanche, um momento de descanso que apenas aumenta a expectativa do que vem pela frente. Como três, com muita pressa, um após o outro, parando somente para admirar como eles são bonitos – a cobertura é rosa com estrelas amarelas. Minha avidez ao comer só piora o enjoo que começou nas estradas vicinais cheias de curvas.

– Tia Ellie? – Sophie se aproxima de mim e segura minha mão. – Você acha que as coisas serão melhores aqui?

Ela aponta para a casa, que tem, numa primeira contagem, pelo menos dez chaminés e trinta janelas em perfeita simetria, e que também fazem parte dos seriados da BBC. Sophie, no entanto, quis dizer algo mais: nosso jardim lá trás.

– Você acha que o jardim fará com que a gente se sinta melhor? – pergunta ela.

– O que você quer dizer? – Mas sei exatamente o que ela quis dizer. Ela espera encontrar algumas respostas e alguma paz entre os quatro muros cobertos de hera e roseiras. Ela quer saber como encarar o mal de frente, noite após noite em seus sonhos, e ainda fingir ser uma criança normal durante o dia. Ela quer saber como acordar todas as manhãs em um mundo sem sua mãe, e vestir-se, escovar os dentes e tomar o café da manhã. Ou talvez ela esteja fazendo a pergunta universal reflexiva quando o mundo parece pesado demais para nosso par de pequenos ombros: *Por que eu?*

Espero que ela não esteja pedindo algo mais: que sua mãe venha a reaparecer de alguma forma no jardim. Se Colin pôde sair de sua cadeira de rodas, com certeza as pessoas podem se levantar de seus túmulos, retomando suas almas e seus corpos, ressuscitadas e prontas para reassumir o reino parental. Será que Sophie foi iludida pelas falsas esperanças da mágica? O mundo está cheio de truques felizes – moedas escondidas atrás da orelha, flores enfiadas nas mangas, amor, amor, amor –, mas não haverá milagres aqui, hoje. A Virgem Maria não ficará gravada na forma de nossos sanduíches. Não sei quantos anos é preciso ter para entender que mães e bebês morrem, e que ficam assim. Pior, que os que ficaram para trás não vão ser resgatados, não importa o quanto esperemos por isso. Não importa quantos oceanos cruzemos.

Nove anos é muito jovem. Trinta e cinco também. Na verdade, adoraria me livrar das minhas promessas vazias e da minha falsa barganha com Deus. Estou exausta da minha pilha de juramentos sem sentido. *Farei qualquer coisa se você trouxer Lucy de volta para Sophie.* Promessas vazias e sem sentido, de sacrifício, que fazem eco às que fiz e nunca pude manter, quase dois anos antes. *Prometo morrer se você trouxer Oliver de volta.*

Prometo fazer qualquer coisa que quiser se trouxer Oliver de volta. Leve-me. Ele não. Leve qualquer um, menos ele. Por favor, por favor.

Na semana passada, encontrei Sophie no chão de seu quarto, rodeada por uma fotografia de sua mãe que eu tirara três anos antes, no feriado de Quatro de Julho, um recibo de cartão de crédito com a assinatura de Lucy e uma escova de cabelos velha, com os fios de cabelo de Lucy puxados e coletados em uma pequena pilha. O kit de mágica de Sophie estava aberto e ela circulava sua carta preta sobre a pilha de tralhas – mas agora, velando a perda, aquilo era o tesouro recuperado de Sophie.

Já passei exatamente pelas mesmas coisas. Dois dias depois de Oliver morrer, Philip me encontrou em nossa sala de estar, rodeada por uma centena de cartas do tipo corrente, endereçadas aos convidados do nosso casamento. Eu estava certa de que, de algum modo, se eu enviasse a carta uma centena de vezes, *todos os meus desejos se tornariam realidade*. Uma centena de selos, uma centena de cópias, o constrangimento e a vergonha de fazer uma centena dos nossos amigos mais próximos e familiares abrirem uma carta corrente pareciam um preço pequeno a ser pago por uma chance de ser atendida em meu desejo. Eu não precisava de *todos* os meus desejos atendidos. Somente um. Todos os dias nasce um tolo por conta da dor.

Quando Philip me perguntou o que eu estava fazendo, menti, mesmo sabendo que ele já sabia. Pude ver na linha entre suas sobrancelhas, agora permanentemente marcada ali. O corpo precisa se lembrar do local onde foi fraturado, o médico disse.

Portanto, quando Sophie fez sua pergunta, se eu acho que as coisas vão ser melhores no Jardim Secreto, não preciso recorrer ao Google para saber o que dizer. Digo-lhe a verdade, mesmo que minha resposta faça com que Frances Hodgson Burnett se revire em seu caixão, em Long Island.

– Acho que não, Soph. Será apenas, você sabe, um jardim. Nada mais.

33

Estou no paraíso, e o paraíso tem cheiro de jasmim. Botões cor-de-rosa e campânulas se alinham no muro de pedra e uma passagem divide o jardim em duas metades. A luz da manhã é cortada por uma cobertura de rosas cor-de-rosa, trançadas com heras que subiram e agora ficam penduradas sobre o caminho – um corredor estreito de uma ponta a outra. O jardim, embora não tão secreto – suas paredes têm apenas 1,5m de altura – é, no entanto, um pedaço de terra sagrado. Agora entendo por que ele foi transformado numa casa de repouso. É um dos poucos lugares em que estive onde imagino que a inocência pode ser readquirida.

Lucy teria odiado o lugar. Com apenas uma olhada ao redor, ela já ficaria entediada com sua perturbadora perfeição, os rosas, os azuis e os verdes exatos e sentimentais demais. Como a antiga pintura inglesa de um jardim. Ou até pior, porque o farfalhar das folhas faz com que a luz do sol fique ligeiramente fora de foco.

Sinto muito, L, é bonito demais para ser interessante, posso ouvi-la dizer. Discordo. Não consigo parar de olhar para os ramos minúsculos de flores rosa forte que crescem entre as rachaduras do muro de pedra. Da total abundância de *florescência*. Uma frase do livro fica se repetindo em minha cabeça: *Quero ver todas as coisas que crescem na Inglaterra*.

– Qual destas flores você acha que é o açafrão? E as campânulas brancas e os narcisos que Mary encontra no livro? Qual é qual? – Sophie me pergunta. Ela está dando a volta com Inderpal, deixando que seus dedos percorram a pedra aquecida. Seu queixo está caído de admiração, sua expressão é tão espontânea, que chega a ser uma paródia do espanto. Há tanto para ser explorado. Sophie está apenas começando.

– Eu gostaria de saber – digo.

– Acho que estas são o açafrão. Minha mãe tem delas em casa. – Inderpal aponta para um pequeno grupo de flores em um cantinho mais ao longe. Elas são como pequenas xícaras rosa-claras, com um pedacinho amarelo no centro.

– São flores felizes – Sophie diz, e consegue se expressar em voz alta exatamente com as mesmas palavras que eu estava pensando. Minha mente está mais lenta aqui, meus pensamentos, simplificados: *flores felizes*.

– Que árvore você acha que foi a que matou a mãe de Colin? – Sophie pergunta, olhando de uma árvore para outra como se estivesse procurando um criminoso. Eu me esquecera sobre esta parte do livro: o jardim foi trancado porque foi onde a mãe de Colin morreu.

– Você sabe que o livro é uma *ficção*, não é? É inventado. Ninguém morreu aqui. Ninguém jamais morreu aqui – falo.

– É claro que eu sei que é ficção. Só estava pensando de que árvore Frances imaginou que a mãe de Colin cairia. – Sophie e eu agora chamamos Frances Hodgson Burnett pelo primeiro nome. Quando queremos fazer graça, nós a chamamos de Frannie.

– Aquela ali – Inderpal fala, e aponta para a maior e mais majestosa árvore do jardim. Ela é alta demais e maravilhosa demais para ser ignorada. Tenho certeza de que está ali há centenas de anos. – Olhe para ela. Bem ali. Foi ali que a mãe de Colin morreu.

Sophie e Inderpal vagueiam por conta própria para explorar uma fila de formigas escalando um canteiro de flores, examinando-as com as lentes de aumento de Inderpal. Eles usam as mãos para proteger os insetos da luz, para que não cozinhem um inseto sem querer. Procuro abrigo debaixo da cobertura de flores; o verão ressurgiu hoje, com muito calor e sol. O cheiro de flores, árvores e de terra remexida enche minhas narinas. Sinto o gosto da fina camada de açúcar que restou da overdose de bolinhos com cobertura de estrelas amarelas. Quando percebo, estou no caminho de pedras, com a cabeça entre os joelhos, lutando contra o enjoo. Não posso – e não vou – vomitar no Jardim Secreto. Seria um sacrilégio.

– Você está bem? – Mikey pergunta, retirando seu braço do de Claire para se aproximar de mim. Espero um momento para responder e mordo bem firme, esperando que o fluxo que subiu pela minha garganta volte para baixo, e ele volta.

– Sim, é que comi muito. Estou bem.

– Acho que trazê-la até aqui foi uma boa ideia – ele comenta, fazendo um gesto para Sophie e Inderpal, bancando os insetologistas em um canto.

– É mesmo?

– Sim. Você é muito boa com ela. – Minha cabeça cai um pouco mais. – Ei, você tem certeza de que está bem?

– Acho que sim – digo, exceto pelo fato de que não estou. A vertigem passou, mas ainda me sinto sem chão, flutuando sobre mim mesma no lugar onde pensei, como Sophie, que me sentiria melhor. – Quer dizer, sem contar o fato de que perdi minha melhor amiga e meu marido no decorrer de um verão. E também por não ter ainda aprendido o controle básico de uma porção.

– Bem, então é isso. Você se lembra de quando fomos ao Sizzler quando éramos pequenos e você comeu tanto presunto em cubos que vomitou no carro, na volta para casa?

Minha família adora esta história, foi contada até no meu casamento.

– Para deixar registrado, fiquei enjoada com pedaços de bacon, e não com o presunto. E eles não estavam bem cozidos. Mikey, é sério. Não faço ideia do que estou fazendo aqui. Não me lembro de ter ficado tão perdida assim.

– Olhe para ela. – Ele aponta para Sophie. – Você fez isso acontecer hoje. Para falar a verdade, acho que você parece menos perdida do que esteve há algum tempo.

– Eu me sinto tão impotente. Não posso trazer Lucy de volta, e é disso que Sophie realmente precisa. Sua mãe de verdade. E estou morando neste fim de mundo. Estou cansada de ter os pés úmidos e de comer tudo com maionese.

– Você precisa comprar umas galochas. Elas vão mudar sua vida. – Não o escuto. Parece que comecei algo que não consigo parar, chutei o pau da barraca, a vaca foi pro brejo. Esqueço de onde estou, que o céu é de um azul brilhante até o horizonte, um dia de verão tranquilo, flores brotando como se tivessem acabado de nascer. Estamos em uma terra muito, muito distante.

– Aposto que Philip já tem uma namorada nova. Por favor, me diga que ela não tem 22 anos, é sensual e gostosa. E precoce também. Odeio esse tipo. Odeio esse tipo de verdade.

– Para falar a verdade, ele me ligou ontem. E falou que, desde que terminou com minha irmã, encontrou "uma bela bunda".

– Isso não tem graça.

– Estou brincando. Philip nunca diria "uma bela bunda". Rabo, talvez, mas não bunda.

– Mikey.

– Desculpe. Foi uma piada de mau gosto. Continue. Com o que você estava surtando mesmo?

– Somos todos pirados. Mamãe está rejeitando papai *de novo*, e não há nada que se possa fazer. E sabe o que mais? Não depilei as sobrancelhas desde que cheguei aqui. Estou parecendo um gnu, aquele animal africano selvagem. Não me admira que meu marido não queira ficar casado comigo. Quem quer ser casado com um gnu doido?

– Philip comentou sobre isso comigo. Ele disse que ia se divorciar por causa do "problema com as sobrancelhas". – Mikey faz um ridículo gesto de aspas no ar.

– Estou falando sério. Sinto-me completamente perdida. Philip me largou. De verdade.

– Eu sei. – Há algo de novo e gentil em sua voz, ele finalmente parou de brincar, e o fato de que isso parece algo em que me apoiar faz com que eu escancare. Estou naquele ponto em que sinto meu corpo rendendo-se à histeria, à capacidade de canalizar ou controlar o que quer que seja. Minhas emoções, meu medo, minha culpa, minha bexiga, tudo sob o poder do gnu que está dentro de mim.

Agora lágrimas caem de meus olhos e secreção pinga do meu nariz. Preciso fugir para o outro lado do globo, mas eu já corri, já estou há milhares de quilômetros de casa e isso parece não ter me levado a lugar algum.

Mikey me conduz pelo braço para fora do paraíso de muros de pedra – melhor ainda, fora dos olhares e ouvidos do resto do grupo – para outro jardim, do outro lado, onde há uma fonte. A água é recolhida e bombeada para o topo, e depois, para nosso encantamento, jogada novamente para baixo. É espetacular. Graças a Mikey, meu ataque terá apenas uma única testemunha, e quando percebo que meu irmão mais novo veio me resgatar, me salvar, para que o resto do grupo não me visse perder o controle, tenho vontade de chorar de gratidão. A mudança da desolação para um choro sentimental acontece tão rapidamente que tenho dificuldade em acompanhar as emoções.

– Sente-se aqui, respire fundo – ele fala.

– Está bem. – A humilhação sobe ao meu estômago com três bolinhos e o suco de caixinha que tomei hoje cedo no café da manhã.

De algum modo, Mikey sabe o que vem pela frente, e pula para fora do caminho antes que eu mesma perceba o que está acontecendo. Minha cabeça se abre e eu vomito. Algumas estrelas de açúcar cristalizado ainda estão intactas, e eu consigo produzir um perfeito vômito estelar.

Mikey olha para mim, eu olho para ele, e agora ele me dá um largo sorriso, que não consegue evitar.

– Oh, droga – digo, porque já passei por isso antes, já senti tudo isso antes, embora da última vez tenha terminado cedo demais, como um filme de terror no qual você acha que deve haver tempo ainda para os mortos ressuscitarem, mas não há. A última vez terminou com uma foto em preto e branco retirada da porta da geladeira. – Oh, não. Droga, droga, droga. Não posso estar. Isso não pode ser possível.

Mas é óbvio que é. Possível. Se Lucy pôde ser esfaqueada em uma viela às 8h de uma manhã de terça-feira, um pouco antes de seus planos de fugir para Paris com o amante também casado, se a vida pode ser tão complicada, então eu posso estar grávida depois de uma única noite com meu marido, de quem estou separada, enquanto banco a madrinha de um carneirinho órfão.

Ponho a cabeça nas mãos, enjoada demais e chocada demais para usar os músculos da parte de trás do pescoço para suportar meu crânio. Agito-me como um recém-nascido. O pavor é pontiagudo, penetrante e doloroso. Uma picada na base da espinha.

Mikey ainda sorri. Minha vida no programa de Jerry Springer é hilária para meu irmão tão calmo. Este tipo de coisa nunca acontece no seu departamento na Faculdade de Economia de Londres.

– Bem, devo dizer, Ellie, que as coisas ficaram um pouco mais interessantes.

Cerca de vinte minutos mais tarde, eu havia me recomposto o suficiente para retornar ao grupo, resignada com o fato de que não haverá respostas enquanto eu estiver passeando em Kent, nesta festa de aniversário de múltiplas gerações. Não vai ser possível sair furtivamente para comprar um teste de gravidez e fazer xixi em um banheiro químico na estrada. Não, a palavra *bebê* ficará escondida em segurança dentro das cicatrizes profundas do meu cérebro, aninhada ali, onde ganhei uma fissura há tanto tempo que minha memória às vezes não consegue voltar ao que era antes. Vou sorrir para Sophie brincando na terra, sorrir para os feromônios do amor flutuando entre Claire e Mikey, sorrir para Greg observando maravilhado a filha – *eu criei isso*, ele está pensando. Vou sorrir, sorrir, sorrir, vou me conter e tentar me recompor a tempo.

Talvez as coisas sejam diferentes no Jardim Secreto – talvez as coisas realmente cresçam aqui. Paisagens áridas e secas pelo sol tornam-se exuberantes; botões de flores substituem o cacto. Borboletas espetadas para um mostruário voltam à vida, agitando-se para fora de uma caixa sem ar.

– Você está bem? – Greg pergunta quando me junto a ele ao lado da árvore majestosa. Ele olha as raízes profundas, uma teia circular em volta do tronco.

– Sim. E você?

– Sim. Hoje é um daqueles dias bons.

Sophie e Inderpal estão sentados na grama úmida a cerca de três metros de distância, sem se importar que suas calças fiquem ensopadas. Agora eles estão interessados na terra, particularmente nas minhocas, e os adultos ocasionalmente são chamados para inspecionar.

Não posso nem pensar no que vai acontecer a seguir, no que vai dar se minha recente revelação for o que penso que é, aonde isso irá me levar. Não posso pensar em Philip. Sobre a escolha de Lucy em partir, meu comprometimento recente em ficar, minha mãe fugindo mais uma vez da melhor coisa que já lhe aconteceu.

– Sophie me perguntou outro dia como foi que você perdeu o bebê – Greg fala, seu tom é gentil, e é óbvio que ele percebeu que minha mente está longe dali.

– É mesmo? Sophie sabe sobre Oliver?

– Sim, acho que Lucy deve ter lhe contado, em algum momento.

– Lucy sempre teve a boca grande – digo, em tom de brincadeira. A boca grande de Lucy era uma das coisas de que eu mais gostava nela. E, de repente, a saudade bate, o rolo compressor constante da dor. Estou arrasada e perdida sem minha melhor amiga. *Lucy, o que você faria?* E a pergunta seguinte, a nova: *Eu faria o que você faria?* Ela sempre foi mais corajosa do que eu, mais arrojada, e ao mesmo tempo muito mais ativa. Se eu pudesse ter escolhido quem ser, eu ou ela, eu a teria escolhido todas as vezes. Até mesmo agora, mesmo sabendo que ela ia fugir, mesmo sabendo como tudo isso terminou.

No entanto, não sou Lucy e nunca serei.

– Sabe, ter passado por isso, ter perdido Oliver, acho que eu não conseguiria fazer tudo de novo. Acho que, na verdade, não conseguiria sobreviver duas vezes a isso – falo e olho para Greg, mas pelo jeito que ele aperta os lábios, posso dizer que ele sabe que estou mentindo. A grande verdade é que não sobrevivi da primeira vez.

34

Quando Oliver morreu, eu não chorei no início. Estava no oitavo mês de gravidez, e então me disseram que eu não estava mais grávida, como se a gravidez fosse meramente uma parada no caminho para uma possibilidade que eu não concretizara. Oliver foi considerado *inviável*, uma palavra cruel, uma sentença, um veredicto mais cruel ainda. O médico, no entanto, parecia preferir esta palavra a *morto*, como se o eufemismo médico fizesse qualquer um de nós se sentir melhor.

Oliver foi retirado por meio de uma cesariana para que meu próprio bebê não pudesse me envenenar. Não apenas Oliver foi considerado inviável, como repentinamente tornou-se perigoso. Tinha apenas 28cm de comprimento. Bem menos de meio metro. Ainda assim eu não chorei.

Em vez disso, em estado avançado de negação, perguntei se poderiam deixá-lo dentro de mim um pouco mais, para que eu pudesse envolvê-lo um pouco mais, mas o médico não permitiu. Por motivos clínicos, tivemos que nos separar antes que ele fizesse o mesmo comigo.

Baseado na reação, um coro de perplexidade, parece que minha solicitação fora a primeira. Fiquei sabendo mais tarde que a maioria das mulheres, ao descobrir que perdeu o bebê antes dos nove meses de gestação, quer tirá-lo. Tirá-lo para mim significava perda, e eu não estava preparada para fazer a mudança tão rapidamente. Há menos de 24 horas estávamos debatendo sobre os benefícios de um carrinho de bebê caro e de um aquecedor de lencinhos umedecidos, e se eu seria capaz de passar pelo parto sem uma peridural. Agora a ordem do dia era *remover*, e não *nascer*. Não teríamos nossa festa de boas-vindas com os dizeres "*É um menino!*", escrito em letra cursiva sobre a lareira. Não, o evento tornou-se feio, cirúrgico, um corte.

– A morte é contagiosa – disseram. E tinham razão.

Segurei meu bebê por um minuto, sessenta segundos, trinta das minhas respirações, inspirando e expirando, quase simulando sua imobilidade, e então o levaram embora. Philip observava mas não conseguia tocá-lo. Isso poderia significar cruzar a linha e fazer Oliver tornar-se real, e Oliver não poderia ser real agora que se fora. No entanto, Philip me tocou, e então fiz a coisa mais errada que poderia ter feito, um reflexo que mais tarde transformou-se em hábito. Eu afastei sua mão.

Um dos grandes arrependimentos da minha vida, uma das coisas mais cruéis que já fiz: aquele primeiro recuo. Ainda vejo o rosto de Philip naquele momento. O horror, o medo e a solidão. Naquele momento, violei o princípio básico do nosso casamento; o que aconteceu comigo aconteceu com ele e vice-versa, mas ali estava eu, recusando-me a compartilhar. Com frequência me pergunto onde estaríamos se eu tivesse deixado ele me tocar, se tivesse absorvido qualquer que fosse o conforto que suas mãos quentes pudessem transmitir, e não tivesse feito visível a linha invisível entre nós. Quem seríamos agora?

Um caixão foi escolhido, um caixão do tamanho de um bebê – isso existe, uma das muitas coisas no mundo que não deveria existir mas que existe, uma das muitas coisas que, se você se pegar pensando de manhã, não vai querer levantar da cama – e Philip e eu ainda não sabemos quem fez a escolha. Não fomos nós; estávamos anestesiados demais, desnorteados demais para tomar qualquer decisão. Pensando bem, aposto que foi minha mãe, que fez o que uma mãe nunca deveria precisar fazer por sua filha, mas que neste mundo ela algumas vezes precisa. Fizemos um enterro somente com a família e Lucy, que viajou e estocou nosso freezer com sopa, macarrão com queijo e outras comidas gordurosas consoladoras, além de empacotar o enxoval ainda não terminado. Ela escondeu o móbile que Philip e eu gastamos horas escolhendo: macacos dançantes. Lembro-me do quanto nos divertimos na loja, nos revezando em balançá-lo sobre o rosto um do outro, decidindo o que queríamos que nosso bebê visse toda noite antes de fechar os olhos e novamente toda manhã quando os abrisse.

– Definitivamente os macacos – Philip disse, quando limitáramos nossa escolha a dois. – Por algum motivo, adoro suas calças roxas.

Tenho certeza de que algumas pessoas pensaram que fazer um enterro era melodramático, desnecessário. Como é possível despedir-se de uma vida que na realidade nunca esteve neste mundo, não respirou uma única vez do lado de fora? O que se pode dizer? Ele tinha mãos de bebê, pés de bebê, e uma boca minúscula de bebê? Ele se parecia com um boneco? Não sabíamos se ele era inteligente ou engraçado, ou se se transformaria em um daqueles adolescentes revoltados que desviam armas para dentro da lanchonete da escola. Nenhum caso curioso para contar a não ser o fato de ter me dado enjoo por oito meses e que tinha uma preferência por chutar o lado direito da minha caixa torácica.

Tudo o que sabíamos era que ele era nosso, e era lindo, como todos os bebês são, vivos ou não. Sabíamos que eu falhara com ele, sabíamos disso, mas ninguém disse em voz alta. As lágrimas vieram, pesadas, e durante semanas, e depois meses, e desde o início, senti que o resto do mundo viu meu sofrimento como exagerado e permissivo. Perdemos um bebê em potencial, não um bebê de verdade, outro pensamento universal, compartilhado, porém não proferido em voz alta por aqueles que não perderam nada. Ao contrário, as palavras ficaram gravadas em suas testas confusas quando o tempo não me mandou de volta à Ellie "De Antes". Contudo, eles estavam enganados, em suas tentativas frustradas de demonstrar empatia, seu falso entusiasmo e seu tom de voz elevado, normalmente reservado para lidar com crianças mal-humoradas. Estavam errados em pensar que este seria um revés qualquer.

Eu o pegara. Ele existiu antes de não existir. Ele era meu. A culpa também veio em ondas sufocantes. A culpa que, às vezes, ainda me consome tarde da noite, quando as margens do sono estão distantes demais e a realidade do dia não desobstruiu o irracional, e eu imagino as centenas de formas em que falhei com ele.

Acontece que, durante a gravidez, fui uma mãe terrível. Posso contar as regras que burlei. Aquele queijo que comi enterrado em uma lasanha, tão bom que eu nem quis perguntar se era pasteurizado. Também bebi uma taça de vinho aqui e ali, sentindo-me europeia e moderna; Lucy também tomou e pensei que estava tudo bem.

Houve a vez em que tropecei na calçada – eu não devia ter saído, mas estava impaciente e entediada, e me vi estirada de costas na neve. Uma adolescente, com o rosto escondido atrás de cabelos longos demais, encaracolados demais e loiros demais, ofereceu uma mão tímida, sem contato visual. Eu a segurei e, antes que pudesse dizer obrigada, ela saiu correndo. Lembro-me de ter me sentido mal com aquilo, não agradecer à minha boa samaritana, mas nem por um momento me senti mal por não ter ligado para o médico.

Eu não queria ser uma daquelas futuras mães obsessivo-compulsivas que fazem com que a experiência da gravidez seja insuportável e sem charme, que dão sermão naquelas que ainda não leram todos os livros. Meu desejo de ser um certo tipo de pessoa – acima da paranoia e do medo, de ser mais despreocupada do que preocupada – deixou Oliver exposto e desprotegido. Esta era a Ellie "De Antes", alguém que se sentia imune à tragédia e à perda, que se sentia forte e invencível porque jamais fora testada antes.

A médica tentou me acalmar com chavões: *Estas coisas acontecem; não são culpa de ninguém. Eu lhe asseguro, não foi a lasanha nem a taça de vinho.* Mas não acreditei nela. Eu tinha apenas um dever durante aquelas 40 semanas, criar uma redoma de vidro para o meu bebê, e de alguma forma espatifei o vidro. Algumas coisas ainda não podem ser respondidas com argumentação médica. Talvez algum dia um grupo de cientistas prove minha teoria de que o ego, a dúvida, a ingenuidade e a presunção são os elementos químicos, o delicado equilíbrio do pH, que podem virar seu mundo de cabeça para baixo.

Agora, nesta tarde ensolarada, me encontro no Jardim Secreto, responsável pela festa de aniversário de uma criança. Almoçamos e comemos bolo, comprado em uma doceria chique de Notting Hill, não tão firme em sua caixa e decorado com nove velinhas.

Todos nós sabemos e fazemos exatamente o que temos que fazer: cantamos "Parabéns a Você", e Sophie fecha os olhos, para por um instante e sopra. Seu sopro extingue o fogo com palmas e assobios. Não pergunto qual foi o desejo de Sophie. Há apenas alguns dias ela tinha o kit de mágica e um pouco do cabelo de sua mãe. Há apenas uma coisa que ela quer, e ela não a terá.

– Não acredito que você tem nove anos. Estou com ciúmes – Inderpal fala. – Ainda tenho que esperar três meses.

– Eu também não acredito – Greg diz, e bagunça o cabelo das duas crianças. Eles empurram a mão dele, pois estão velhos demais para isso. – Minha garotinha tem nove anos. Mais um ano e você terá uma década. Dois dígitos.

– E em apenas mais 91 anos terei um século. Três dígitos – Sophie retruca, parecendo encantada com a ideia.

Uma de minhas mãos vai hesitante até minha barriga. Minha mão. Minha barriga. Não há curva ainda, pelo menos nenhuma curva que possa ser atribuída a um zigoto. Luto contra o medo, a Ellie "De Depois", aquela que sabe tudo o que pode dar errado, minuto a minuto. Haverá mais festas de aniversário no meu futuro? Haverá também comemoração, se uma criança sair viva, inteira e respirando? E como me livrar do pavor que acompanha o mero acúmulo dos dias – se eu tiver a sorte de chegar lá – de que algo vai dar uma reviravolta, que minha proteção, ainda que seja a mais vigilante, pode não ser suficiente? A mera responsabilidade – não, o lado irreverente da responsabilidade: esta vulnerabilidade me paralisa. Se algo acontecer com meu filho, ou também com Sophie, pois agora ela reside dentro do meu ser, não me sobraria mais nada.

O grupo se reúne na grama em um semicírculo, recebendo parcialmente a sombra da árvore frondosa. Sophie está sentada no meu colo; suas perninhas magras pousam sobre meus joelhos e me prendem no lugar. Ela parece menos frágil do que quando cheguei aqui, há quase três meses: uma criança forte, verdadeira, que pode falar, andar e correr em círculos pelo jardim. O livro já está em suas mãos, a capa verde surrada dá o testamento de nosso uso e abuso. Eu me desligo do tsunami em que minha cabeça se encontra e foco na aniversariante.

– Capítulo 27, "No Jardim" – ela anuncia, e faz aquilo que sempre faz, seu reflexo de cachorrinho. Aceno com a cabeça, sorrio e dou o tapinha na cabeça que ela precisa, talvez minha melhor imitação de Lucy, em seus momentos mais calmos e mais generosos. Sophie começa a ler a última parte do nosso livro para o grupo.

Como sempre, me perco nas palavras, envolvida pelas frases, levada palavra por palavra, em direção ao final feliz. Hoje, contudo, o vejo sendo encenado na minha frente, um pouco além deste semicírculo de observadores interessados, ou pelo menos observadores ávidos por agradá-la. A pequena Mary, toda cheinha e com as bochechas rosadas, usa sua espátula para cavar a terra. Dickon está tocando sua flauta a um canto, debaixo de uma árvore com folhas pendentes. Colin, praticando o ainda novo uso de suas pernas, está correndo de um a outro, batendo as palmas das mãos contra as pedras do muro, que já estavam aquecidas pelo sol do meio-dia. Não sei bem se alguma destas coisas está nas páginas, mas isso não importa.

"Uma das novas coisas que as pessoas começaram a descobrir no século passado foi que os pensamentos – simplesmente, os pensamentos – são tão poderosos quanto as pilhas elétricas, e podem ser tão bons para as pessoas quanto a luz do sol, ou tão maus quanto o veneno. Deixar um pensamento triste ou ruim entrar na cabeça e tomar conta dela é tão perigoso quanto deixar o germe da escarlatina entrar no corpo. E, se depois que entrar, deixar que ele fique, pode não sair nunca mais", Sophie lê, devagarinho, com a certeza de que leu certo cada palavra. E eu sou levada de volta para dentro do livro mais uma vez. É por isso que adoro *O jardim secreto* – a mensagem de autoajuda é casualmente enfiada numa história infantil, como colocar vitaminas em um refrigerante.

Um fluxo de felicidade passa por mim. Sinto o peso de Sophie no meu colo e cheiro seus cabelos – ela usa xampu de bebê, como Lucy usava, porque leu certa vez em uma revista que fazia bem para os cachos –, ouço o cantar dos pássaros ao longe, e tudo isso se torna um sedativo. A agitação que me deixou alerta e com as costas doloridas, desde que fiquei sabendo o que aconteceu com Lucy – aumentada hoje de manhã – diminui e me liberta. Talvez eu esteja exatamente onde deveria estar. Talvez isso signifique estar em casa. Uma verdadeira calma interior, a voz em minha cabeça ficando em silêncio, um lapso momentâneo na consciência e na expectativa.

Neste momento, sinto-me livre para brincar na terra e correr em círculos. O peso da vida – era isso o que eu achava da vida nesses dois últimos anos, a vida como um peso, tinha a consciência do peso literal do meu corpo enquanto me arrastava de um lugar para outro, com o desejo intenso de não cometer um único erro. Este peso foi retirado e substituído por nada além de uma leveza feita de paz.

– Ellie? – Sophie me traz de volta para o aqui e agora, para o jardim, onde meus personagens de ficção não estão mais fazendo uma apresentação para me distrair.

– Sim?

– Eu disse "Fim". Você não bateu palmas. Todos os outros bateram palmas, você não. – Olho para o semicírculo de pessoas, quase todos estranhos para Lucy, aplaudindo a leitura de Sophie. Greg se levantou para oferecer à filha uma ovação de pé. O olhar de Inderpal enquanto sorri para Sophie me diz que ele também está aliviado por ter encontrado uma amiga. Meu irmão e Claire assobiam, seus rostos estão corados pelo amor recente, a felicidade deles é contagiosa.

– Desculpe, querida. Fui levada pelo momento. Você estava incrível – digo, e abro um sorriso para a menina em meu colo. Ela tem nove anos agora. Já faz quase dez anos que estive aqui e ajudei Lucy a sair do sufoco. Sophie era tão pequenininha, era um pacotinho.

– Estou triste porque terminamos o livro – ela diz. – Queria começar tudo de novo.

– Nós podemos.

– Não vai ser a mesma coisa. – Sophie olha ao redor do jardim como se soubesse que aquela é sua última vez ali e que precisa absorver tudo o que pode antes que o dia chegue ao fim.

– É claro que vai ser. Fizemos isso um montão de vezes. É só virar o livro para o começo e ler de novo. – Uma pontinha de pânico aparece em minha voz. Não estou pronta para ficar sem nossas noites aconchegadas em sua caminha, com o livro verde nas mãos oferecendo um universo alternativo. Temos uma rotina, como nossos cozidos de carneiro. A diretora Calthorp estava errada quando disse a Greg que Sophie precisava de consistência para lidar com a dor; nós, adultos, é que precisamos.

– Não vai ser igual. Nós já lemos. Já sabemos o que acontece. Não existe isso de começar de novo.

– Mas podemos fingir...

– Certo. Podemos fingir, mas isso não vai nos levar muito longe, não é mesmo? – Ela usa a pergunta floreada dos ingleses: *não é mesmo?*

– Não sei.

– Tia Ellie, isso não importa. – Sophie olha para mim com uma curiosidade palpável, me dando tapinhas com sua mão na minha para me consolar. Ela não pode imaginar por que fiquei toda trêmula de repente. – Acabou.

35

Duas surpresas postais nos aguardam quando chegamos em casa depois da festa de Sophie. O convite de casamento de meus pais chegou. Não importa que a noiva esteja desaparecida após combate, suas últimas notícias foram de algum lugar fora de Machu Picchu. Flores vermelhas entalhadas no papel espesso brotam dos cantos, uma imagem concebida para celebrar um tipo diferente de união: o amor novo, inocente. Meus pais já foram casados e divorciados, reconciliaram-se e terminaram tantas vezes que até perdi a conta.

Não sei bem o que meu pai está pretendendo ao postar um convite, qualquer convite que seja, pois esta estratégia de combate não é seu estilo usual. Quando minha mãe recua, a reação padrão de meu pai é fazer o mesmo. Desta vez, sua perseguição está agressiva. Ele acaba de dizer a uma centena das pessoas de que mais gosta para fazerem planos para o casamento sem levar em consideração se minha mãe estará a bordo. Uma forma de negação? Ou talvez a tentativa dele de trazê-la de volta, envergonhada, das montanhas do Peru. Uma forma perversa de chantagem emocional que ela bem merece. De qualquer maneira, espero que o tiro não saia pela culatra e que meu pobre pai não fique parado no final do corredor, esperando por uma noiva em fuga. Nós todos aceitaremos o veredicto muito antes dele.

A segunda surpresa: uma caixa enorme para Sophie enviada por Philip. É claro que ele não esqueceria o aniversário dela. Ela dá gritos de alegria quando abre a caixa do Kit de Mágica Profissional de Luxo, uma caixa contendo um chapéu dobrável, um jogo de cartas de baralho, um livro com uma centena de truques de prestidigitação diferentes e um CD para ensiná-la a fazer os movimentos. A dimensão do presente diminui o meu. Comprei para ela uma caixa com a coleção completa dos livros de Harry Potter, todos com capa dura, aninhados lado a lado em uma caixa na forma de um baú do tesouro. A rota de fuga definitiva – uma caixa repleta de incontáveis horas de prazer e uma chance para Sophie experimentar o mundo da fantasia. Meu presente foi uma cortesia da Amex, um cartão que está ficando com a tarja gasta agora que meus rendimentos estão reduzidos a zero. As economias que consegui com o projeto dot.com são um conforto, sem dúvida, mas elas não vão me levar muito mais adiante.

– Oh, meu Deus, oh, meu Deus. Veja, tia Ellie, é absolutamente brilhante. Tenho que ligar para o tio Philip. Posso ligar para ele agora? Por favor, por favor, por favor – Sophie fala, pulando sem parar, como ela sempre faz quando estamos no parque e ela tem que fazer xixi e não há nenhum banheiro em um raio de oito quilômetros.

– Claro. – Pego o telefone e começo a discar o número que se tornou quase instintivo. Estou ligando para minha casa, o lugar onde, apesar de abrigar minhas cartas, fotografias, botões, laquês e velhos terninhos de trabalho que englobam os acessórios da minha vida, não sou mais bem-vinda. E se o teste der positivo? Será que eu seria bem-vinda?

– Espere, tia Ellie. Tudo bem em ligar? – O rosto de Sophie ficou sério; a euforia da mágica minguou.

– É claro que sim.

– Mas vocês dois estão se divorciando. – Hesito. Não consigo evitar. Repito a palavra para mim mesma o quanto posso. Entretanto, ela ainda dói. *Divórcio*.

– Mas ele não está se divorciando de você, Soph.

– Ele ainda vai continuar sendo meu tio?

– É claro que vai. Ele ama você, e isso não vai mudar, não importa se estamos casados ou não.

– Tem certeza?

– Sim.

– Mas ele amava você, não é?

– Sim, ele amava.

– Mas agora ele não ama mais?

– Acho que pode se dizer que sim.

– Então, como vou saber se ele não vai deixar de me amar também?

Ela é mestra na lógica invencível. Faço uma pausa longa demais e minha resposta perde credibilidade.

– Porque você é criança. As pessoas nunca deixam de amar as crianças. – E, sem olhar para ela, passo o telefone para Sophie para que ela diga todas as palavras que eu costumava dizer em voz alta a meu marido: *Estou com saudades. Eu te amo. Obrigada.*

Enquanto sirvo nosso café da manhã e penso como farei para dar uma escapadinha até a farmácia para comprar um teste de gravidez, e depois provavelmente chorar seja qual for o veredicto, Sophie entra sorrateiramente na cozinha e joga os braços em volta da minha cintura. Seu corpo ainda tem o calor do sono.

– Bom-dia para você também – digo, e beijo o topo da sua cabeça. Não sei bem o que este ímpeto de afeição quer dizer; Sophie é uma criança adorável, mas não costuma demonstrar seus sentimentos. Afinal de contas, ela é metade inglesa.

Fico imaginando se ela tem um sexto sentido sobre o hipotético girino que nada em minha barriga, com um impulso primitivo forte o suficiente para me lançar de volta através do Atlântico.

– Oi – Sophie fala em voz baixinha e tímida, o tom certo, considerando que ainda não tomei café e ainda debato comigo mesma se vou me permitir ou não. – Adivinhe?

– O quê? – Resisto à vontade de pegá-la... ela é muito pesada. Mas quero sentir os braços dela em volta do meu pescoço.

– Adivinhe.

– Você fez um truque de mágica genial.

– Não.

– Você perdeu aquele dente com o qual estava brincando?

– Não.

– Você decidiu fazer *dreadlocks* nos cabelos.

– Não. O que é *dreadlocks*? – pergunta ela, embora seus dedos já estejam na cabeça, alisando sua cabeleira indisciplinada.

– É um estilo de cabelo. Como o de Bob Marley.

– Mamãe e eu costumávamos ouvir Bob Marley. – Sophie me surpreende, começando repentinamente a cantar "One Love" e fazendo uma dancinha, nada mais, nada menos. Os movimentos são uma mera tradução: um dedo indicador para cima, um número um, e depois as mãos cruzadas sobre o coração. Ela fica exatamente como Lucy ao fazer isso, Lucy, que dançou nossa infância toda, fazendo-me participar de "shows" com ela para nossos desinteressados pais, cheios de trejeitos de Michael Jackson e passos medíocres. Sophie me manda de volta no tempo, e fico pensando como posso estar lá, em Cambridge, rindo e fingindo andar de skate em cima da cama, Lucy viva e presa aos nove anos de idade, fazendo tanto barulho que sua mãe gritava para que "baixássemos a voz", e como posso estar aqui também, olhando para Sophie, dublê de Lucy, descalça na cozinha da Lucy adulta, sem aquele fogão de brinquedo à vista. Lucy se foi e não se foi ao mesmo tempo.

Eu, com nove anos, imitando a dança de Lucy. Eu, com 35 anos, imitando a vida de Lucy.

– Bob Marley é demais. Desisto. O que você queria que eu adivinhasse?

– Eu consegui.

– Conseguiu o quê?

– Você não notou, tia Ellie? Você tem estado tão estranha ultimamente.

– Do que você está falando?

– Dormi a noite toda. – Ela não me olha nos olhos, ela olha para o azulejo da cozinha, engolindo a emoção da conquista. As noites têm sido cruéis para ela, deixando uma faixa de azul debaixo de seus olhos, como uma marca.

– Oh, meu Deus! Você conseguiu! Não acredito que... Soph, você conseguiu! – Desta vez, eu a pego no colo e danço com ela pela cozinha. Ela é pesada e escorrega até meu quadril, mas não ligo. Desatamos a cantar "One Love", a primeira vez que cantei antes de uma xícara de café em pelo menos uma década. Pensando bem, foi a primeira vez que cantei em voz alta, pelo que me lembro.

– Você conseguiu! Você conseguiu de verdade?

– Sim.

– Estou tão feliz, nem sei o que fazer.

– E adivinhe com o que eu sonhei?

– Com o quê?

– Mary, Colin e Dickon no Jardim Secreto. Eles não me chamaram de Bibliotecária Lésbica nem zoaram comigo. Ao contrário, eles me deixaram brincar com eles.

– Verdade?

– Sim. Eles até me deixaram dar comida ao carneirinho.

36

Da última vez que comprei um teste de gravidez, Philip estava comigo, e nós escolhemos o mais caro.

– Somente o melhor para o meu bebê – dissera.

Não entendi se ele se referia a mim ou ao bebê em potencial dentro de mim, mas, de qualquer maneira, ri. Quando chegamos em casa, ele entrou no banheiro – queria fazer parte de cada passo – e, para o tempo passar mais rápido, me fez fazer junto com ele uma dança da fertilidade durante os três minutos de espera. O ritual inventado compreendia movimentos de galinha, e quando meu cotovelo bateu contra a pia, ele beijou o ponto exato. O teste deu positivo e, pela primeira vez em nossas vidas, choramos lágrimas de felicidade.

Hoje, sozinha na farmácia, escolho, diante da prateleira, a opção mais barata. Uma marca genérica com caixa branca e absolutamente nenhuma promessa.

– Stephen, ponha isso de volta já – diz uma mulher de costas para mim. Mas reconheço a voz, o coque loiro brilhando sob a iluminação fluorescente, o barulho familiar dos Transformers. A mãe de Stephen, a cadela do zoológico.

Começo a me afastar, rapidamente, para evitar um confronto. Parte de mim quer pisar seus sapatos aparentemente caros e socar sua cara coberta de maquiagem La Mer; meu outro lado está chocado em descobrir que sente pena dela. Reconheço o jeito caído e cansado de seu pescoço, o tom resignado, a exaustão chegando em ondas; é uma mulher que está por um fio para perder a cabeça.

– Eu disse ponha isso de volta, ou quando chegarmos em casa você terá mais tempo de castigo. E, pelo amor de Deus, será que pode parar de fazer esse barulho por cinco minutos? – Sua voz agora está à beira de se desmantelar. Ela tenta não chorar. – Papai e mamãe só precisam pegar algumas coisas. Por favor, pare com isso. Stephen James Devereaux, eu imploro. Pare com isso!

Espere aí... *papai e mamãe?* Olho rapidamente em volta querendo ver o objeto da afeição de Lucy, o homem que partiu o coração de Greg e quase o de Sophie. Ali está ele, cabelos compridos, castanhos e desordenados, passando das orelhas, óculos da moda e jeans europeus apertados demais.

E, é claro, eu estava certa. É o repórter parisiense, aquele que teve a coragem de ficar perguntando, várias e várias vezes, a voz na minha cabeça: "Mas quem é você?"

"*Como se atreve?*", quero perguntar agora, quero bater nele por ter atormentado – por ter destruído – uma família. Com certeza, se não fosse por Paris, não haveria nenhum *acidente* na viela. Com certeza, este homem e a morte de Lucy estão entrelaçados de uma maneira cósmica bizarra. Uma borboleta bate suas asas em Tóquio e um tornado acontece na Califórnia. Obviamente, se não houvesse nenhum René, eu estaria em casa, trabalhando no meu curriculum para o próximo semestre. Philip estaria em casa em algumas horas e nós pediríamos pizza para o jantar, meia berinjela para mim, meia azeitona para ele. Se fosse preciso comprar um teste, fazer um teste, nós o estaríamos comprando e fazendo juntos.

Quer dizer que assim que Lucy se foi, convenientemente fora de circulação e nem ao menos na capa do *Daily Mail* – o país agora só fala sobre um garoto de cinco anos desaparecido com um corte de cabelo em forma de tigela e apenas um dente na frente – René desiste de sua fantasia parisiense e retoma a vida familiar? Percebo que seu rosto tem uma cicatriz, uma linha sutil começando no lábio inferior até o queixo, e fico pensando se Lucy sentia-se dona daquela cicatriz, como eu me sinto dona da pequena marca de nascença que Philip tem no quadril esquerdo. E então vejo a mulher loira novamente e me lembro de que Lucy estava querendo o que não lhe pertencia, e se pertenceu, mesmo se por um momento, não foi por muito tempo. De repente parece que tudo com relação a Lucy era fugaz.

Olho para ele uma última vez; quero ser capaz de evocar seu rosto novamente da próxima vez que pensar naquelas coisas de Lucy que eu não sabia nem entendia. Mas ele me vê; é claro que ele me vê.

– Ellie? – pergunta ele e, com a palavra, a cabeça de sua esposa dá um pulo.

Não consigo encará-los, e sinto um fluxo de vergonha e ódio. Vergonha pelo comportamento de Lucy, como se suas ações fossem minhas; ódio por Sophie – como ousaram machucá-la, todos eles, de modos diversos e perversos. Então, faço o que qualquer pessoa faria. Deixo a cesta cair e corro.

René me alcança dois quarteirões depois, em Notting Hill Gate, a única parte do bairro projetada para conveniências – uma rua principal com restaurantes, farmácias, cafés e supermercados bem próximos do metrô, onde corpos alvoroçados checam listas de pendências no caminho de ida e volta do trabalho. Ele segura firme meu antebraço, um dedo e um indicador ao redor da pele extra que zomba de mim no espelho, nos levando até a porta de uma loja de equipamentos eletrônicos. O céu de catarata está ficando nublado à moda londrina, em que as partículas de chuva desafiam a lei da gravidade e ficam paradas, flutuando no ar. Não ficamos muito protegidos debaixo do toldo da loja.

– Por favor – ele pede, quando afasto sua mão... *como ele se atreve a me tocar?* – Preciso fazer força para me ver livre de sua mão. – Por favor, posso falar com você?

René me olha com tanta intensidade que tenho que desviar o olhar. Examino as furadeiras expostas na vitrine e o limpador de fogão industrial, com 50 por cento de desconto. O que tenho a dizer a este homem?

– Uma xícara de chá? Veja, tem uma Starbucks logo ali. Por favor, é só uma xícara de chá. – Seu sotaque é mais suave do que eu imaginava, e seu desespero é palpável. Embora esteja com a família, Lucy não saiu de seus pensamentos. Pude sentir pela maneira como segurou meu braço.

– Por quê?

– Porque – ele repete. Você sabe. Por Lucy.

Balanço a cabeça positivamente, cansada demais para falar, chocada em ver como meu mundo passou, em poucos minutos, do retrato satírico de uma indisposição suburbana ao drama de uma novela. Ele me leva novamente, desta vez sem tocar meu braço, e eu o sigo por meio quarteirão até a quarta Starbucks que contei até agora em Notting Hill.

– Então – ele começa, depois de comprar nossas bebidas e dois pacotes de *cookies* amanteigados que trouxe até uma mesa ao lado da janela frontal. – Eu... nem sei por onde começar. Sinto muito sobre o comportamento de Stephen na escola. E sinto muito importuná-la quando, você sabe, quando aconteceu. Eu só...

Ele faz uma pausa e corre os dedos pelos cabelos. Um gesto ensaiado, talvez, mas agora já automático. Tira os óculos e expira em cada uma das lentes.

– Eu só... sinto muito. Não acredito que não consegui perceber que era você. A famosa Ellie. Quem mais poderia ser? É que você é tão diferente do que Lucy descreveu.

– Ela falou sobre mim?

– É claro que sim. O tempo todo. Vocês eram irmãs. Quer dizer, sei que não são parentes, mas ela disse que vocês duas eram parecidas. Que eram praticamente, hum... qual foi a expressão? Quando dois bebês nascem grudados?

– Gêmeas siamesas?

– Ah, sim. Ela disse que vocês eram siamesas.

– Lucy disse isso? Nós não... nunca... fomos parecidas.

– *Non*, eu vejo. Ela nunca se sentiu boa o suficiente para ser sua amiga, sabia? Ela dizia isso o tempo todo. Principalmente depois, você sabe... Depois... de nós.

– Isso é ridículo.

Ele deixa minhas palavras no ar. Toma um gole do seu chá e olha mais um pouco para mim, como se me olhar pudesse lhe trazer respostas para as perguntas que ele não fez.

– Ela está bem? – pergunta ele, seu tom tem novamente urgência.

– Quem?

– Sophie. Preciso saber se ela está bem. Lucy morreria se... – Ele para, examina as mãos. – Ela ficaria muito mal em saber que Sophie não está bem.

– Ela está bem. É mais forte do que parece.

– Que bom. Fico contente.

– Sim.

– Queria que você soubesse que era para valer. Nosso relacionamento. Eu a amava.

– Eu sei.

– Quer dizer, agora que ela se foi, quase chego a pensar que nunca aconteceu. Como se ela tivesse sido um sonho ou algo parecido. Como se o tempo todo tudo aquilo não fosse, sabe, real. Mas era. – Ele olha pela janela, e sua esposa está logo ali, conduzindo Stephen pela rua, com sacolas de farmácia em ambas as mãos e lágrimas rolando pela face. Ela não nos vê, e ele desvia o olhar. Nenhum de nós quer assistir aos danos do efeito colateral. A vida lá fora, caminhando com dificuldade sob a chuva, lutando contra um fantasma com o qual não pode competir, parece um destino alternativo. – Acho que é por isso que eu queria falar com você. Para me lembrar de que ela existiu. Não tenho mais ninguém para fazer isso por mim.

René parece mais velho do que Greg, talvez 45, e seus olhos estão desgastados pela dor. Ele aparenta um desgaste que faz com que também pareça viúvo.

– Eu queria ir ao enterro – ele fala, segurando o mexedor como se segurasse um cigarro, e o quebra ao meio com dois dedos, quebrando-o novamente em seguida. – Senti-me péssimo por não poder ir. Você pode imaginar? Não poder ir ao enterro da mulher que você ama? Levo flores ao túmulo dela, mas, *non*, não é suficiente.

Desde o enterro não voltei ao cemitério. Devia ir, percebo agora, se isso significa mais uma maneira de honrar Lucy. Fico repentinamente agradecida a este homem a minha frente, seu amante, que se certificou de que seu túmulo não fique sem flores. Aposto que ele lhe leva tulipas, suas favoritas, em buquês simples e elegantes.

– Como foi? O enterro? Será que ela teria gostado? Quero dizer, ela teria ficado satisfeita com ele?

– Não muito. Nós não estávamos, você sabe, prontos. Preparados, quero dizer. Nenhum de nós sabia o que dizer. Foi demais para nós. – Penso no menino que vi brincando no jardim aquele dia, e penso em sua pazinha vermelha de plástico. – A comida era boa.

– Que bom. Ela teria gostado disso. – Ele fecha os olhos por um minuto, e não sei bem para onde vai. Talvez até Lucy, talvez até o enterro ao qual ele não era bem-vindo. – Sei que você provavelmente pensa que sou uma pessoa horrível.

– Não penso que você é uma pessoa horrível. Nem ao menos o conheço. Apenas não entendo. Quer dizer, como ela poderia? Como ela poderia deixar Sophie? Um caso, tudo bem, eu entendo. Mas partir? Mudar-se para Paris? – Sinto que estou à beira das lágrimas novamente, mas não por mim: por Sophie. Ela foi deixada para trás não uma vez, mas duas.

– Não é tão longe.

– Não é este o ponto.

– Eu sei.

Olhamos de novo pela janela, para o cinza que dá o tom diário à cidade e que pode fazer deste um lugar difícil, frio e solitário.

– Alguma vez já quis começar sua vida de novo? Era assim que Lucy e eu nos sentíamos. Queríamos uma segunda chance. Passar uma esponja em tudo e recomeçar. Até conhecer Lucy, sentia que apenas passava pela vida. Depois de Lucy... – Ele para, respira fundo, pega outro mexedor para brincar. – Eu me sentia vivo. Como se houvesse outro mundo lá fora. E então o emprego em Paris apareceu e o *timing* parecia perfeito. Sempre falávamos sobre fugir.

Por um momento, me permito acreditar que há outro universo onde eles conseguem ver sua história acontecer, onde conseguem ser mais felizes, talvez ter mais amor do que cada um deles achava que merecia. Por um momento, até me senti disposta a sacrificar Sophie e Greg, deixá-los catando os cacos para Lucy viver em Paris com este homem. Para curtir sua paixão de forma tola, louca e descarada. Para atingir aquele sonho ilusório da renovação. É de cortar o coração pensar que ela teve a vida interrompida no exato momento em que pensou que estava recomeçando.

– Obrigada por levar flores para ela – digo.

– Ela queria lhe contar. Sobre mim. Disse que tentou milhões de vezes, mas que sempre tinha muito medo.

– Lucy não tinha medo de nada, muito menos de mim.

– Tinha. Tinha medo de lhe contar. Ela pensou que, ao deixar Sophie, estaria perdendo você.

– Isso não faz sentido.

– Ela disse que você nunca entenderia. Disse que isso seria uma coisa.

– Uma coisa?

– Sim, *je ne sais pas*, a uma coisa... a única coisa... que você jamais entenderia.

37

Quando volto para casa, Sophie e uma mulher que não reconheço a princípio estão sentadas no chão, com as pernas cruzadas em posição de índio, perto da mesa do café da manhã, conversando sobre a festa de aniversário de ontem. Sophie ainda está de pijama, com a cabeça escondida debaixo do chapéu de mágico que Philip mandou. A mulher tem os cabelos grisalhos puxados em um rabo de cavalo despenteado e está vestida da cabeça aos pés com um conjunto de moletom; tanto as calças quanto a blusa são enfeitadas com um aplique absurdamente grande do Union Jack, a bandeira do Reino Unido. Ela não usa maquiagem e seu rosto – cansado e com rugas – me faz lembrar de uma foto abandonada, amassada e com linhas finas que se cruzam. Um terreno inflexível, cansado e ressequido.

Assim que ela me vê, sua expressão se reorganiza em um sorriso, o sangue flui para suas bochechas e agora ela quase se parece com minha mãe. Se minha mãe não fosse uma beatnik nova-iorquina que adora túnicas e sáris, mas uma turista do Meio-Oeste que esqueceu sua pochete e sua máquina fotográfica Nikon. Fico assustada com a semelhança.

– Jane? O que você está fazendo aqui? Você não devia estar no Peru? E o que é isso que você está usando?

– É bom ver você também, Eleanor.

Puxo minha mãe para um abraço forçado, um gesto que a surpreende ainda mais do que surpreende a mim. Embora ela esteja muito diferente, como alguém que eu costumava conhecer, mas com quem perdi contato, fico aliviada somente com sua visão. Minha mãe está aqui para me salvar.

– Ela perdeu a bagagem em Lima – Sophie fala, aparentemente pronta para apressar o motivo do reaparecimento de minha mãe. – E em vez de pegar um voo para Nova York, depois do retiro, ela quis vê-la. E então, pensou, por que não? Só se vive uma vez. Quando deu por si já estava acenando para um táxi preto na saída do aeroporto de Heathrow.

Adoro quando Sophie repete com perfeição a fala dos adultos. Ela consegue imitar a entonação certa, um reflexo de seus tiques verbais, como ouvir sua própria voz em uma secretária eletrônica. Minha mãe perguntando, *por que não? Só se vive uma vez*. E seu "*quando dei por mim*", filtrado pela mecânica de uma garotinha.

Jane me olha de cima a baixo, prestando especial atenção ao meu peito. Meus peitos ainda não cresceram, ou já? Ela observa atentamente meus cabelos, frisados pela umidade, meus jeans, camiseta e tênis, vestidos apressadamente esta manhã, as novas rugas em meu rosto, a versão mais jovem do dela.

– Querida, você está bem? – pergunta ela, a surpresa traindo seus planos. Ela não está aqui para me salvar, ela não sabia que eu precisava ser salva; como poderia? Ela veio aqui para ser salva por mim. – Você está, hum, horrível.

– Eu sei. Você também. Você está bem?

Ela dá de ombros.

– Já estive melhor.

– Ei, Soph, por que você não vai lá para cima e começa aquele livro do Harry Potter que eu comprei para você?

Ela faz um beicinho.

– Precisamos ter uma conversa de adultos agora – explico e sorrio para ela, embora ela esteja batendo o pé. Estou aqui há tempo suficiente para que isso não me deixe mal.

– Parece que ambas estamos em uma encruzilhada – minha mãe fala quando Sophie está fora do alcance de escutar e ambas nos acomodamos no sofá. Estamos apoiadas uma contra a outra enquanto conversamos, do modo como Lucy e eu costumávamos fazer quando tínhamos catorze anos e fofocávamos sobre garotos. – Você está se divorciando. E eu devo estar me casando em dois meses.

– Seu convite é lindo, por falar nisso.

– O convite?

– Você está falando sério? Você realmente não sabe que papai mandou os convites?

– Eu nem mesmo sabia que ele os havia pego. Estou ferrada – minha mãe diz, jogando os ombros e a cabeça para baixo como um garoto que não sabe como lidar com seu arroubo de crescimento.

– Ou você poderia simplesmente se casar com papai e superar isso de uma vez. Pare de bagunçar com a vida de vocês dois.

– Ou eu poderia optar por isso.

– Pode ser uma alternativa – digo, como se fosse tão simples quanto minha mãe pegar um avião, e talvez seja.

– E, então, o que está havendo com você? Acho que não havia me abraçado tão forte desde o dia em que comprei aquela camionete batida, quando você fez 16 anos.

– Acho que estou grávida.

– Mas você não sabe?

– Não tive chance de fazer o teste. Mas estou vomitando, estou com os nervos à flor da pele e meus peitos estão me matando. Já passei por isso antes. Com Oliver, eu me sentia assim. A diferença é que eu me sentia feliz. Até aquilo tudo acontecer.

– O pai? – Uma pergunta sem julgamentos.

– Philip.

– Huh.

– Sim.

– Bem, acho que é isso o que acontece quando você transa com seu marido – minha mãe diz, e ri muito com sua piada.

– Muito engraçado, Jane.

– Com toda certeza nós somos malucas, não somos? – Ela agora descansa a cabeça em meu ombro, como se estivesse muito cansada para mantê-la em pé.

– Com certeza, somos. – E, então, ambas fechamos os olhos... a cabeça de minha mãe em meu ombro, minha cabeça no topo da cabeça dela... e nos deixamos cair no sono.

* * *

– Você sabia que eu pedi seu pai em casamento? – Ela me fala mais tarde, quando estamos de volta à farmácia para comprar o teste de gravidez e vitaminas pré-natal, por via das dúvidas. Antes de seguirmos para a farmácia, minha mãe me obrigou a parar no salão mais próximo e fazer as sobrancelhas. Aparentemente, ela não conseguia me encarar parecendo, como ela diz, "um daqueles garotos lobos peludos do circo mexicano".

– Você propôs desta vez ou da primeira vez? – pergunto.

– Desta vez.

– É sério? – Paro de andar e a encaro de frente. Ela parece envergonhada.

– É sério. Tenho uma cliente; ela é alguns anos mais nova que você. Bem, ela teve um namorado incrível, e assim que ela percebeu que ele estava perto de pedi-la em casamento, o que ela fez? Ela terminou com ele. Então, enquanto a ouvia contar sua história, eu pensava o quanto era óbvia sua dificuldade em se comprometer. Ela perdeu a mãe muito jovem e ainda é uma criança, em vários aspectos. É tão previsível que chega a ser ridículo, certo? Mas, de repente, percebi que também preciso crescer, sabe? Como posso dizer a esta garota para ter culhões se eu mesma não tenho? Você me entende? Tenho 60 anos, pelo amor de Deus.

– Sim, e detesto ter de lhe dizer, mas vovó ainda está viva. Então, qual é sua desculpa?

– Não sei. Meu pai era um mulherengo incorrigível. Isso conta?

– Talvez. Sempre me esqueço deste detalhe sobre o vovô. Ele sempre pareceu um cara tão legal.

– Ele era um cara legal e um mulherengo incorrigível. Aparentemente, é possível ser mais de uma coisa.

Leio o verso do teste de gravidez. Posso saber o resultado em dois minutos.

– De qualquer maneira, tenho esta importante concretização para mudar a maneira como venho vivendo minha vida. Naquela noite, então, fui até Boston, surpreendi seu pai e o pedi em casamento. No jardim da casa de veraneio. Foi ali que você e Philip se casaram, me ocorreu agora. Quer ouvir a parte mais hilária? Ele disse não.

– É isso aí, pai.

– Sim, e então eu passei três meses tentando convencê-lo a dizer sim, e sabe o que acontece assim que ele o faz?

– Você corre até não poder mais.

– Exatamente.

– Mãe, o que eu faço se o teste der positivo? – Talvez pela primeira vez na vida, minha mãe não me corrige e pede que eu a chame de Jane. Em vez disso, ela põe os braços a minha volta e me puxa para nosso segundo abraço do dia. Um recorde para nós.

– Você sabe o que vai fazer, Eleanor.

– Sei? Cuidar do problema?

Outro eufemismo feio, e minha voz cai em contradição enquanto eu o uso. Ela me lança um olhar que fala uma frase completa sem dizer uma única palavra: *Você tem trinta e cinco anos, é financeiramente independente e esta pode ser sua última chance; não vou perder meu tempo tendo esta discussão com você.*

– Eu sei: vamos nos mudar para sua casa. – Estou brincando, mas assim que digo isso, sinto-me trêmula por usar "nós" tão rapidamente, tão naturalmente. Eu já cooptara esta semente... que pode não ser uma semente... em um "nós".

Minha mãe sorri. Ela não vai nem ao menos deixar que meu pai, seu noivo, vá morar com ela; em seus planos de longo prazo estava um casamento a distância. Eu e meu hipotético bebê não somos bem-vindos no pequeno apartamento de dois quartos em West Village.

– Não. Você vai fazer o que faz de melhor.

– E o que é?

– Minha querida Eleanor, você vai precisar ter culhões.

Passamos os 120 segundos de espera brincando de mímica. Minha mãe começa. Duas palavras. Filme. Ela entra de cabeça: começa a gesticular ferozmente, fingindo estar batendo em seu próprio rosto, caindo no chão do banheiro de 1,0m x 1,5m e fechando os olhos.

– Esmurrar. Hum... bater. Nocautear (*Knocked out*).

Ela aponta para mim e depois para o teto.

– Paraíso. Céu. Para Cima (*Up*) – adivinho.

Ela sorri e aponta novamente. Gestos para eu colocar as duas palavras juntas.

– *Knocked Up!* (Ligeiramente grávidos) – Minha voz está triunfante por um momento, antes que eu entenda a piada. Minha mãe sempre teve um senso de humor odioso, uma capacidade incrível de acabar comigo e me fazer descobrir, 20 segundos depois de eu estar zangada, que estou rindo de mim mesma.

O alarme do celular bipa o tempo. Minha mãe olha para a vareta e me entrega, ainda no modo mudo da mímica. Ela apenas aponta para mim e sorri. E então movimenta as mãos em um grande arco acima da barriga.

Inspiro e expiro em uma das lancheiras velhas de Sophie – que cheira a presunto –, sempre que preciso dar um tempo do choro. Não estou conseguindo levar isso de forma adulta. Estou me tornando mestre em culpa, nostalgia e sofrimento; temos sido companheiros há anos. O medo, entretanto, aquele medo que faz tremer os ossos e causa dores de estômago viscerais, me deixa despreparada e trêmula. Sinto como se tivesse acabado de abrir a mochila de dinamite que carrego para uma missão suicida.

– Sabe por que sempre pedi para você e Michael me chamarem de Jane? – minha mãe pergunta, sem mais nem menos. Não conversamos muito desde que passei no meu teste com um sinal positivo. Ela apenas se senta a meu lado no sofá, massageando minhas costas e ficando de olho na volta de Sophie e Greg, que saíram para tomar sorvete há algum tempo.

– Por quê?

– Porque eu não queria que você ou qualquer outra pessoa me visse *apenas* como mãe. Não queria ser *apenas* a esposa de seu pai. Eu achava que seria bom para vocês me ver como uma pessoa completa. Jane e não mamãe.

– Isso é ridículo. Não é disso que estou com medo. Esta não é uma crise de identidade.

– Não é? – pergunta ela. – Então, por que isso virou uma tragédia?

Olho para ela, incrédula pelo fato de minha mãe – uma psicóloga, nada menos do que isso – não entender. Ela presume que todas as pessoas levam suas vidas com o mesmo grau de egocentrismo.

– Eu nunca disse que era uma tragédia.

– Tudo bem. Então qual é o problema?

– Qual é o problema? Você está falando sério quando me pergunta qual é a droga do problema? – Encosto a testa contra o vidro frio da mesinha de centro e inspiro profundamente. Sei que minha mãe acaba sendo o alvo mais próximo, mas não consigo evitar metralhá-la com balas perdidas. Sem Lucy e com Philip optando por dar no pé, sinto-me muito solitária, é quase uma experiência fora do corpo. Uma Ellie flutuando acima, observando as condutas com interesse, enquanto a outra é levada pela maré, sentada no sofá, hiperventilando, inapropriadamente xingando a mãe.

– Sim, estou falando sério quando pergunto qual é a droga do problema. Você está beirando os 40 e sempre quis ser mãe. Você tem destruído tudo de bom na sua vida ultimamente. No meu modo de ver, esta é a melhor coisa que já lhe aconteceu.

Um traumatismo craniano em minha cabeça.

– Em primeiro lugar, não estou beirando os 40. Não ainda. E deixando de lado por um momento o detalhe de que o pai deste futuro bebê está entrando com um processo de divórcio, e, você sabe, estou aqui para cuidar de Sophie... Deixando de lado estes pequenos detalhes por um segundo, será que preciso lembrá-la do que aconteceu da última vez? Como terminou? Não posso passar por tudo aquilo de novo. Não posso. E não vou. – Recomeço a chorar, mas desta vez as lágrimas correm soltas e abundantes, um total alívio para o corpo.

– E se eu lhe garantir que tudo vai ficar bem? Que este bebê será perfeito e saudável?

– Você não tem como. Você não tem como me garantir isso.

– Mas e se eu puder?

– Mas você não pode. É este o problema. Você simplesmente não pode.

– Você não vai perder dois bebês. Sei disso do fundo de minha alma. Eu sei. – Ela pega minha mão e olha dentro dos meus olhos vermelhos e lacrimejantes. Apesar de seu gosto ridículo para se vestir, minha mãe não costuma usar palavras como alma ou *universo*. Acho que duas semanas em um *ashram* nas montanhas do Peru podem contagiar o vocabulário de qualquer pessoa. Ou talvez ela tenha perdido sua imparcialidade clínica, sua filha está sentada a seu lado no sofá e ela quer fazer com que tudo fique bem.

– Sua alma, verdade? Devo relaxar e confiar na sua alma? Oliver morreu, mãe. Dentro de mim. E depois Lucy morreu, andando na rua. Você não pode me garantir que tudo vai ficar bem. Simplesmente não pode. Às vezes, as coisas não ficam bem. A vida não é como um filme.

Minha mãe deixa que eu chore um pouco mais, massageia minhas costas no círculo concêntrico da minha infância. Deixo-me levar pela sensação, uma espiral descendente até a última poça de consolo, a fadiga finalmente sobrepondo-se à adrenalina.

– Mas às vezes as coisas dão certo, Eleanor. Às vezes, as coisas acabam bem. Pode pelo menos aceitar isso? Que algumas vezes as coisas dão certo no final?

– Quando? Como você e papai?

Ela percebe meu sarcasmo, meu olhar penetrante, primeiro com seu típico sorriso oculto, o que ela usa com seus pacientes, aquele que diz "*Tudo bem, pode se divertir à minha custa*", mas que depois muda, tornando-se verdadeiro e amplo, seus olhos se enchendo de lágrimas. Seu rosto deixando transparecer a compreensão, como Sophie, quando seus pensamentos pulsam alto, transmitindo sua mensagem sem que ninguém diga uma palavra.

– Sim – ela diz. – Exatamente como eu e seu pai.

Minha mãe faz a reserva para um voo que sai na manhã seguinte direto para Boston, onde terá um encontro com meu pai, vai implorar e receber seu perdão, e depois vai paparicá-lo durante os preparativos finais do casamento. Ela promete que estará lá no espaço de tempo de oito semanas, percorrendo o longo corredor do jardim de meu pai, exatamente o mesmo que eu certa vez percorri.

– Sabe o que é mais interessante? Não importa para onde você vá... a um *ashram* no Peru, visitar sua linda filha em Londres, ou até Nova York... você está sempre presa a si mesma no fim do dia. Sei que é um chavão, mas é a pura verdade: a voz na sua cabeça não muda de acordo com a geografia – diz minha mãe enquanto "excursionamos" por Hampstead Heath. Ideia dela, pois devemos usar todas as palavras e fazer tudo o que os ingleses fazem enquanto estamos aqui. Não sei o quanto uma "excursão" é diferente de um passeio. Não obstante, parece diferente hoje enquanto ando de braços dados com minha mãe pelo caminho pavimentado que atravessa o gramado verde.

Depois das casas em tom pastel de Notting Hill – eu agora adoro a maneira como o exterior delicado das casas não se rende à obscuridade do céu, tão bem cuidadas que sempre sinto como se estivesse no cenário de um filme –, o Heath é meu segundo lugar predileto em Londres. Árvores no estilo japonês, afiladas e pontudas, contrastam com prados, colinas e laguinhos deslumbrantes. A paisagem me faz lembrar da cidade de Kent, mas sem os carneirinhos e os chalés; novamente me vejo tentada a colocar um laço no cabelo e andar com uma sombrinha enfeitada para proteger minha pele clara do sol inexistente. Bosques cerrados e emaranhados emolduram a paisagem, adicionando uma característica sinistra – o verde das colinas fica mais verde e mais radiante, porque a intensidade do bosque faz sombra nas extremidades e porque sabemos que a densa aglomeração da cidade respira sufocadamente a menos de um quilômetro de distância.

– É, acho que sim.

– E não me refiro a lugares tampouco. Estou me referindo às circunstâncias. Você sabe, fizeram um estudo com pessoas que se tornaram paraplégicas a determinada altura da vida, e descobriram que apenas alguns anos depois do acidente, elas haviam voltado a seu "eu" original. Se eram felizes antes de perder a capacidade de andar, ao final, voltavam a ser felizes de novo. Se eram pessoas deprimidas, elas voltavam ao mesmo nível de depressão. Não escapamos à nossa natureza. Somos quem somos.

– Mas você está voltando com papai. Se somos quem somos, você não devia amanhã estar entrando em um avião para ir a qualquer lugar que não fosse Boston?

– Não. Eu amo seu pai, sempre amei, mesmo quando queria matá-lo, e onde quer que eu vá neste planeta, isso não parece mudar. É melhor aceitar de uma vez. Está na hora de você também voltar a ser tão feliz quanto era antes.

– Voltar a ser tão feliz quanto eu era antes de quê?

Agora ela me lança o olhar reservado a pacientes insubordinados, e não é o tipo de olhar que de alguma forma é *paciente*; sua mandíbula fica rígida, suas narinas tremem, seus olhos ficam frios e duros.

– Já chega, Eleonor.

– Não, falando sério, Jane. Antes de quê? – Ela agora me olha com ternura, quase como se quisesse dizer: "*Você realmente não sabe, não é?*" E, então, retira meu braço que estava cruzado com o dela. Segura minha mão, como eu costumava fazer com Lucy quando tínhamos seis anos, ambas de macacão estilo jardineira, eu tímida e ela dando risinhos, enquanto fazíamos um *tour* pelo jardim da casa dela:

– Aquela é a árvore que eu caí quando tinha quatro anos, mas eu levantei e não chorei. E aquele é o escorregador que meu tio deu para meus pais quando meu primo ficou grande demais para ele. E este é o meu sovaco. Eu sei fazer barulho de pum com ele. Meu pai me ensinou – Lucy diria, mestre de cerimônias até mesmo naquela idade.

– Antes de Oliver, Eleanor. Antes de Oliver.

– Quem é Oliver? – Sophie pergunta. Eu quase me esquecera de que ela estava aqui. Ela estava andando e pulando poucos metros à nossa frente, perdida na magnitude do Heath, uma versão em tamanho exorbitante de seu Jardim Secreto.

Quase respondo "*Ninguém*", mas lembro-me de que minha mãe está comigo, de que ela é terapeuta e que vai olhar torto por eu estar me esquivando.

– Meu filho. O bebê, que, você sabe, morreu.

– Ah, sim. Não sabia que o nome dele era Oliver. Eu queria ter conhecido ele. Aposto como ele teria sido legal e teria brincado comigo.

– Aposto que sim. – Isso foi o máximo que já disse em voz alta sobre Oliver em dois anos. Toco minha barriga. Um reflexo.

– Você acha que ele e minha mãe se encontram lá no céu? – Sophie pergunta.

– Espero que sim, querida. Ela cuidaria muito bem dele. – E, por um instante, imagino a cena, Lucy e Oliver juntos, passeando pelo jardim de alguém.

– Da mesma forma que você está cuidando bem de mim aqui.

Sinto a culpa se multiplicar e crescer em minhas vísceras. Será que ela conseguiu perceber que estou fazendo uma lista de prós e contras em minha cabeça enquanto conversamos, tentando decidir o que devo fazer? Os votos que me competem foram amplificados e estão em conflito direto. O que devo à Lucy e à Sophie. O que devo às células que se dividem em meu útero, e, por extensão, a Philip. E, é claro, o que devo a mim mesma.

38

Compro um único livro sobre gestação. Aquele que todos lhe dizem para não comprar quando você está grávida porque ele vai aterrorizá-la com sua ladainha de coisas que podem dar errado no útero. Devoro o livro proibido inteirinho, devoro as previsões funestas, engulo cada uma, cada sinal de aviso, até senti-los aconchegados no meu íntimo. Não vou ser ingênua desta vez. Ignoro os livros felizes e otimistas que costumava ler; não darei chance para o azar. As estatísticas me consolam e me assombram. A inspeção diária da minha pele, meus dentes, minha urina e o formato da minha barriga me ajudam a dormir melhor à noite. Ninguém pode dizer que não estou observando, que não estou me precavendo da melhor maneira que posso.

Leio o livro diversas vezes. É a minha nova bíblia, agora que Sophie e eu terminamos *O jardim secreto*.

A médica – que faz parte do Serviço Nacional de Saúde do Reino Unido – me diz para eu não me preocupar, que o que aconteceu antes não vai necessariamente acontecer de novo. Minha segunda gravidez não é mais arriscada do que qualquer outra. Ela não me diz o que quero ouvir, que minha má sorte da primeira vez tem o efeito de um seguro. Que já paguei meu prêmio e já utilizei minha franquia. Que não posso perder duas vezes.

Greg olha para mim de um modo estranho quando recuso uma taça de vinho no jantar, quando peço *teriyaki* de frango enquanto ele pede sushi, quando toco minha barriga como se fosse algo delicado. Ele não pergunta nada, e eu não digo nada.

Três meses. Darei a mim mesma três meses, o primeiro trimestre, para guardar meu segredo, para passar pela primeira fase de segurança antes de anunciar a situação a quem quer que seja, e que – *por favor, me perdoe* – inclui Philip. Com exceção da minha mãe e da minha nova ginecologista obstetra do serviço público de saúde – e acho que meu irmão – ninguém sabe sobre as células que estão se multiplicando e se aglutinando na minha barriga. Ninguém sabe que agora ele tem quase 2cm de comprimento, tem cotovelos e dedos dos pés. Deus já decidiu o sexo – há testículos ou ovários em miniatura, colocados dentro do girino que está dentro de mim, indicadores orgânicos de um futuro em potencial. Eles crescerão, se desenvolverão e cairão e, um dia, dentro de 32 semanas, supondo – *não suponha, não tente adivinhar, não tenha muitas expectativas* – supondo que ele se desenvolva normalmente, vou ter um bebê em meus braços, um menininho ou uma menininha, e ele, ou ela, vai pertencer a mim.

Philip não ligou e também não liguei. Quando penso nele, sinto muita culpa por meu silêncio. Estou assustada demais. Falar com ele não vai apenas exigir que eu tome decisões importantes e que literalmente admita a culpa por minha *Escolha de Sofia*. Existe uma possibilidade de ele rejeitar ambos – eu e o bebê – de uma só vez. Ou, ainda pior, contar a ele me faz sentir como se estivesse cometendo o mesmo erro duas vezes – dando lugar à presunção prejudicial. *Devo* esperar até a marca dos três meses. Agora é muito cedo para começar a falar sobre algo que pode nem mesmo ser real.

Ao contrário, vou curtir estas doze semanas. Nunca tive um grande segredo antes, nunca soube o prazer de manter uma parte de mim escondida e indisponível, protegida dos impulsos parasitas dos outros. Em meus momentos de esperança, os que eu tento manter guardados para não deixá-los derrotar o medo – o medo com o qual me tornei confortável –, quero abraçar minha barriga de aquário e gritar: *Meu!*

Fico imaginando se era assim que Lucy se sentia durante o tempo em que estava com René. Será que ela andava por aí com sua vida totalmente nova dentro do bolso? Um reservatório de excitação, amor e entusiasmo vertiginosos, amplificados por não terem ainda sido compartilhados? Uma parte dela ainda não preparada para se separar do marido, da filha. Será que ela gostava de ter um caso em um mundo secreto? O fato de que podia esconder um segredo de mim se precisasse? De onde ela terminava e eu começava, e onde eu terminava e ela começava, era muito mais claro do que jamais havíamos pensado.

Você sabe que vou ter outro bebê, Luce?, penso comigo mesma, as palavras são enviadas sem destino para o universo. Você também conhece meus segredos, aqueles que nem eu mesma sei ainda? Menino ou menina?

Não espero respostas e rio de mim mesma, incapaz até de tentar deixar as novidades escondidas e trancadas debaixo da minha pele. Ainda tento contar a Lucy, mesmo que ela não possa me ouvir. Sou péssima para guardar segredos. Deve ser por isso, diferente da minha melhor amiga, que nunca tive segredos até hoje.

Assistimos ao noticiário toda noite às 6h durante o jantar. Greg chega em casa cedo na maior parte das vezes – cedo quer dizer depois de um dia de trabalho de dez horas – para ficar com Sophie. Agora ele a coloca na cama, depois de comermos e assistirmos à BBC One, e ela e eu lermos juntas. Ele assumiu a responsabilidade do copo de água noturno. As noites seguem sempre a mesma rotina e são relaxantes. É uma dança bem coreografada, que começa com Greg entrando pela porta às 5h, correndo direto para Sophie enquanto afrouxa a gravata: *Como foi seu dia, amor? Me dá um beijo.*

Ela ainda tem pesadelos. Com menos frequência, entretanto. São menos dolorosos. A intensidade de seus pesadelos abrandou, ofuscada pela repetição. Ela os tem uma vez por semana, no máximo.

Quando vi Simon da última vez, perguntei o que causou a mudança.

– Acho que ela ficou cansada de seu próprio pavor. É uma criança resiliente – ele respondeu.

Senti um ímpeto de orgulho por Sophie. Ela tira "A" até na terapia.

– O último veterano americano da Primeira Guerra Mundial morreu hoje, aos 110 anos – diz a bela apresentadora da BBC, com um sotaque opulento e a testa com botox. Atrás dela, em uma grande tela, vemos fotografias coloridas do homem, com seus quatro filhos, seis netos e quatro bisnetos. Sua pele cai ao redor do rosto pequeno, os dentes são grandes demais para uma boca recuada.

– Foi na Primeira Guerra Mundial que os Estados Unidos ficaram livres de Londres? – Sophie pergunta.

– Não, Soph. A Revolução Americana aconteceu há uns bons 150 anos antes disso. E os Estados Unidos lutaram e conquistaram sua independência do Império Britânico, não de *Londres*. Londres, como você já sabe, é uma cidade do país Inglaterra – diz Greg.

– Certo. – A atenção de Sophie volta-se para a tevê enquanto são mostradas fotos do enterro. Uma fila de homens vestidos de uniforme aponta grandes rifles para o céu, como se apontassem para Deus.

Tento arduamente manter minhas lágrimas silenciosas, enxugando-as assim que caem. Um período da história acabado, consequentemente varrido com a morte de todos os veteranos. Não apenas uma erosão de memória. Uma varredura completa. Transformo o evento em algo dramático, devastador e ao meu alcance: *Eles se foram. Todos eles se foram*. Como se estivesse assistindo a uma bomba arrasadora, as torres gêmeas desmoronando, uma explosão no metrô – eventos com os quais tive alguma ligação, que reviraram meu estômago, que se fundem com o tempo através de imagens televisivas.

Um homem morreu, um homem velho, nada mais, um universo de distância do que agora chamamos casualmente de "ameaça terrorista". Vejo sua foto, seus dentes, sua família, e lembro-me de ter lido um livro sobre a Batalha do Somme, onde quase vinte mil homens morreram em uma hora apenas, e meu coração fica apertado pela marcha da história. O mundo para o qual meu bebê virá um dia, o mundo em que Sophie já vive, um mundo irreconhecível, e ainda o mesmo que sempre foi: pessoas matando umas às outras com a primeira ferramenta à mão.

– Tia Ellie, você está chorando? Você é tão boba. Ontem você ficou triste com um comercial de fraldas – Sophie fala, acabando com qualquer ilusão que eu poderia ter sobre minhas lágrimas abundantes estarem bem escondidas.

Greg olha para mim, mais preocupado do que surpreso. Não tenho ideia se ele sabe que estou grávida. Certamente não houve ligações de cavalheiros que indicassem que eu estava envolvida com o ato de fazer bebês. Com exceção da visita de meus pais, meu celular pré-pago raramente toca, e quando isso acontece é meu irmão ou Claire, meu irmão para falar entusiasticamente, Claire para me agradecer de novo por apresentá-los. Philip está fora de cena – não liga, não manda pacotes, não manda e-mails nem faxes – silêncio total. Faz apenas aparições noturnas. Sonho com ele, sonhos mundanos nos quais fazemos as coisas normais que maridos e esposas fazem, filmes e jantares, ou enchendo a máquina de lavar-louça; eles me dão tanto consolo que tenho dificuldade em levantar da cama de manhã. Quero ficar presa à minha cabeça, aconchegada em minhas memórias enfadonhas, que de forma alguma são enfadonhas para mim.

– Você está bem? – Greg me pergunta, entregando-me uma toalha de papel, provavelmente para que eu a use como lenço.

– Sim, é que ele parecia um homem bom.

– Ele viveu até os 110 anos! Quem dera todos nós fôssemos sortudos assim.

– Quem dera todos nós fôssemos tão sortudos assim – Sophie repete, mas suavemente, como se estivesse inserindo a expressão em seu cérebro.

– Acho que sim. Não sei, ainda assim é triste. Este é o sonho de todos nós, não é mesmo? Sobreviver a algo como a guerra, fazer algo que você ama, viver muito e ter muitos filhos, netos e bisnetos – digo, pensando na minha barriga que ainda não cresceu tanto. Parece que recentemente me permiti comer comida chinesa demais.

– Meu sonho é crescer e me casar com Inderpal, ter muitos filhos, pelo menos dez, e ser apresentadora de noticiário de tevê, como aquela moça – Sophie diz, apontando para a tela. – Ela tem um emprego legal. Ou então J.K. Rowling. Acho que queria ser ela também. Quero ser muitas coisas.

Greg sorri para Sophie, agora não mais preocupado com o desabrochar de seu interesse pelos meninos. Ele já ouviu tantas vezes esse papo de se casar com Inderpal que agora não reage mais. Ainda mais agora que conheceu o garoto, viu como ele conversa como se fosse adulto, com um jeitinho encantador, e o ouviu falando sobre sua coleção de rock, sobre querer ser médico *e* astrônomo, e por que ele acha que Gordon Brown está tendo um desempenho abaixo das expectativas. Greg não tem outra saída senão aprovar. Estamos aliviados por ela ter encontrado um amigo de verdade.

Levo Sophie para brincar no parque, onde ela e Inderpal se sentam na parte de baixo do escorregador, ela com Harry Potter no colo, ele ouvindo um audiolivro em seu iPod. Ocasionalmente, Inderpal sacode a cabeça para fazer parecer que está ouvindo um rap ou Panjabi MC. Todos nós fingimos acreditar.

– O que você vai querer ser quando crescer, Ellie? – Greg pergunta. Ele me lança um olhar nostálgico, que diz "*Já chegamos lá? Será que somos adultos? Porque não foi isso que sonhei quando usava pijamas de pezinho: ser um viúvo, um advogado entediado, um pai confuso*". Sophie ri de nós, presumindo que somos velhos demais para estar fantasiando sobre nosso futuro. O nosso já chegou há muito tempo.

– Não faço ideia. Eu costumava sonhar ser presidente de uma empresa. Era o que eu dizia quando era pequena. Estava me rebelando contra minha mãe. Agora não sei. Definitivamente, não é o que eu estava fazendo antes de vir para cá. Talvez professora de educação infantil? E você?

– Quero viver em uma fazenda grande e jogar fora meu BlackBerry. Ter um daqueles momentos de filme em que jogo o aparelho no mar ou algo parecido. Talvez queimar minhas gravatas também.

– Suas gravatas? Mas você gosta de parecer formal.

– Na verdade não. É que eu vivo num mundo formal.

– Troque o datashow por um trator. Vista um macacão e pare de trabalhar. Acorde com o cheiro de esterco. Você pode se dar esse luxo. – Greg não me responde e não sorri. Apenas desvia o olhar. Mudar totalmente seu estilo de vida é mais fácil no pensamento do que na ação.

– Podemos ter *ovelas*? Se formos morar em uma fazenda? – Sophie pergunta.

– Ovelhas – Greg e eu corrigimos ao mesmo tempo.

– Ovelhas – ela repete, feliz por ter aprendido algo novo. Não consigo evitar pensar no bebê e sei, com certeza e um pouco de culpa, que ele ou ela não será tão fácil de agradar. – Quem dera todos nós fôssemos sortudos em ter ovelhas.

39

Sophie e eu estamos lendo *A princesinha*. Não é tão bom quanto *O jardim secreto*, mas dá conta do recado. Novamente temos uma órfã, o que parece agora ser um pré-requisito para a literatura infantil, e novamente ela é uma garota branca nascida na Índia. A pobre Sara Crewe tem que lidar com a pior das mudanças do destino: era aluna privilegiada em um internato luxuoso na Inglaterra enquanto seu pai rico era vivo, e passa a ser uma humilde criada quando ele morre e a deixa sem nada. Ignoramos com prazer o tom imperialista do livro, como fizemos da última vez; Sophie não está pronta para uma discussão crítico-literária sobre as implicações e os efeitos que permaneceram do complexo relacionamento entre o Império Britânico com a Índia pré-independente.

Depois que terminamos o capítulo 5, em que ficamos conhecendo a impressionante capacidade de Sarah como contadora de histórias, e estou me inclinando para apagar a luz do abajur do Pooh, Sophie chama meu nome – "tia Ellie?" – num tom que já aprendi a reconhecer. É a voz que diz "*tenho uma perguntinha para lhe fazer*".

– Sim.

– Hum, tenho uma pergunta. – Greg deve estar subindo em poucos minutos para alisar sua testa e dar boa-noite. Eu queria muito que ele viesse logo.

– Manda ver.

– Você acha que mamãe sabia que ia morrer?

– Por que você está perguntando isso? – Tento deixar de lado o tom alarmado em minha voz. Fingir que estou me acostumando com a realidade da morte de Lucy, da mesma forma como Sophie tem cada vez mais se tornado insensível ao horror de seus pesadelos. Posso ser adulta também.

– Bem, naquele dia... você sabe, *Aquele Dia,* estávamos conversando no café da manhã, e papai saiu supercedo para trabalhar. Então estávamos só mamãe e eu, e ela disse que, não importava o que acontecesse, ela sempre me amaria. Mesmo que não estivesse por perto todos os dias para dizer isso. Ela até me deixou comer Lucky Charms, aquele cereal com marshmallow. Ela nunca me deixa comer Lucky Charms.

– Acho que não. Quero dizer, ela não teria como saber. Ninguém teria. Da mesma forma que ninguém poderia ter impedido.

– Talvez.

– Mas é verdade, sabia?

– O quê?

– Que ela sempre vai amar você, mesmo que ela não esteja aqui todos os dias para lhe dizer. E fique você sabendo, eu também te amo. Todos os dias. Mesmo que não esteja por perto para lhe dizer.

– Tudo bem. Mas você não está indo a lugar nenhum, está?

– Não.

Minto descaradamente diante de sua carinha linda.

40

Depois da terapia da quinta-feira, dou a Sophie algumas libras e a mando mais uma vez até o café, no térreo, para tomar chocolate quente. Alguns minutos mais tarde, eu a encontro sentada diante do balcão batendo papo com Gus, o proprietário, que tem um acordo secreto com Simon para tomar conta de seus pacientes sempre que eles fogem pelas escadas abaixo sozinhos; assim, Simon pode atualizar os pais, e as crianças podem ter o gostinho doce da independência.

– Sophie parece melhor, não é? Os pesadelos quase não estão acontecendo mais – digo.

– Ela está se saindo muito bem. Entretanto, isso dura uma vida toda. Dor. Perda. Ela não vai simplesmente acordar um dia e estar curada.

– Bem, esta é uma ótima notícia. – Estou cansada, o que faz com que meu sarcasmo torne-se afiado ao extremo. Apesar de ainda não ter ganho muito peso, todos os dias agora parecem dias de mudança; este novo corpo que trabalha parece um equipamento pesado que me segue por toda a parte. – Me desculpe, estou mal-humorada.

– Está tudo bem? – O sol está brilhando através da janela da sacada, e à luz radiante do dia, Simon parece menos atraente, as arestas que precisam ser aparadas parecem exageradas. Seus músculos são grandes demais, com nódulos bulbosos que lembram os nós de uma corda, conseguidos com muito esforço, e ele parece pelo menos dez anos mais velho do que inicialmente imaginei. Mais perto dos 50 do que dos 40. Este novo Simon menos atraente é mais fácil de conversar.

– Sim, mas preciso lhe fazer uma pergunta importante. Sophie ficará bem se eu voltar?

– O que está acontecendo? Você vai embora?

– Bem, acontece que eu estou... Acho que devo dizer apenas isso. Estou grávida. Mas, por favor, não diga nada. Não contei a ninguém ainda. Meu marido, que em breve será meu ex-marido, está em Boston, e eu estou aqui. E Sophie...

– Parece complicado.

– Sim. É complicado.

– E o que vai acontecer agora?

– Não sei. Algum conselho, doutor?

Simon parece pensativo.

– Faça o que precisa ser feito – ele fala com a pior imitação de sotaque nova-iorquino que já ouvi, mas dou-lhe crédito pelo gesto com a mão: uma sacudida firme, ao estilo dos chefes da Máfia.

– É mesmo? E o que é?

– Não sei. Só estou tentando fazer a personificação de um Soprano. Acabei de comprar um DVD. Ei, sabia que eu tenho três filhos? – Eu estava olhando para a grande folha de papel estendida sobre a mesa. O desenho de Sophie. Um desenho dela e meu, um bolo de aniversário com nove velinhas. Alguns carneirinhos pontuam o pano de fundo em espirais feitas com lápis de cera brancos.

Simon mais uma vez fez patas de galinha. Aparentemente, ele tem um repertório limitado.

– Três? Uau! De quantos anos? – Estou rearranjando minha imagem da vida de Simon. Antes, eu o imaginava jovem e solteiro, levando aqueles braços grandes e a cabeça raspada para passear nos bares de Londres, entornando cervejas e levando mulheres para a cama; um saqueador, com um lado mais gentil. Em menos de cinco minutos, ele envelheceu uma década e teve três filhos. Ainda sem aliança de casamento.

– Duas meninas e um menino: seis, nove e doze anos. Meu parceiro, Steve, e eu, adotamos do Camboja.

Faço o melhor que posso para tentar não demonstrar minha surpresa. Estou fora do mercado há tanto tempo que jamais me ocorreu imaginar que ele era gay. A revelação faz com que eu goste ainda mais de Simon, pois seus braços não são mais ameaçadores.

– Acho que meu ponto é que, quando você começa uma família, você faz opções verdadeiras. Não se pode fazer tudo. Desisti do meu trabalho no Sudão por causa da minha família. Foi a coisa mais difícil que já fiz, mas acho que não tinha escolha.

– Mas Sophie. Quer dizer, será que ela vai ficar bem?

– Não sei o que você quer que eu diga, Ellie. Sim? Não? Ela ficará magoada, ela sentirá sua falta. Não há dúvida quanto a isso, companheira. Mas ela ficará bem? Sim, ele ficará bem. Essa menina é uma lutadora. E presumo que você estará deixando o país, não a vida dela.

– Ela precisa de mim. Como eu poderia? Como posso deixá-la?

Ele não responde. Lucy, percebo, teria me dito para voltar para casa. Para buscar a felicidade que todos nós merecemos. Ela poderia até ter discordado de Simon – de que todos nós temos escolha. E Philip. O que Philip dirá? *Eu não sei, eu não sei, eu não sei. O que Philip dirá?* É um novo refrão para mim, como minha velha frase auxiliar: *O que Lucy faria?* Ambos fazem meu estômago doer.

Mas Sophie – e eu a imagino neste momento, abaixo de onde estou agora, bebendo seu chocolate quente lentamente, apreciando o calor e a doçura como prazeres efêmeros. Devia ensinar esta palavra a ela, *efêmero*. Ela ia gostar. Mas Sophie. Mas Sophie. Mas Sophie.

Penso nas variáveis. O final satisfatório que todos esperamos. Um internato na Nova Inglaterra? Philip me ama, me quer de volta e pede transferência para a filial de Londres? Passo seis meses aqui, seis meses lá? Nada disso funciona. Quero contrabandear a casa de Sophie, fazer com que ela pertença a mim. Mas ela não me pertence.

– Sinto saudades da mamãe – ela fala agora diariamente, as palavras brotam quando menos se espera. Como a fala dos personagens de história em quadrinhos: um círculo de ar entre nós, uma sequência de letras. Quando fala isso, ela não parece uma menina de nove anos, fazendo coisas normais de meninas de nove anos, brincando com as folhas que começaram a cair e se amontoar, lendo Harry Potter, esperando na fila para tomar sorvete, ela se parece mais com um adulto resignado.

– Sinto saudades dela também – sempre repito de volta, porque é verdade, e porque não há mais nada a dizer. Tento obstruir os pensamentos que aparecem sem ser chamados; Sophie chegando à adolescência e depois à maratona da vida adulta sem uma mãe. A primeira decepção amorosa de Sophie, seu primeiro terninho de trabalho, seu casamento, e também o dia a dia, todos os dias, a doce batida da vida que nos abate. Os despertadores, as desculpas, os comentários mordazes passivo-agressivos. Aftas e cólicas menstruais. Dores de estômago, a velha e boa gripe fora de moda, e aquela coisa que não é bem uma gripe. E as vitórias também. As possibilidades. Todas as possibilidades.

Aí está a verdade, novamente, sem ser chamada. A única coisa que nunca será dita em voz alta: Sophie precisa – ela vai precisar – da única coisa no mundo que não posso lhe dar. Esta também é uma confissão destrutiva que não tenho escolha a não ser fazê-la em voz alta: eu preciso – eu vou precisar – voltar, deixar para trás o que não me pertence e finalmente assumir o que me pertence.

Pegamos um caminho longo e sem sentido de volta para casa e absorvemos o surpreendente calor do dia. Sophie e eu seguimos pela Portobello Road até o final, passamos por Westbourne Park e depois pegamos a descida íngreme até às mansões de Holland Park, identificando as bandeiras que nos saúdam nas embaixadas protegidas por guardas. E então pegamos o caminho de volta para o leste pelas ruelas de Notting Hill, permitindo-nos dar a volta pelos grandes jardins particulares. Sophie decide jogar um dos jogos que normalmente reservamos para a ida até a escola. Ela aponta para suas casas favoritas e inventa histórias sobre as pessoas que moram lá.

Aquela rosa na esquina é um orfanato para sete crianças, cujos pais foram levados por um furacão. (Lembrete: Considere a limitação de Sophie com relação aos noticiários a que assiste e o que lê sobre órfãos.) Na casa ao lado vive um casal sem filhos que quer adotar. Imaginamos os dois grupos se encontrando: um dia o casal vai comprar limonada na barraca que as crianças montaram para conseguir dinheiro para comprar sapatos. "*Nós sempre quisemos ter sete filhos!*", eles dirão. "*Nós sempre quisemos pais para tomar conta de nós!*", as crianças responderão e então colocarão seus míseros pertences em sacolas plásticas e os levarão para a casa ao lado. É claro, todos vão viver felizes para sempre, seguindo em direção ao pôr do sol em suas camas beliche. Nós duas somos malucas por *finais felizes*.

– Sabe o que descobri hoje? – Sophie pergunta, depois que mandamos nossa família imaginária para uma viagem ao Havaí como alternativa ao corte final do diretor.

– O quê?

– A Mágica não é mágica.

– Huh?

– É que eu sempre soube que não era *real*, que é um truque. Mas mágica não é truque. É um segredo. Segundo aquele vídeo que tio Philip me mandou, "A mágica só funciona quando o mágico sabe o que o público não sabe."

– Me dê um exemplo. – Esta é uma ferramenta de ensino que peguei de Claire. A vida real equivalente a "*demonstre sua matemática*".

– Certo, o truque de cartas que eu fiz ontem. O segredo foi que escondi a rainha de copas na manga. Mas você não sabia o meu segredo. Se soubesse, teria estragado tudo.

– É uma forma inteligente de olhar para isso. Mas e a *mágica verdadeira*? Você acha que ela existe? Como o modo que Dickon consegue conversar com os animais? Ou é apenas uma carta escondida na manga?

– Eu não sei. Dickon é um personagem de livro.

– E daí?

– E daí que ele não conta.

– Por quê?

– Porque ele também não é real, boba. Frannie o inventou.

– Talvez sim, talvez não.

– Ora, tia Ellie. Um menino que consegue falar com os animais? Se mágica existisse, meu encanto teria funcionado.

– Que encanto?

– O que eu fiz, você sabe, para mamãe. Tentei duas vezes. Até mesmo no dia do acidente, eu tentei fazer um truque. Até acreditei que era um truque. Mas não era.

– Não, não era. – Ponho meu braço em volta dela, puxando-a para perto de mim. Sempre mais para meu conforto que para o dela. Ela é a pessoa mais corajosa que conheci. Até mais corajosa que sua mãe.

– Então, posso lhe dizer a verdade, tia Ellie? Não tenho certeza se acredito em mágica. Acho que já estou cheia disso.

– Mas você não acha que certas coisas são mágicas? E se nós acreditarmos que certas coisas são mágicas, talvez seja mais fácil acreditar em mágica? – Não sei por que é importante para mim que ela acredite, mas é. Ela já foi forçada a renunciar demais a sua infância: sua mãe não vai voltar. O mínimo que posso lhe dar... o mínimo possível... é algo em que ela possa se apegar.

– Como o quê?

– Bem, para começar, o Jardim Secreto.

– O livro ou o lugar verdadeiro?

– Os dois.

Sophie sorri.

– Essa foi boa. O que mais?

– Você.

– Eu?

– Sim. Minha afilhada favorita é mágica pura.

– Sou sua única afilhada.

– Ainda assim é minha favorita.

– Mas não sou mágica.

– É sim, Sophie. É sim.

41

Depois de Sophie ir para a cama, Greg sugere tomarmos um drinque em homenagem ao céu claro, e serve uma limonada inofensiva para nós dois. Não demos muita atenção à paisagem do jardim dos fundos, que é um pedaço de grama retangular que espelha o formato da casa. Comprida e magra. Nós nos deitamos em cadeiras de madeira cobertas com colchões à prova d'água e as deixamos no mesmo ângulo em que as encontramos, quase deitadas por completo. Provavelmente Lucy foi a última a deitar aqui, e eu a imagino relaxando em um dia raro de sol do verão passado, sentindo-se sensual por passar o tempo sem fazer nada além de aquecer-se ao sol e bronzear a pele. A rendição humana ao sol e aquela inclinação involuntária em encarar o calor de frente.

– Que noite linda – Greg diz, olhando para o céu sem nuvens, para as estrelas que de alguma forma ainda estão lá, embora não as tenhamos visto por muito tempo.

– Perfeita. – Descanso a mão na barriga e falo com o bebê na minha cabeça. *Você sente o ar? Está beijando nossa pele. Aprenda a curtir noites assim, elas não acontecem com frequência.*

– Ellie? Precisamos ter uma conversa. – Greg parece nervoso, e eu imagino que devia estar também. Mas a cadeira está tão confortável, estou afundando no colchão, e sinto-me distante de suas palavras. Existe o "eu" exterior e agora existe o "eu" interior, e eu me deleito na bolha do meu "eu" interior. Nem mesmo tenho que olhar para ele, não com o céu alongando-se diante de nós como uma tela.

– O que foi? – pergunto.

– Não sei como dizer.

– Simplesmente fale. Como se estivesse arrancando um curativo. – Meu tom é casual, quase petulante. Sinto-me invencível, desde que Sophie esteja segura em sua cama, e o bebê seguro em meu ventre. Nada pode me afetar enquanto estas duas coisas forem um fato.

– Eu, hum... bem, aí vai uma visão panorâmica: vendi a casa.

A invencibilidade foi vencida, tão rápido e rasteiro que eu nem consigo ter um momento de satisfação com a terminologia financeira... *uma visão panorâmica*. Meu coração para de bater, sinto como se ele estivesse caindo até meu estômago e seguro firme nos braços da cadeira para lutar contra a vertigem. O estranho, contudo, é que não sei explicar por quê. Eu nem mesmo sabia que gostava tanto desta casa. Mas gosto, com uma ferocidade que me espanta. *Você não pode vender a casa de Lucy.*

– Mas... Ora. Por quê?

– Não se preocupe. Não sinta como se eu a estivesse expulsando ou coisa parecida. Você pode ficar conosco o tempo que quiser. Mesmo depois de nos mudarmos. Você sabe que é sempre bem-vinda. Você agora faz parte da família.

– Obrigada, mas não estava pensando em mim. É que... esta é a casa de Lucy.

– Não, Ellie. Esta casa é *minha*.

– Me desculpe. Eu sei, sei que é sua. Mas... esta casa, não sei se você me entende. Esta casa é toda Lucy.

Imagino o sofá branco da sala de estar, tão otimista, um símbolo de que o mundo pode ser mantido tão limpo quanto desejarmos, tão belo e em ordem quanto escolhermos. E também o escritório dela, o oposto exato, aderindo ao gasto, ao *shabby chic*, ao fato de que as relíquias de nossas vidas – os diplomas, os livros, as fotografias – valem a pena ser mostrados, se for apenas para nós mesmos.

– Exatamente. Preciso dar o fora daqui. Chega de ver Lucy por toda a parte. Estou cansado. Estou cansado de sentir falta dela e de odiá-la, e depois sentir saudade novamente. Isso está me matando. Ontem, encontrei um post-it com a letra dela. De início, quase o guardei; não se joga fora algo assim, qualquer coisa que traga a lembrança dela, sabe? Mas depois pensei: "*E se for o número dele anotado aí?*" Mas isso não importa, nada disso importa. – A voz dele sobe e depois se exaure, incompleta. – Não, nada disso importa, nem um pouco, mas ainda parece importar. É tão errado assim não querer sentir tanto o tempo todo?

Greg aperta bem os olhos, como se olhar para as estrelas fosse demais para ele. Seu rosto diz o que Sophie falou em voz alta há menos de um mês, quando novamente acordou molhada com o resíduo de seus pesadelos: *Por favor, faça isso parar. Por favor. Faça isso parar.*

– Desculpe, às vezes eu me esqueço... sei lá, que você não pode simplesmente ficar sentindo falta dela. Que é mais complicado do que parece.

– Mas quer ouvir a pior parte? É como se ela tivesse me dado um presente antes de morrer. É bem mais fácil sentir raiva do que sentir saudade. Quando esqueço de ficar zangado, é insuportável. E quando olho para Sophie... – A voz de Greg fica entrecortada, e ele mergulha no silêncio enquanto se recompõe. Quando fala novamente, ele está de volta à sala de reunião, frio e controlado. – Há memórias demais aqui, boas e más, para ambos.

– Você deve ir. Recomeçar. Todos merecemos isso, uma vez ou outra. – Porém, enquanto as palavras saíam, eu pensava se elas diziam a verdade. Não a parte de merecer, mas a possibilidade de recomeçar. Apagar o que já foi escrito. E se não estamos todos enganados quando nos reorientamos para um novo lugar, que decidimos, muitas vezes arbitrariamente, chamar de lar.

– Ashford – ele responde, quando pergunto onde ele encontrou um novo lar. – É uma vila bem pequena. Tão pitoresca quanto o interior da Inglaterra. Ovelhas e vacas. Tudo é verde e exuberante. E fica a apenas 95km daqui, então Sophie ainda poderá ver Inderpal e continuar as sessões com Simon se quiser.

– Parece muito bom, Greg.

– E há uma escola incrível, subindo a rua, onde há aulas para crianças bem-dotadas. E a melhor parte... – Ele faz uma pausa para criar o suspense, seu silêncio é o equivalente de *rufem os tambores*. – Amanhã, vou anunciar aos sócios que passo a trabalhar meio período. Trabalharei somente dois dias da semana, conectado virtualmente do escritório de casa e estarei lá quando Sophie chegar em casa todos os dias. Acho que ela vai adorar o interior, sair da cidade. Não é tão longe de onde fomos no aniversário dela. É um pulinho, para falar a verdade. Ela praticamente vai ter seu próprio Jardim Secreto no quintal de casa. – Ele fala tudo de uma vez, seu discurso ensaiado para todos os que perguntarem nas próximas semanas onde eles vão morar. Um discurso ensaiado que está no processo de refinamento para Sophie.

– Estou muito feliz por vocês. – E realmente estou, mesmo com as lágrimas que agora descem por meu rosto. Mesmo sentindo que alguém pisou no meu peito e me forçou a perder Lucy novamente. Há a perda e há os milhões de lados da perda, e a casa é um deles. – Também estou feliz por Soph.

– É a coisa certa, Ellie. É sim. – Greg anuncia como se se convencesse e convencesse o universo de uma só vez. – Tem que ser.

– Eu sei. Será. – Limpo os olhos com as costas das mãos.

– E o jardim? É um jardim decente, não como esta caixa com legumes e ervas. Acho que Sophie vai gostar de brincar lá fora.

– Vou ter que comprar um livro para que ela possa identificar todas as plantas. Ela vai deixá-lo maluco com todos os nomes científicos. Espere só para ver.

– L? – Ele fala exatamente como Lucy falava. Curto e direto ao ponto.

– Sim?

– Você vai dar uma excelente mãe.

– Você acha?

– Eu sei – ele fala, e finalmente me viro para olhar para ele, para ver se ele está dizendo o que penso que ele está dizendo. Mas seus olhos estão fechados. De novo. – Por favor, me diga que é de Philip.

Então, ele sabe. É óbvio que ele sabe. Não toquei em uma xícara de café ou numa taça de vinho em quase doze semanas.

– Sim. É dele. É claro.

– Você está com medo?

– Sim.

– Você contou a ele?

– Não.

– Você vai nos deixar?

– Sinto muito – falo, e agora as lágrimas voltam, desta vez o choro é alto e com soluços, lágrimas cheias de remorso. – Eu menti para Sophie. Disse que não ia a lugar nenhum.

– Entendo.

– Sou uma covarde.

Greg não diz nada por algum tempo. Apenas me deixa chorar. Ele é um homem diferente do que era há quatro meses e meio. É decidido, menos frágil. E consegue resistir às lágrimas de uma mulher.

– Ainda assim, você continuará na vida dela, não é?

Balanço a cabeça positivamente, pois não consigo formar palavras. Imaginar minha vida sem Sophie é como foi certa vez imaginar minha vida sem Lucy, seria como imaginar minha vida sem meu braço esquerdo; inimaginável.

– Você vem visitar, e ela poderá visitar você?

– É claro.

– Poderíamos todos passar as férias juntos? Quero dar a ela um sentido familiar. Não quero que seja somente ela e eu contra o mundo. Foi assim que eu cresci, e não foi bom. – Greg agora é um homem com um plano; imagino que ele deva ter uma lista impressa em algum lugar, maneiras de colocar a vida deles de volta nos trilhos. Formas de ser um pai melhor, de ser tanto mãe quanto pai para Sophie. Itens de ação.

– Por favor. É claro. Seremos uma equipe transatlântica. Uma família transatlântica. Eu posso estar indo embora, mas não vou sumir. Vocês terão que me aguentar.

– Tudo bem – ele diz.

– Tudo bem – repito, ambos fazendo promessas para o céu.

* * *

Quinze minutos depois, ainda estamos deitados ali, acordados, olhando para cima, como se as estrelas fossem um quebra-cabeça que fôssemos capazes de resolver. O silêncio da noite nos envolve com um manto.

– Ellie, você sabe que precisa lhe contar. Logo. Não é justo. Todos estes segredos que vocês, mulheres, têm.

– Eu vou... só estive... juntando forças. Quis esperar até parecer que as coisas estavam bem certas; não queria trazer má sorte. E agora estou muito assustada. Nem sei o que dizer. Da última vez em que o vi, ele me pediu o divórcio. Ele vai pirar.

– Você está brincando? Você conhece Philip? O homem vai ficar nas nuvens. Ele ficou tão arrasado antes, quando você perdeu o bebê.

– Oliver.

– Quando você perdeu Oliver – Greg repete, sem julgamento, compreendendo por que preciso dizer seu nome. – Ele ligava todos os dias para falar com Lucy, e até mesmo comigo, tentando descobrir como ajudá-la quando ele mal podia consigo mesmo. Ele estava arrasado.

– Eu não sabia disso.

– Agora, você sabe.

42

No meu aniversário de 34 anos, logo após ter perdido Oliver, Philip me deu o único presente que tinha chance de me animar. Ele pagou uma passagem para Lucy passar o fim de semana conosco. Ela chegou na sexta-feira à tarde com uma mochila para passar a noite e duas garrafas de vinho, que comprou para nós no *duty-free*; ela estava disposta, e não parecia de jeito algum que acabara de passar seis horas num avião. Mas Lucy era assim, alguém que podia passar o dia em um *tsunami* e sair com os cabelos um pouco desarrumados, com o visual natural "acabei de ter uma boa transa". Ela me abraçou com a mesma intensidade com que a abracei, um aperto mútuo, um lembrete só de olharmos uma para a outra daquilo que costumávamos ser, que talvez ainda fôssemos.

– Cheguei! – falou com um tom "ta-rá", como se tivesse feito um truque de mágica e aparecido de repente.

Philip reservara para nós um dia no spa – mais uma vez, outro presente perfeito – um dos mais chiques em Newbury Street, onde, após a massagem, você pode passar horas entrando e saindo de seu roupão atoalhado, deleitando-se na banheira quente, nas salas de vapor e na sauna. Chamamos de "O Dia da Abertura dos Poros".

– Eu preferiria morrer a ficar velha – lembro-me de Lucy dizer enquanto se olhava no espelho e esticava a pele. Puxava a pele com força pelas bochechas e depois a deixava relaxar e voltar ao normal.

– Pare de ser ridícula. Você é linda, e, mesmo que me doa admitir, sempre será bonita.

– Não, não serei. Você viu aquelas meninas que estavam aqui antes? Quantos anos elas tinham? Vinte e dois? Você viu a bunda delas? Minha bunda nunca mais será como a delas.

– Minha bunda nunca foi assim.

– E a pele delas. É radiante.

– Elas acabaram de fazer limpeza de pele.

– E eu também. É sério, L, a cada dia que passa, me torno menos atraente, e Greg, aquele bastardo, está ficando mais bonito. Sei que é um chavão, mas é verdade: é mais fácil para os homens. E não é justo. Talvez a solução seja morrer jovem.

– Esta é a coisa mais idiota que já ouvi. Há mais coisas na vida do que parecer ter 22 anos. – Lembro que me ocorreu pela primeira vez que havia um preço a ser pago por uma beleza como a de Lucy. Nunca vira o lado negativo, exceto pelo fato de que outras pessoas assumiam que você é melhor, mais inteligente, mais simpática, mais espetacular, do que você é na realidade. Eu poderia pensar em coisas piores que a alta expectativa das pessoas e o benefício da dúvida. Mas ver Lucy diante do espelho, o modo como ela puxava os pés de galinha que começavam a surgir em volta de seus olhos, eu notara, mas agira como se não houvesse notado, percebi que deve ser difícil abrir mão de algo que todos sempre admiraram. Algo que está 90 por cento fora do seu controle.

O que acontece depois da beleza? Os tristes lábios inchados e cicatrizes de cirurgias plásticas? Tentativas desesperadas para recuperar o que fora apenas um esboço seu, embora um esboço determinante?

– Há mesmo? De verdade? Pode imaginar daqui a dez anos nós duas aqui, com outro grupo de garotas, vendo como elas nos olham? Elas sentirão pena de mim por eu não poder sair de casa sem um tubo de maquiagem debaixo dos olhos e uma echarpe por causa do pescoço ridículo. Você já viu estas rugas? Entrei na curva descendente. E, no fim, as pessoas vão deixar de me enxergar de uma vez por todas. – Seus olhos se encheram de lágrimas e ela piscou para despistá-las, constrangida por algo tão banal quanto as linhas do pescoço despertarem tanta comoção, principalmente diante das circunstâncias. Eu acabara de perder um bebê. – Eu sei, eu sei. Sou um horror, minha mente é pequena e meus valores estão todos distorcidos. Sei o que você vai dizer. Eu também fui educada em Cambridge.

Ela abriu um sorriso para mim, tentando apagar as lágrimas. *É claro que eu não quis dizer isso. Eu não ligo de verdade para rugas no pescoço.*

– Eu não ia dizer nada. Posso listar uma centena de coisas que odeio em mim mesma e que só vão ficar piores. Eu entendo – falei, e, de repente, uma lista se agrupou, quase escrita no ar. A ruga entre minhas sobrancelhas; meus quadris e meu bumbum, que ainda não tiveram a chance de se recuperar da gravidez; a cicatriz na minha barriga onde cortaram para tirar Oliver. Os defeitos tornaram-se pesados, como culpa, como uma decepção inevitável. – Porém, há como envelhecer com dignidade. Não é vergonha alguma ficar velho.

– Mas talvez você não queira. Talvez eu morra jovem e glamourosa, como Marilyn Monroe. – Ela leva as mãos à testa, seu gesto familiar que diz, *Sei que estou sendo melodramática*, transformando sua afirmação em algo bobo.

– Ela morreu de overdose. Isso não é glamouroso.

– Quando você pensa em Marilyn Monroe, você pensa em quê?

– Ela segurando o vestido branco.

– Exatamente. Não ela tomando barbitúricos suficientes para matar uma cidade inteira. Você pensa no vestido branco.

– E daí?

– E daí que eu não me importaria em ser lembrada por algo tão simples e bonito como um vestido branco.

Lucy conseguiu o que queria. Por causa da natureza diabólica da internet, uma nova forma de indestrutibilidade surgiu: Lucy Stafford será lembrada por ser a mãe e jornalista rica de Notting Hill, esfaqueada numa viela a menos de um quilômetro de sua casa multimilionária. A fotografia que acompanha todos os artigos – agora quase um símbolo – foi tirada momentos antes de seu casamento; é uma fotografia em reflexo, são duas Lucys, uma olhando para a outra, enquanto ela coloca os brincos em frente ao espelho. Não faço ideia de onde tiraram aquela foto – provavelmente, foi uma das babás – mas é a foto pela qual ela será lembrada e é a que Sophie verá daqui a alguns anos, quando aprender os poderes mágicos do mecanismo de busca da internet.

Lucy ficaria feliz com a foto. Ela está linda e viva. Está usando branco.

Obviamente, nós que a amamos – os que ainda conseguimos imaginá-la com nove anos decapitando as cabeças de suas Barbies para colocá-las na vara de pescar, os que conseguimos imaginá-la com 24, falando através da placa de gesso lascada em nosso apartamento de "dois" dormitórios em Nova York, que conseguimos imaginá-la aos 27, exausta e chorosa depois do parto, aos 34, delineando as rugas de seu rosto no espelho, e aos 35, dançando Bob Marley com a filha nesta cozinha –, quando pensamos nela, pensamos em todas estas versões diferentes. Quando você passa uma vida com alguém e depois esse alguém se vai, *assim, de repente*, todas as encarnações fazem o tempo se curvar, ficando suspensas em uma linha e não simplesmente presas à que veio por último. Imóveis e constantes, as memórias são um mapa aberto, como a linha do tempo no livro de História de Sophie. Memórias às quais vamos nos apegar e dobrar como um origami, até que elas se desfaçam, perdendo a cor. Até que, um dia, também seremos relegados ao Google, buscando, em um acesso à internet, aquela mulher espetacular que fomos um dia, a imagem que descobriremos que irá substituir todas as outras. O esboço final: Lucy em um vestido branco.

43

– Antes de começarmos, tenho que lhe contar uma coisa. – Sophie já está na cama, um lugar seguro e talvez para mim um lugar mais fácil para lançar minha novidade. *O jardim secreto* está aberto em seu colo. Agora que terminamos *A princesinha*, que gostamos mas não nos encantou tanto, queremos revisitar o nosso favorito só mais uma vez. Sentimos falta de Mary e sua transformação; queremos assisti-la se transformando de uma feiura apalermada para a glória da infância plena.

Estou nervosa e suada, e meu cérebro gira rápido demais. Estou apavorada por estar prestes a perder a pessoa que mais gosto no mundo. Greg e eu decidimos que vou contar a Sophie que estou indo embora, e depois ele vai colocá-la a bordo de sua operação "Mudança para o Campo". Estamos despejando muitas coisas sobre ela, talvez demais, de uma só vez.

Ela levanta o olhar para mim, com o coração aberto e confiante. Mesmo depois deste ano, ela ainda mantém as expectativas de uma criança – a maioria das novidades são boas; figuras parentais nunca a magoarão. Se você fizer o que lhe pedem, tudo ficará bem. Meu peito está apertado, minha traição iminente não será diminuída ao ser confessada. Será ampliada quando eu vir a mudança em seus olhos. Do amor para o ódio.

– Você não vai gostar do que eu tenho para lhe contar, mas preciso lhe dizer a verdade. Espero que você seja capaz de entender. Se não for hoje, algum dia.

Sophie rapidamente se abaixa mais na cama. O ursinho Pooh joga sua luz dourada sobre ela, e a chuva bate no telhado, um som estável ao fundo.

– Menti para você no outro dia.

Um suspiro audível. No mundo de Sophie, há apenas duas categorias de pessoas: *boas e más*. Por mentir, fui para o lado escuro.

– Menti porque não queria magoá-la. Foi tolice da minha parte, eu estava assustada, me desculpe.

Sophie não diz uma palavra. Ela está paralisada por antecipação.

– Vou voltar para casa, para os Estados Unidos, quero dizer. Quero ficar aqui com você, não há nada que eu deseje mais, mas tenho responsabilidades e, se eu ficasse, não seria correto.

Nenhuma resposta. Minhas lágrimas começam a cair, como cortinas pesadas em volta de meu rosto.

– Eu te amo, Soph. E sempre amarei, e sempre estarei aqui, mesmo que não esteja aqui. Você me entende? Sempre que você precisar de mim, estarei a um telefonema de distância, e pegarei um avião haja o que houver. Mesmo que o problema seja pequeno. Vamos nos falar todo dia e vamos nos ver. É claro que vamos nos ver. Você é minha afilhada, e nada vai mudar isso.

– Mas... Mas você disse. – Suas lágrimas rolam agora, e seu rosto está molhado, como o meu. Ela está furiosa e triste, e não vai fingir o contrário. Ela é muito pequena e muito frágil para reter tanto.

– Eu sei que disse. Você já disse alguma coisa que sabia que não era verdade, mas disse mesmo assim porque queria que fosse?

– Talvez.

– Quero ficar aqui, estar aqui com você. Mas algo aconteceu, e isso quer dizer que eu preciso voltar e ficar perto de Philip. Bem, eu... eu estou grávida. Vou ter um bebê.

– O quê? Por quê? – Ela parece sentir repulsa.

Não sei bem como lidar com isso agora. A discussão sobre como são feitos os bebês vai ficar para outro dia. Mesmo com esta parte fora da equação, a resposta não é muito clara: *Vou ter um bebê porque fiquei grávida, o que parece ter sido uma chance em um milhão de uma rodada de sexo com meu futuro ex-marido, mas foi isso, aconteceu. E às vezes isso parece um milagre, uma mágica. E às vezes parece que o universo está fazendo uma brincadeira cruel comigo.*

– Bem, não sei como dizer. Mas tem um bebê crescendo aqui dentro, e por causa dele, ou dela, eu preciso voltar. Nem contei a Philip ainda. – Sinto outra pontada de traição, é a culpa se avolumando; Philip será o último a saber a notícia que devia chegar a ele em primeiro lugar e acima de tudo. O tipo de notícia que não pode ser dada pelo telefone. Quanto mais espero, entretanto, mais impossível de contar.

– Então, tem um bebê aí dentro, agora? – A curiosidade dela sobre como é tudo... está levando a melhor. Ela inclina a cabeça, coloca o ouvido na minha barriga e eu aproveito a oportunidade para fazer carinho em seu cabelo.

– Sim.

– Não consigo ouvir nada.

– Você vai ouvir, mais para a frente. Ele ainda é muito pequeno. Mais ou menos deste tamanho. – Estico o polegar e o indicador o máximo que posso.

– Achei que você só tinha engordado.

– Obrigada.

– Você come muito biscoito.

– É verdade.

– Mas você não pode. Você não pode ter um bebê. Não, não é justo. – Ela se encolheu até ficar o menor que pode, como o núcleo de um ser, bem apertado.

– Soph...

– Não. Não. – Agora ela se vira de costas para mim, e tudo o que posso ver é seu pijama e seus ombros se movimentando com os soluços. Ela mudou do interesse para as lágrimas, e agora para uma explosão de raiva. Caiu a ficha para ela. Eu vou embora e não há nada que possa ser feito. – Eu te odeio. Eu te odeio, merda.

Ela diz isso num sussurro. Não há necessidade de gritar, pois ela está experimentando o poder dessas palavras pela primeira vez. Não há nada de engraçado nelas; ao contrário de mim, ela não vai dar uma risada vulgar. O que antes fora a nossa piada – minha boca suja – transformou-se numa arma.

– Eu te odeio – ela repete, desta vez aos gritos; a repetição não diminui a ferroada. Seus pulsos, seu corpo inteiro está contraído de tensão.

– Posso dizer uma coisa?

– Não. Você é uma mentirosa. Uma mentirosa estúpida e idiota. Nunca mais quero falar com você.

Ainda estou chorando, de novo tentando e falhando em ser o adulto. Não sei o que estou fazendo, não sei o que devia estar fazendo, e só de pensar que estou magoando Sophie, que optei por magoá-la, meu medo e minha confusão transformam-se em pavor. Olho fixamente para o teto, a melhor aproximação do céu ou do mais alto, no qual não acredito: *Lucy, o que eu faço? O que foi que eu fiz?*

Sou uma mentirosa estúpida e idiota. Usei o velho truque de mágica de jogar a isca para ela, e não vou sair dessa ilesa. Mereço suas lágrimas e seus gritos. Só não consigo lidar, e nunca fui capaz de lidar, é com sua dor.

– Soph, é importante você ouvir. Só porque vou ter um bebê não significa que vou amá-la menos. Você precisa saber disso. Não importa o que aconteça nesse mundo, vou amá-la com todo meu coração. Nada, nada vai mudar isso.

Dou de cara com um silêncio terrível, nenhum barulho a não ser o desesperado soluço das lágrimas. Eu a perdi. Regressamos à Sophie muda, sou novamente mais estranha do que família. Toda satisfação que senti em ter feito bem para ela, para Lucy, foi apagada. Desequilibrei os pratos da balança. Fiz mais mal do que bem a esta família.

– Sinto muito. – Falo com a voz entrecortada e rouca, uma mão na barriga, a lealdade já dividida, uma traidora, pois já suspiro para ele em minha cabeça: *Estamos bem, nós estamos bem, estamos bem.* – Você não sabe o quanto.

Sophie se senta, ainda de costas para mim, e enxuga as lágrimas com a manga da blusa. E, então, faz algo que eu nunca esperaria. Ela pega *O jardim secreto* e o atira com toda a força contra a parede.

– Livro idiota.

* * *

Sophie chora até dormir. Eu me sento em sua cama, massageando suas costas até que sua respiração volte ao normal e suas lágrimas se dissolvam em sonhos. Antes de sair, beijo sua testa e apago a luz. Meus movimentos são lentos, metódicos. Cuidadosos. Meu trabalho até agora foi apenas proteger, e eu continuo falhando. Quero o vigor de Susan Sowerby na charneca, capaz de alimentar, cuidar e amar uma prole inteira, nunca fazendo promessas que são na verdade concessões disfarçadas: *Vou visitá-la em pouco tempo; vamos usar esta coisa chamada Skype; não vou perder nada do que acontecer com você*. Pego nosso livro e me consolo pelo fato da lombada não ter se rasgado, e decido levá-lo para a cama comigo. Quero mergulhar no lago quente da ficção e deixar que ele me envolva.

Antes de me permitir uma pausa, dou o segundo passo da noite na direção de endireitar meu mundo virado de cabeça para baixo. Entro em contato com meu marido.

Para: Philip.klein@excesscapital.com
De: ellie.lerner@yahoo.com
Assunto: Por favor
Oi. Acho que sou a última pessoa da qual você quer ouvir falar no momento, mas preciso lhe pedir um favor. Você não me deve nada, e vou entender se você já tiver parado de ler. Mas vou pedir mesmo assim, porque eu tenho, eu preciso, eu quero, e devo isso a nós dois.

Como você sabe, estou voltando para casa, para o casamento. Ouvi falar que você vai estar lá, e gostaria que tivesse um tempo para falar comigo. Tenho coisas a dizer que precisam ser ditas pessoalmente. Na verdade, há coisas que só devem ser ditas pessoalmente.

O que eu lhe peço é: por favor, não entre oficialmente com o pedido. Você acredita que eu não consigo dizer, até hoje, a palavra D? Por favor, não o faça, caso não o tenha feito ainda. Por favor, ainda não.

Sei que pedi demais de você nestes últimos meses, talvez nos últimos anos, mas peço só mais isso. Por favor, me dê uma prorrogação de catorze dias.
Com muito amor,
Ellie

PS: Ontem, eu estava pensando sobre como costumávamos ir à Best Buy para comprar videogames. Era muito divertido. Por que paramos de fazer isso?

O horror do BlackBerry. O achatamento da linguagem e a morte do pensamento reflexivo. Recebo a resposta em 20 segundos.

Para: ellie.lerner@yahoo.com
De: philip.klein@excesscapital.com
Assunto: Re: Por favor
Já dei entrada no processo. Você receberá os papéis esta semana. Nós paramos de ir à Best Buy porque você disse que era besteira.

44

Vou ver o local onde Lucy foi assassinada. Quero saber se o chão ainda está vermelho. Se há marcas permanentes. Sophie foi deixada nas mãos capazes de seu pai, portanto, me aventuro por esta cidade emprestada e pego aquele caminho proibido que ignoramos todos os dias no trajeto para a escola. Fecho bem meu casaco, uma vez que a cidade fez a mudança do verão nublado para o outono que se desvela; o ar tornou-se mais frio, as folhas estão agora perdendo seu verde e logo irão se desprender. Com a palma da mão em formato de concha sobre a pele, seguro minha barriga como se quisesse segurar o bebê lá dentro, rezando para que o envoltório gelatinoso seja proteção suficiente para este lugar horrível.

A peregrinação de uma descrente. A princípio, chego a pensar que peguei o caminho errado. A viela é charmosa, pelo menos à luz do dia sob o amplo céu azul. As casas são do tamanho de casinhas de boneca, com floreiras e luminárias de rua, as paredes unidas alinham-se pela rua pavimentada de pedras. Este quarteirão poderia estar num guia de turismo – *a Londres verdadeira e de graça!* – podia até mesmo ser a capa: a curva de uma rua, algumas das paredes de pedra decoradas com um entrelaçamento de rosas, telhados irregulares como os dentes ingleses, a falta de um trecho de calçada são parte da atração. Um cordão de casas, estábulos do século XVIII convertidos, que agora são ocupados por milionários, e não por cavalos, felizes por pagarem o preço de morar em uma rua de pedras, a rua de trás de um romance de Dickens, ou talvez o território de Sherlock Holmes. Um lugar de personagens fictícios e crimes fictícios de um século atrás. Nancy Drew se encaixaria também: casas pequenas, cheias de um pequeno mistério para a pequena garota detetive.

Como Lucy morreu aqui? O mero pensamento de que ela foi deixada de joelhos em um lugar como este parece impossível de acreditar. Ela era adorável demais. Rica demais. Um lugar parecido demais com um cenário de filme para que fosse aqui. Eu mais ou menos esperava ver uma marcação delineada a giz no chão, um detetive bonito e presunçoso medindo e fazendo graça para um programa qualquer de policiais. A rua não tem a agitação das tendas do mercado de Portobello Road, onde o charme tem um leve toque de desespero e o número de pessoas passando sugere que você mantenha a mão sobre a carteira e o anel de noivado virado ao contrário, com o diamante virado para a palma da mão.

Lucy morreu aqui, em uma rua bonita, em um bairro bonito, e não há nada que mostre isso. As plantas nos vasos ainda florescem, vivas, como um respingo de cor em uma fotografia em preto e branco. O chão está seco, as pedras são velhas o bastante para nos fazer pensar em carruagens puxadas por cavalos e mulheres de luvas.

Permito que os "e se" zombem de mim. Os acréscimos infinitesimais do destino, somados a algo tão significativo que só podem ser descritos com uma ausência. E se Lucy e Sophie tivessem pegado o caminho mais longo ao sair de casa naquela manhã, e se o homem tivesse escolhido uma rua diferente, esquerda e não direita, ou vice-versa, e se? E se estes dois seres nunca tivessem se deparado um com o outro, em uma viela, às 8h da manhã, massa contra massa, da raiva à paixão, o nível mais baixo e vil do vício, o nível mais alto do amor, e como isso de alguma forma degenerou para o pior: um corte. O corte na carne e o fim. Que droga, a infinita e inglória permanência do fim.

Fico parada ali. O suficiente para ganhar o olhar estranho de um cara todo enfeitado com roupas caras da moda – jeans apertados e uma camiseta do ratinho Danger Mouse –, que passa por mim enquanto passeia com seu cão terrier de pelo crespo. A paralisia tomou conta de mim; olho fixamente para o chão esperando que uma porta se abra e me permita falar com Lucy. Ainda tenho a voz dela em minha cabeça, embora saiba que isso também se perderá com o tempo. Sophie já perdeu e pede diariamente que eu a lembre de como sua mãe falava.

Cansada, pesada e toda inchada, meu corpo me abandonou e está totalmente sintonizado com suas responsabilidades de fabricar um bebê. Eu não sou mais importante. Sou uma mera concha elástica, expandindo para servir às necessidades da criatura que nada dentro de mim. Eu me alimento para este ser. Ando para ele. Magoo minha afilhada por ele.

Estou indo para casa, digo a este pedaço de chão no qual meus pés estão plantados. O lugar onde Lucy morreu e um pedaço de chão tão arbitrário quanto qualquer outro.

Estou dizendo adeus e voltando para casa, tentando recuperar o que fui antes. Você se lembra, não é? A velha Ellie. Sei que estou deixando corpos por onde passei e, por esse motivo, Luce, por esta parte, eu peço desculpas.

– Você mora aqui? – pergunto ao rapaz com o cachorro, minha voz tenta encontrar o caminho para fora da minha cabeça, onde sentia-se trancafiada e encaixotada. Falar era apenas um pretexto para eu me restabelecer.

– Sim. Você é outra jornalista?

– Não.

– Oh, que pena. Pensei que ia aparecer no jornal ou no noticiário novamente. – Ele ri, um jato curto em *staccato*, como se ele se orgulhasse em ser o proprietário de uma risada-ronco. Sua mão desocupada vai até o coração, num gesto que diz: "*Ai, meu Deus, isso não é o máximo?*" Não, não é o máximo.

– O que você disse?

– Bem, quando aquela moça foi assassinada, fui entrevistado pela BBC e pela ITV. Tenho a gravação para provar. – Ele faz um gesto com o polegar indicando uma das casas, amarela e pequena, fechada, com persianas brancas. Foi quase um convite. Por algum motivo, o lugar me faz pensar na história da Cachinhos Dourados: eu a imagino entrando e fazendo críticas a todos os ambientes: *Muito pequeno*.

– Que bom para você – comento.

– Você ficou sabendo, não ficou? Foi bem aqui, bem onde você está pisando.

– Sim. Eu ouvi. – Curvo as mãos e fecho os punhos, a raiva sobe por mim tão rapidamente que começo a tremer. Como ele se atreve a falar desta maneira? Como se fosse engraçado e excitante Sophie estar aqui, assistindo ao inenarrável.

– Foi a melhor coisa que aconteceu por aqui desde aquele filme boboca, se você quer saber.

Mas eu não quis saber, e então não consigo me segurar e meu ódio explode como uma panela de pressão. É por causa de homens assim que Lucy sofreu a metamorfose de uma pessoa para uma história, uma história de alerta contada em aulas de autodefesa por toda a cidade. Ou uma fofoca: *Você viu o que aconteceu com aquela moça bonita?* Este homem resume tudo o que é perverso, todo o egoísmo e vaidade; um homem com um cachorro engraçadinho e sem um pingo de vergonha. Ele é o bode expiatório, e por mim tudo bem.

Eu me esqueço de Lucy, de Sophie, de Philip e até do bebê por um momento. Sou o ódio, o ódio sou eu, e não há como parar.

– Escute aqui, seu bostinha, como se *atreve*? Quem você pensa que é? Alguém morreu aqui, e você acha que está tudo bem rir e se vangloriar por aparecer na televisão? Vá à merda. – Olho para ele mais uma vez, e por um minuto finjo que ele é o homem da capa de chuva. Aí está minha chance de impedi-lo de continuar me seguindo. – O nome dela era Lucy. L-U-C-Y. Ela tinha 35 anos e era mãe. Não se esqueça disso, nem por um minuto, entendeu?

O rapaz olha para mim um pouco assustado. Chego mais perto.

– A filha dela só tem nove anos de idade. Deveria ter sido você – digo. – Você é quem devia ter morrido aqui como um cachorro de rua. Não Lucy. Lucy nunca.

E, então, pela primeira vez na vida, faço exatamente a coisa certa, o movimento corajoso e idiota, e foi tão bom quanto eu imaginava. Não, foi melhor do que eu imaginava.

Bati no rosto dele com toda a força. Minha mão estampada em sua face. Meu anel de casamento – que eu virara poucos quarteirões antes do início de Portobello – faz um corte fino em sua pele. Seu sangue goteja nas pedras limpíssimas do pavimento.

Não foi meu momento de maior orgulho quando Greg foi me buscar na delegacia. Ele chega solene, no módulo advogado, todo profissional com os policiais, até que me vê em um canto, envergonhada e massageando a pele irritada dos pulsos, sentada ao lado de um homem com mais de 100kg, algemado, e com tatuagens de lágrimas no rosto. Seu comportamento muda em um segundo. Greg abaixa o queixo até o peito, cobre a boca com a mão e olha ao redor do espaço sujo, iluminado com luz fluorescente. Ele terá que se conter até darmos o fora dali. Ainda assim, a parte de trás de seus ombros sacode e ele dissimuladamente enxuga uma lágrima. Ele não consegue evitar, a cena é demais, a necessidade de se conter aumenta a necessidade de se soltar, e, apesar de seus melhores esforços, o riso irrompe, ressoa e enche a sala. Ele se dobra, tentando encobrir o barulho com um tossido, até conseguir reduzir o tom para algo parecido com uma risadinha de menina.

Suas primeiras palavras para mim não são "*não se preocupe, conheço seus direitos*", ou "*você se machucou?*". Em vez disso, ele diz: "Droga, não acredito que esqueci minha câmera."

Sou liberada facilmente, tendo em vista que é a primeira acusação contra mim em qualquer país, e, vamos ser honestos, tudo o que fiz foi dar uma bofetada em um cara. Sou solta depois de um curto período de tempo durante o qual fui algemada, o que é mais desconfortável do que eu poderia imaginar, e forçada a esperar em uma cela com uma prostituta drogada, que, como é possível acontecer, era uma pessoa surpreendentemente simpática. Conversamos sobre seu último cliente, um político respeitado, com dois filhos, que paga para ser queimado nas axilas e em outros lugares discretos que sua esposa provavelmente não irá notar.

– Os segredos que sei – ela disse. – Você ficaria espantada em saber quão pouco as pessoas realmente conhecem umas às outras. – Sua voz era casual. Aquela era sua vida, satisfazer os desejos obscuros das pessoas, e parte de mim admirava esta triste mulher.

Quase desejei estar ainda usando meu gesso para poder pedir sua assinatura.

Depois do meu tempo *atrás das grades* – uma expressão que definitivamente vou usar quando contar a história a minha mãe, que, sem dúvida, ficará muito orgulhosa – ganho um severo sermão sobre agressão e uso ilegal da força antes de ser liberada sob a custódia de Greg.

Aparentemente é contra a lei sair batendo nas pessoas. Pouco importa que o ferimento tenha sido superficial e o cara não tenha precisado levar um único ponto. Pouco importa se o filho da mãe merecia.

O delegado está meramente fazendo sua encenação, pois está claro que não haverá acusações. Ambos sabemos que eu não farei isso novamente. Foi um acontecimento isolado, uma extravagância, algo que eu posso ticar na minha lista de coisas a fazer antes de morrer. Não hesitei em usar o girino ali, quando pareceu ao delegado que eu estava impenitente demais. Alego insanidade durante a gravidez, o que significa que mais alguém sabe que vou ter um bebê antes de Philip.

– Sinto muito – falo. – O luto e os hormônios falaram mais alto.

"Desculpe, desculpe, desculpe" – disse também ao rapaz, uma vez que nossa briga havia terminado, e que nem briga havia sido, afinal de contas. Dei um tapa nele, ele me chamou de "vagabunda" e outros xingamentos ingleses bonitos e elaborados, e a briga terminou quando ele saiu do alcance do meu braço e chamou a polícia pelo celular.

– Não acredito que você fez isso. Bateu em um cara na rua – Greg comenta a caminho de casa, depois de ficarmos sentados por dez minutos no estacionamento da delegacia porque ele não parava de rir. Ele ri como eu costumava fazer, de forma instintiva e gutural, sem reservas, sem pose, tão diferente de como tenho rido ultimamente, com cansaço e resignação. Porém, seu riso é contagiante e também começo a rir, profundamente e com todo meu corpo, até que nós dois tenhamos lágrimas rolando pelo rosto. Por algum motivo, é hilário eu ter sido presa.

– Sim.

– Você fez o cara sangrar.

– Acho que sim. Mas não foi nada demais. Foi um cortezinho de nada.

– E depois que você deu uma bofetada nele, ele chamou a polícia?

– Sim.

– Que bicha.

– Foi o que falei.

– Em voz alta?

– O quê?

– Você o chamou de bicha em voz alta *depois* de dar uma bofetada nele?

– Hum. Sim.

– Você é doida. Você podia ter apanhado.

Ele tem razão. Já vimos aonde a falsa valentia pode levar. Porém, ele não viu o cara. Não dá para ter medo de um babaca com uma camiseta do Danger Mouse passeando com um terrier minúsculo, e nada mais.

– Desculpe por fazer você vir me buscar na delegacia, Greg. – Sinto-me mal por arrastá-lo de casa com outra chamada de emergência, obrigando-o a vir me resgatar.

– Está falando sério? – Greg diz, seus ombros começam a sacudir de novo, e os meus também. O riso mais uma vez toma conta dele. – Não me divirto tanto há anos.

A primeira coisa que quero fazer quando chegar em casa é ligar para Philip e contar a ele como as algemas cortaram minha pele e sobre a cela em que fiquei trancafiada, embora por menos de 20 minutos. Quero lhe contar sobre o bebê, que vou para casa para ficar, que sinto saudades, e que bati em um estranho. Quero dizer a ele que não vou ensinar nosso pequeno nadador a bater, e prometo nunca lhe contar sobre minha ficha suja na polícia; no entanto, sei que secretamente ficarei orgulhosa pelo resto da vida. Esta é a valentia confusa e suja da vida real – o combate mano a mano – que me deu uma nova perspectiva de porque algumas pessoas, geralmente os homens, gostam de assistir ao boxe e ao UFC (Ultimate Fighting Championship). Há menos de doze horas, eu achava a luta organizada uma chatice.

Sinto-me nas nuvens, leve, liberta. A absolvição através de um bom tapa na cara. Sinto que sou corajosa pela primeira vez na vida. Mais do que sou na realidade. Mais do que jamais pensei que seria. E um pouco mais parecida com o que era antigamente.

Philip está fora de alcance. Meu anúncio será feito pessoalmente, cara a cara, e portanto o telefone e o e-mail não são boas opções no momento. Esperei até agora para lhe contar, posso esperar mais uma semana, sete dias, até pegar o passaporte e entrar no avião, assistir ao casamento de meus pais no jardim e perguntar a meu marido separado: *o que faremos agora?*

Quando volto, Sophie está sentada na escada, como se estivesse ponderando. Greg prometeu ficar calado sobre minha indiscrição, pois isso arranharia minha imagem de modelo a seguir. Já caí o suficiente nos últimos dias. Mas Sophie parece saber, saber de alguma coisa, pelo modo como ela está sentada com os braços cruzados, as sobrancelhas franzidas para baixo até o meio da testa. Os óculos estão quase caindo.

– Você já pode falar comigo? – pergunto a ela, aproximando-me para acariciar seu rabo de cavalo. Fico aliviada por ela não se afastar.

– Não.

– Bem, isso é um começo, pelo menos. Você disse que não, e não apenas sacudiu a cabeça em silêncio. – Ela acena positivamente com a cabeça, séria e solene. Eu já devia saber que nada do que Sophie faz é por acaso. Ela nunca deixa uma palavra escapar. – Tenho uma sugestão. Você não precisa falar se não quiser, mas gostaria que ouvisse. Você pode fazer isso por mim?

– Tudo bem.

Subo alguns degraus para me sentar a seu lado; ficamos ombro com ombro.

– Você sabia que quando amamos alguém como eu amo você, isso faz com que sejamos mais capazes de amar outras pessoas?

Isso nos torna mais generosos. Tenho mais amor para dar agora. Você entende o que eu quero dizer?

Sua cabeça balança negativamente, seus olhos estão fixos nos joelhos.

– Bem, o que estou tentando dizer é que ter ficado aqui e ter cuidado de você fez de mim uma pessoa melhor. Você literalmente fez meu coração ficar maior. – Meus olhos se enchem de lágrimas quando percebo que bater naquele homem foi também resultado de Sophie, um despertar para a vida. Recebi muito mais dessa criança do que jamais serei capaz de retribuir. – Portanto, quando eu tiver meu bebê, isso não quer dizer que vou amá-la menos ou me importar menos com você. Significa que vou estar mais longe, o que é chato demais. Mas é simplesmente geografia. Você e eu? Nós damos um jeito na geografia.

Sophie às vezes joga aquele jogo com um globo grande de plástico que fica em seu quarto, e que todos nós já jogamos, percorrendo um dedo pelo globo enquanto ele gira para chegar a um veredicto quando ele para. *Para onde eu vou?* E talvez um jogo parecido, um que eu costumava jogar quando era criança e às vezes até agora: *Onde é o meu lugar?*

– E sabe o que mais? Como sou sua madrinha, adivinha o que acontece? Você vai ser uma "irmãdrinha".

– É mesmo?

– Sim.

– Acho isso legal.

– É uma responsabilidade séria, mas sei que você vai se sair bem. E vamos nos falar todos os dias. Descobri uma coisa muito legal, com que podemos nos ver no computador enquanto nos falamos. Vai ser como se estivéssemos na mesma sala.

– Skype.

– Como você conhece o Skype?

– A mamãe me contou.

– Ah... – Quanto desperdício em antecipar a dor, que reverbera agora, vendo Sophie mostrar uma carta que nem ela sabia que tinha nas mãos: toda a base de Lucy para outro tipo de partida.

– Que pena não poder usar o Skype no céu.

– É mesmo.

– Tia Ellie?

– Sim?

– Você não vai se esquecer de mim, não é?

– Como poderia me esquecer de você, Soph? Você é meu lar.

– As pessoas não podem ser um lar. Lar é um lugar.

– Não, as pessoas também podem ser um lar.

Sophie se levanta e dá uma olhada rápida em volta da sala, e depois olha para mim, olha para mim de verdade... uma varredura de seus olhos nos meus, uma longa ponderação, como se procurasse por bombas em minha alma. Quando terminou, ela ainda parecia pensativa. Ainda não parecia muito convencida.

– Preciso pensar mais sobre isso – ela falou, e saiu caminhando.

45

A saída para o aeroporto hoje vai ser programada e clínica, totalmente profissional. Greg vai me deixar do lado de fora, pois não vou suportar dizer adeus e desaparecer para dentro da alfândega, sem meu laptop e com os sapatos prontos para serem colocados na bandeja de plástico, enquanto me sinto literalmente recuada. Ficando cada vez menor. Quero que minha despedida seja rápida, com três minutos ou menos de abraços, "eu te amos" e "até logo", porque qualquer outra coisa será muito real e muito dolorosa. Se admitir o que está acontecendo – que estou deixando Sophie – não sei se vou conseguir. Colocar um pé à frente do outro e me afastar quilômetros de distância de Sophie. Como Lucy foi capaz de fazer planos para Paris, comprar passagens e alugar um apartamento? Talvez René esteja certo; talvez eu nunca entendesse, embora esteja exatamente na mesma situação, tomando uma decisão idêntica. Quero pegar Sophie e correr o mais rápido que puder pelo portão 43B. Roubá-la, como se ela fosse um direito meu.

Nós nos despedimos, cheiro o cabelo de Sophie e a observo empurrar seus óculos para cima. Nós nos despedimos batendo as mãos em cima e embaixo. Dou-lhe mais um abraço. Dou um beijo em Greg e falamos várias vezes em nos encontrarmos no feriado de Ação de Graças no próximo mês; isso não é um adeus, é um até breve, embora todos saibamos que um estágio chegou ao fim. Estamos todos dizendo adeus a algo, mesmo que não seja para mim.

Coloco meu braço em volta do ombro de Sophie e olho para ela para memorizar seu corpo, pois ela vai crescer nessas duas semanas em que estaremos separadas. Ao olhar para ela, vejo Lucy e não a vejo ao mesmo tempo, como se 30 anos de amizade não tivessem sido perdidos, foram anos de amor guardados para esta nova pessoa, que é muito mais: mais corajosa, mais inteligente e mais intuitiva do que jamais fomos.

– Você sabia que o título formal da Câmara dos Lordes é Honoráveis Lordes Espirituais e Seculares do Reino Unido da Grã-Bretanha e da Irlanda do Norte Reunidos no Parlamento? – Sophie me pergunta quando estou prestes a me afastar. Ela quer se mostrar.

– Não, não sabia. Mas isso é hilário.

– É? – O rosto dela, como sempre a entrega; ela está pensando se já me perdeu, outra risada adulta que ela não compreende.

– Não sei. Acho que sim. É tão detalhado e formal. O que você acha, Soph?

Ela espera um momento para responder, seus lábios se movem enquanto ela repassa as palavras na mente.

– Entendi o que você disse. Eu o considero um pouco ridículo. – E, então, ela sorri, aquele sorriso irresistível, e eu sorrio de volta até minhas bochechas doerem.

– Comporte-se – digo, balançando a cabeça, sorrindo e apertando os lábios, apertando meu coração contra a torrente de lágrimas. Que coisa boba para se dizer, mas não sei mais o que fazer.

– Vou tentar.

– Eu sei.

E então ela diz uma última coisa antes de eu desaparecer atrás das portas de correr e ser sugada para a loucura de Heathrow, uma última frase que me diz que ela deve estar bem, que talvez nosso mundo possa ser reorganizado, que algumas coisas, pelo menos, podem nos levar aos melhores momentos do que tivemos antes:

– Tia Ellie! Não se esqueça de me mandar presentes.

Voando em uma máquina de metal sobre o Atlântico, inchada de tanto chorar, caio no sono com a cabeça contra a janela do avião. Sonho que estou em uma história de criança, mas desta vez tem pouco a ver com jardins, redenção e superação de obstáculos. Sou Peter Pan deixando a Terra do Nunca para trás, aquela ilha linda e distante, rasgando o ar e deixando longe os Meninos Perdidos, abandonando-os à própria sorte contra o Capitão Gancho. O vento repuxa minha pele e subo rapidamente acima das nuvens noturnas, esquivando-me das estrelas cadentes, rápido demais para parar e fazer um pedido. Abandonei todos os sonhos de fuga, de nunca crescer. Voo de volta para casa em busca de consolo.

Quando chego ao aeroporto, meu pai está esperando na retirada das malas com uma placa com meu nome. No pingo do meu "i" está desenhado um coração.

– Pai, você não precisava vir até aqui. Eu poderia pegar um táxi. Aposto que você tem um milhão de coisas para fazer.

– Eu só queria ver minha filha querida.

Eu o olho desconfiada. Meu pai é absolutamente adorável. Pai coruja, porém, ele não é tanto assim. Buscar no aeroporto geralmente está fora de questão.

– Está bem. Você me pegou. Eu precisava sair daquela casa. Sem dúvida, perdi a cabeça. Fiquei fora de mim porque os guardanapos personalizados ainda não chegaram. Quando foi que me tornei uma pessoa que liga para guardanapos? E o coquetel assinado é horrível. Não sei onde estava com a cabeça.

– Você está agitado, é isso. De qualquer maneira, estou feliz por você ter vindo. – Beijo o rosto de meu pai, passo o braço pelo dele e deixo que ele pegue a minha mala.

– Eu também. – Ele me olha de cima a baixo e, por um segundo, seus olhos ficam molhados. – Querida, você está linda. Se eu não a conhecesse melhor, diria que você está definitivamente... radiante. – E depois ele pisca. Tão rápido que quase não vejo.

No carro, o Volvo azul que está na família há tanto tempo que nem sei como funciona, meu pai não faz nenhuma pergunta sobre a minha "situação". Ao contrário, ele fala com saudades sobre o Big Dig, a construção que aterroriza a cidade de Boston há duas décadas.

– Você acredita que terminaram? Juro que quase sinto falta de toda aquela bagunça. Eu adorava a confiabilidade do tráfego. Você podia contar que era sempre um pesadelo – diz ele.

– Você é louco.

– Devo ser. Vou casar com sua mãe de novo.

– Foi você quem disse, não eu. – Sorrio para meu pai. Hoje, o casamento dele com Jane me parece uma boa ideia. Estou esperançosa de uma forma que jamais estive. – Na verdade, acho ótimo. Vocês dois. Vou cruzar meus dedos por vocês amanhã.

– Cruze os dedos dos pés também. Vou precisar de toda ajuda que puder.

– Vai dar tudo certo.

– Não é comigo que estou preocupado. – Como não posso dar garantias com relação à minha mãe... ninguém, nem mesmo ela pode, fico em silêncio. – A propósito, coloquei você e Philip na mesma mesa. Imaginei que vocês têm muito o que conversar.

– Obrigada. Temos mesmo.

– Vai dar tudo certo – meu pai diz, quase num sussurro, como se estivesse tentando se convencer disso.

– O que vai dar tudo certo? – pergunto. Não sei se ele quis dizer o seu casamento ou o meu.

– Os guardanapos, bobinha. Ninguém vai morrer se ficar sem os guardanapos personalizados, vai?

Assim que cheguei à casa de meu pai, ligo para Sophie do meu quarto de infância, ou meu "outro quarto", aquele em que eu dormia três dias por semana depois do divórcio deles. A decoração não mudou – papel de parede rosa, fórmica branca, uma tentativa do meu pai em fazer uma decoração acima da média para que eu não o odiasse por ir embora, embora ele nunca tenha ido, não de uma maneira significativa, e jamais tenha me ocorrido odiá-lo. Ele estava sempre a algumas portas de distância. Estou no mesmo telefone em que costumava falar com Lucy quando éramos adolescentes e fofocávamos até tarde da noite. O telefone, uma relíquia; um telefone bege de plástico, com o fio sempre enroscado.

Sophie e eu passamos a maior parte do tempo falando sobre Inderpal: ele leu a série toda de Harry Potter e vai alugar os filmes novamente com Sophie quando ela alcançá-lo; ele lhe deu um sorvete de astronauta; e ele a chamou de MAPS (Melhor Amiga Para Sempre) em um e-mail recente.

– Quantos dias faltam mesmo? – Sophie pergunta agora. Há um certo tom de cansaço que indica que estamos começando um novo tipo de rotina. Vamos fazer essa contagem regressiva diariamente, um substituto do colocá-la na cama.

– Vinte e um.

– Certo.

– Vinte e um não é tão ruim.

– É, você está certa.

– Há coisas piores que vinte e um.

– O quê? Vinte e dois? – E então ela ri, uma risada pura e contagiante, como todas as crianças de nove anos quando acham que acabaram de dizer a piada mais engraçada do mundo.

46

Meus pais vão se casar de novo em menos de três horas. Uma reviravolta da fé, se é que já vi isso antes. A história deles era tão truncada, complexa e dolorosa que é surpreendente que possam estar no mesmo lugar, quem diria retomar os juramentos que certa vez não conseguiram manter.

O jardim começou sua transformação. Cadeiras brancas organizadas em leque a partir de um corredor central, onde o gramado foi coberto por um tapete branco. O *chuppah*, o gazebo que serve de altar ao ar livre, foi feito com quatro hastes de madeira revestidas com o *talis*, uma espécie de xale usado pelos homens judeus durante a oração, do meu avô paterno e folhas multicoloridas salpicadas nele. O efeito é outonal e rústico, com um toque moderno e elegante. Se um dia meu pai se aposentar na universidade, organizar casamentos pode ser uma alternativa bem viável. A casa está espetacular. Toco minha barriga e vou ficando mais sentimental, como parece que serei durante a gestação: *Isso é belo, é amor e esperança.*

Claire e Mikey chegaram há pouco tempo; como Claire nunca esteve em Nova York, eles passaram lá dois dias. Bancaram os turistas, com pochetes e tudo mais, eletrificados pelas luzes brilhantes de Times Square, e sérios no centro da cidade, diante da boca escancarada do Marco Zero. Mais tarde, beijaram-se no topo do Empire State Building, ignorando o sorriso forçado do segurança, que já viu aquele beijo milhões de vezes antes. Meu irmão deu a entender que há uma proposta pendente, muito provavelmente a ser feita na primavera, durante a Convenção de Revistas em Quadrinhos, em Las Vegas. Não consigo pensar em nada mais e nada menos romântico do que isso: meu irmão pedindo para Claire ficar a seu lado pelo resto de suas vidas enquanto eles se entusiasmam em meio a uma multidão de gente vestida como super-heróis.

Minha mãe se apronta no meu quarto. Seus longos cabelos grisalhos estão puxados para trás em um coque baixo, com algumas mechas soltas. Ela está usando um terninho marfim, preso com um broche na cintura, e luvas curtas combinando.

– Como assim, sem sári? – pergunto, depois de dar minha primeira olhada na noiva, lutando contra as lágrimas que me vêm facilmente.

– Hoje não. – Ela também parece ter os olhos lacrimejantes, que pensando bem, parecem tão improváveis quanto seu terninho.

– Você está linda. – E está mesmo. Diferente, sim, e também com certo anacronismo: ela está vestida como a esposa de um embaixador num jantar do governo de cinquenta anos atrás. Olhar para ela é como olhar para uma fotografia antiga, um segundo de uma época mais fácil, mais simples, capturada numa imagem congelada.

– Estou com medo – ela diz, quando seus olhos cruzam com os meus no espelho.

– De quê?

– De absolutamente tudo. Estou prestes a me casar com o homem que amo há cerca de três quartos da minha vida, o homem com o qual brigo há mais ou menos o mesmo tempo. E se amanhã de manhã eu acordar e quiser correr para o mais longe dele que puder?

– Você provavelmente vai.

– E então?

– Não sei. Você não corre. Aceite rapidamente a situação. Usando sua expressão antifeminista horrorosa, você precisa ter culhões.

– Tudo bem.

– Você vai caminhar por aquele corredor, não vai?

Há uma pequena pausa, quase imperceptível. É tão pequena que opto por acreditar que não aconteceu.

– É claro que vou.

* * *

Meu pai percorre o corredor primeiro. Uma dupla de flautistas toca uma melodia original, leve e alegre, como o cantar de um pássaro pela manhã. Ele está usando um terno cinza que eu nunca vi antes. Feito sob medida. Caro. Cuidadoso da maneira que um terno deve ser. Ele parece um homem diferente, um homem mais elegante, sem os remendos característicos nos braços e as beiradas desfiadas, sem manchas de café ou de caneta na altura do bolso. Seus cabelos grisalhos estão repartidos de lado e penteados para trás, como um garotinho arrumado para a noite de Natal. O pensamento de meu pai comprar um terno novo para o dia de hoje me deixa encantada, e tenho que me segurar para não sair correndo e lhe dar um abraço, porque ele já está de pé no altar. O destino o alcançou sob o *talis* de seu pai. Ele espera minha mãe chegar com um sorriso corajoso, que não consegue esconder sua vulnerabilidade aparente.

Passo rapidamente os olhos pelos convidados, que agora já preencheram as cem cadeiras ou mais colocadas no gramado. Todos sorriem, tanto os da parte da frente quanto os de trás, para meu pai, para mim ou para Mikey, que esperamos no fim do corredor. Vejo Claire fazendo contato visual com meu irmão, seus rostos satisfeitos com a maravilha que os casamentos parecem trazer para os novos amantes. *Nós estaremos aí um dia.* Sinto uma pontada de alegria quando vejo como os dois parecem sinceros e como estão absorvidos um pelo outro.

O restante da lista dos convidados pende para o lado dos mais velhos, uma porção de gente que já viu tantos divórcios quanto casamentos. Eles ainda são capazes de ficar na expectativa e de prontidão, apreciando o momento delicioso antes do começo do jogo, quando não se sabe ainda se a peça será boa ou ruim, mas todos estão otimistas.

Noto alguns amigos da família que não via há anos, muitos rostos que não reconheço, nenhum deles é o do meu marido. No entanto, sei que Philip está aqui. Posso sentir pela fraqueza das minhas pernas, pelo tremor perceptível de meu buquê. Pela maneira como compulsivamente asseguro à minha barriga: *Está tudo bem, vamos ficar bem.*

Em seguida, Mikey e eu caminhamos, de braços dados, vagarosamente pelo corredor, como ensaiamos e prometemos a nosso pai; ele levou a sério o aviso das revistas de noivas contra o galope. Aparentemente, um passo comedido ajuda a criar tensão, ele dissera, e nós fomos gentis o suficiente para nos manter de boca fechada. Nenhum de nós o lembrou de que, na verdade, não precisamos de nada que crie tensão extra neste evento em particular. Minha mãe ainda terá que vir depois de nós; portanto, aperto meu buquê e o cotovelo de Mikey, mantendo um sorriso apertado no rosto. E se ela não conseguir? Talvez o gene da corrida no final sempre vença.

Chegando à frente, Mikey e eu nos separamos. Eu me dirijo para o lado vazio de minha mãe – o lado de *Jane* – e meu irmão, elegante e com uma flor na lapela como padrinho, está ao lado de meu pai. Olho para eles, pronta para gesticular com o polegar para cima, encorajando meu pai – *ela vai aparecer; é claro que ela vai aparecer* – mas ele olha para a frente. Pálido e coberto por gotas de suor, ele parece um homem esperando por sua sentença. Sua sentença, um puxão em cada pétala: *bem me quer, mal me quer.*

Olho de relance para a multidão e localizo Philip, sentado na frente e no centro, seus olhos deliberadamente treinados para desviar de mim. A música da entrada começa, *Canon em Ré Maior,* de Pachelbel, e lá está minha mãe, graças a Deus, com um sorriso corajoso idêntico ao de meu pai. Todos os olhos se viram para olhar para ela. Sussurros irrompem: *ela está linda; que bonita.* Câmeras clicam e soltam flashes, e Jane continua a dar um passo após o outro.

Observo minha mãe, e minha mãe me observa. Converso com ela com olhares: *só mais alguns metros agora. Você está quase lá. Você consegue.* E a resposta dela: *Você tem toda razão, estou fazendo isso. Oh não, por favor, me ajude.* Nós nos perdemos em nossa conversa, este diálogo motivacional com os olhos, portanto, nenhuma de nós sabe o que vai acontecer em seguida. Apenas ouvimos... Philip, acima de todos os outros.

Sua voz em pânico, com um tom de herói masculino: calmo, moderado e do lado errado da esperança. O tipo de voz que faz com que as pessoas se movimentem de forma organizada, porém com rapidez, em direção à saída de emergência designada.

– Pelo amor de Deus, alguém aqui é médico? – ele grita para a multidão. E lá está meu marido, meu futuro ex-marido, à frente do corredor, lindo de terno e gravata, no ponto exato onde nós já estivemos e fizemos nossos votos. *Philip*, penso, e quase toco o bebê, *seu pai,* antes que meu cérebro perceba o que está acontecendo.

O BlackBerry dele está na mão; ele já discou 911. Ouço, mas não entendo as palavras que ele diz em seguida: emergência, *não tenho certeza se ele está respirando. Rápido.* E depois: *Por favor, ajude-nos.* Todos estão em volta deles, sem respirar, congelados em um medo coletivo. Philip está de pé ao lado de meu pai, que não está mais em pé. Ele está caído no chão, desmaiado, com a mão no coração.

– Por favor, por favor – digo várias vezes, um mantra, um apelo a Deus ou ao universo, um reflexo agora. Tento ficar calma. Os livros me advertiram de um fato simples: se eu me aborrecer muito vou machucar o bebê, e eu não posso fazer isso.

Estamos na sala de espera do Hospital Mount Auburn, o mesmo onde Oliver nasceu e o perdemos, onde foi retirado, e da maneira como Philip está parado, rígido e alerta, a forma pesada e ansiosa de sua espera me diz que ele também está lembrando disso. Um de nós ficou para trás.

– Por favor, por favor – digo novamente, embora não saiba se estou falando em voz alta ou apenas na minha cabeça. Paralisia e turvamento por medo. Não sei onde eu paro e o mundo começa.

Minha mãe está sentada a meu lado, apertando minha mão. Ela ainda está vestida com seu terno marfim, mas seus cabelos estão revoltos. As pessoas nos olham de um jeito estranho, nossas roupas formais destoam do ambiente clínico, as luzes piscam a intervalos aleatórios, fazendo listras vermelhas e azuis em nosso rosto. Tanta atividade, a ambulância gritando pela rua, rápida, acho que foram rápidos como Philip pediu. Tudo aconteceu em câmera lenta e em alta velocidade ao mesmo tempo, não houve tempo, apenas uma sequência de eventos, para trás e para a frente, perdas e ganhos, uma contagem sem fim. Então, estávamos aqui, como foi que chegamos aqui novamente? Não me lembro. Um carro, o banco de trás; não sei dizer carro de quem. Meu pai foi deixado aos cuidados e transporte dos especialistas e nós o seguimos pelas ruas, o tráfego parecendo o Mar Vermelho, atravessando as luzes amarelas, e então ele foi levado para dentro, de maca, a maca foi a pior parte de tudo.

Disseram-nos para esperar.

Desculpem. Não temos nenhuma informação ainda.

Continuamos esperando.

Ficamos naquela sala de espera a nossa vida toda.

Philip se cansa de andar e senta-se a meu lado, esbarrando seu ombro contra o meu, de leve. Um gesto de solidariedade. Seu toque significa tanto que chega a queimar. Olho para ele e ele me oferece um meio sorriso. Não há nada de feliz nele; ele está dizendo, *eu estou aqui e você está aqui, nós estamos aqui e tudo vai ficar bem. Hoje, não será como da outra vez; não vamos sair daqui com menos.*

Entretanto, ele não pode me prometer isso. Podemos sair daqui tendo perdido tudo. E minha mãe apareceu, ela realmente apareceu, vestida de marfim, nada menos, e devia haver dança e, de sobremesa, o *red velvet cupcake* da padaria em Somerville, que meu pai adora. É como se houvesse dois futuros, um em que todos nós estaríamos na festa, onde os juramentos teriam sido feitos com medo e convicção, a comida seria apreciada e piadas bem-humoradas e brindes seriam feitos para a união improvável de meus pais. E há este, em que fomos condenados a esperar enquanto os médicos fazem exames em meu pai, de 65 anos, para ter certeza de que seu coração – o coração mais resiliente e generoso que conheço – continua batendo.

– Obrigado – sussurro a Philip. Há somente um herói aqui.

Ele balança a cabeça, *não precisa agradecer*, e aperta minha mão. Formamos agora uma corrente, minha mãe, eu e Philip, nestas cadeiras de plástico ridículas, que suportam o peso de tanta dor, dia após dia; estas cadeiras deviam ser destruídas. Estas cadeiras, assim como os caixões para bebês, não deviam existir.

– Mamãe? – chamo.

– Sim. – Falar agora é a coisa mais difícil que já fizemos.

– Ele vai ficar bem. Vai sim.

– Por favor, por favor – ela diz, em voz alta, mas, é claro, não para mim.

Um médico finalmente sai, um homem de meia-idade com jaleco branco, um estetoscópio em volta do pescoço e barriga de cerveja. Ele tem algo branco no canto da boca, provavelmente maionese, o que me faz desconfiar dele. Quando ele parou para comer um sanduíche? Antes ou depois de ter colocado meu pai para dentro? Quem ele pensa que é, comendo numa hora destas?

– Sra. Lerner? – ele pergunta.

– Como...? – Ela não consegue terminar a frase. Todo o seu corpo treme e fico em pé atrás dela para segurá-la, para absorver o quanto puder de seu medo e da dor. Ficarei com a dor, mas não deixarei que passe para o bebê. Não sei como vou conseguir fazer isso, mas vou fazer. Isso é o que os adultos fazem. Absorvemos e protegemos. Isso é o que os pais fazem.

– Ele vai ficar bem. Muito bem. – As lágrimas vêm agora, as que não permitimos derramar por medo que pudessem significar alguma coisa; elas poderiam ter dado espaço para o inimaginável.

– Seu marido esteve sob muito estresse ultimamente?

– Nós deveríamos ter nos casado hoje – minha mãe fala, e faz um gesto para seu terno marfim, que agora está sujo e amassado, como uma fantasia de Halloween no dia seguinte.

– Isso explica tudo – o médico diz.

Philip dá um passo à frente, uma manobra defensiva, pois o homem é obviamente um bastardo. O que ele quer dizer com "isso explica tudo"?

– Isso foi, bem, um enfarte? – pergunta meu irmão, encontrando as palavras que fomos incapazes de pronunciar até agora. Claire está atrás de Mikey, espelhando a linguagem corporal que mantenho com minha mãe, seus braços literalmente apoiando meu irmão. Foi então que tive certeza, se é que tinha alguma dúvida, de que ela dirá sim, seja quando ou o que Mikey pedir.

– Fizemos um eletrocardiograma, exames de sangue e raios X do peito. O coração dele está em boas condições. Honestamente, não sabemos ao certo o que aconteceu. Minha suposição, entretanto, é de que foi um ataque de pânico.

– Um ataque de pânico – minha mãe repete, sua voz é calma a princípio, assimilando a informação. – O senhor está me dizendo que ele teve um ataque de pânico no altar? É isso o que o senhor está me dizendo?

– Sim, creio que sim.

E então ela começa a rir e a chorar, tudo de uma vez, num ímpeto de liberação, os dois sons se misturando até que eles se parecem, até que se tornam exatamente a mesma coisa.

Mais tarde, ficamos todos em volta da cama de meu pai, em semicírculo. Ele vai passar a noite no hospital para observação. Parece envergonhado por encontrar-se assim, hoje, sem seu terno cinza sob medida; *ele* é o que está de camisola verde menta e fina como papel, com os braços magros e pelos brancos à mostra, traindo a verdade que nenhum de nós pode suportar ver: ele está ficando mais velho e um dia vai parar de fazer isso.

– E então – ele fala para minha mãe, que, assim que o vê, beija seu rosto todo, várias vezes, testa, bochechas, olhos, nariz, lábios, até que o restante de nós desvia o olhar.

– Então – ela diz. – Nunca mais se... Nunca mais se atreva a fazer isso comigo.

Ela não consegue terminar, porque há alguns juramentos que você pode fazer e outros que você não pode, não importa o quanto queira fazê-los. E há palavras que não podem ser ditas num dia como este.

– Vou fazer o possível – ele responde.

Minha mãe balança a cabeça para ele, sobe rapidamente na cama e eles ficam tão próximos que não sei onde ele termina e ela começa debaixo dos lençóis brancos do hospital.

– Ainda não.

– Ainda não.

– Querido?

– Sim.

– Eu lhe disse.

– Disse o quê?

– Sem dúvida, devíamos ter feito o seguro do casamento.

47

Philip leva Mikey, Claire e a mim de volta para casa. O hospital deu uma cama para minha mãe e ela vai ficar ao lado de meu pai até que ele seja liberado, na manhã seguinte. Embora ela não vá dormir – o terror ainda acompanha todos nós, assim como o cheiro de antisséptico da sala de espera – sei que ela não terá um único instinto de fugir. Ela ultrapassará aquela linha tênue entre a euforia e a claustrofobia que nos acompanha quando nos encontramos exatamente onde deveríamos estar.

Pela aparência do jardim, parece que a festa se dispersou de forma organizada. A tenda foi retirada, as cadeiras voltaram para a empresa de locação, a pista de dança colocada em um canto do gramado foi empacotada, deixando para trás uma marca quadrada na grama. Apenas o *chuppah* continua lá fora, o *talis* do meu avô ainda está amarrado sobre o topo com as franjas tremulando ao vento.

A comida foi deixada esperando por nós, embalada em papel filme, metade no freezer e na geladeira, metade deixada sobre a mesa. Meu pai escolheu um menu tradicional, frango, carne ou legumes, minicachorros-quentes e bolinhos de caranguejo de entrada. As flores também foram trazidas para dentro e decoram a casa. Olhando pela janela de trás, parece que alguém acabou de casar ou de morrer.

Philip e eu estamos sentados na sala de estar, apenas a luz da mesinha lateral está acesa, como foi deixada de manhã. Claire e Mikey subiram, depois de um aceno de boa-noite e de Mikey dar em Philip um abraço e falar um "Obrigado, cara".

Sinto um ímpeto de orgulho por ter me casado com alguém assim, mesmo que ele não queira mais ser meu. Ele foi forte, capaz e rápido, ligando para o 911 ao mesmo tempo em que afrouxava a gravata de meu pai e deitava sua cabeça. Esquivando-se pelo tráfego, sem medo, como um ladrão de carros, o que ele foi de certa forma: quando a ambulância chegou, ele agarrou um maço de chaves do serviço de manobristas. Descobrimos mais tarde, através de uma mensagem compreensiva na secretária eletrônica, que o carro que ele pegara emprestado era de um dos flautistas.

Depois de Oliver, também foi Philip quem pagou todas as contas e lidou com a empresa do seguro saúde, voltou a trabalhar, e ainda se certificava se eu estava comendo e se no jantar havia legumes. Na época, o que parecia ser sobre-humano era também um tapa na cara; de alguma forma, parecia errado que ele estivesse bem, quando eu mal conseguia escovar os dentes. Será que ele não notara que nosso bebê – que Oliver – havia morrido? Sua capacidade de seguir em frente apenas ressaltava tudo o que eu era incapaz de fazer. Parecia a evidência de ele ter conseguido superar a dor. Eu não conseguia entender como ele havia encontrado uma forma de perder menos.

Agora percebo, sentada na meia escuridão da sala, que eu não lhe deixei opção. Como quando me vi fazendo chá para Greg e café da manhã para Sophie depois do enterro de Lucy: alguém tinha que ser o adulto. Philip estava mantendo seu juramento, *na saúde e na doença*, e estava cuidando de mim da única maneira que sabia. Usei tudo isso para nos dividir, pois parecíamos estar muito longe um do outro, desiguais para a tarefa que se apresentava, e de alguma maneira, ao longo do caminho, eu me esqueci de como conversar com meu marido. E ele se esqueceu de como conversar comigo.

– Você foi... hum... maravilhoso hoje. Não sei o que teríamos feito sem você – digo, esperando que minha voz lhe mostre o quanto sou grata. Não importa o que aconteceu ou o que acontecerá entre nós daqui para a frente. Minha família sempre teve sorte de poder contar com ele como um de nós.

– Por favor, pare, estou feliz porque ele vai ficar bem. – Philip encosta a cabeça contra o encosto do sofá e fecha os olhos. A ansiedade ainda não nos abandonou, apesar de termos sido tranquilizados pelo médico e termos visto meu pai quase do mesmo jeito de hoje de manhã, porém decididamente menos animado. Este tipo de emoção não vai embora tão rapidamente; ela se instala em você, com abalos sísmicos secundários. Todos nós, com exceção de Philip, choramos pelo menos uma vez no carro durante a volta para casa. – Estou tão cansado, parece que tenho cem anos de idade.

– Entendo o que você quer dizer. – Olho fixamente para os cantos escuros da sala, onde a estante de livros se alinha à parede. Não consigo ver os livros, mas sei que eles estão ali, como sempre estiveram. A estante foi instalada e preenchida por meu pai logo depois que ele comprou a casa, como se manter todo aquele conhecimento por perto pudesse nos proteger da vida real. Talvez fosse o motivo pelo qual meu pai nunca pareceu temer sua própria mortalidade. Ele achava que seus livros o protegiam. Quem sabe? Talvez o fizessem.

– Philip?

– Sim?

– Precisamos conversar.

– Eu sei. Mas, por favor, hoje não. Eu estou... estou sem forças. Exausto. – Foi o mais próximo que Philip já chegou para expressar fraqueza, humanidade, e isso me faz ficar em pedacinhos. Quero pegá-lo em meus braços, beijar seu rosto como vi minha mãe fazer com meu pai há pouco. Beijos que dizem: *Você é meu e você é amado*.

– Está certo. Por que você não fica por aqui hoje? Não é aconselhável que dirija. Não vou, você sabe, tentar nada – digo. Ele sorri para mim, um sorriso cansado, de algum modo encantador, apesar da nossa regressão aos termos do ensino fundamental.

– Está bem.

Philip me segue até o andar de cima para o meu quarto, o mesmo que minha mãe usou para se aprontar esta manhã. Sua maquiagem está espalhada na minha escrivaninha, seu véu – que no último minuto ela optou por não usar por ser muito tradicional – está na minha cadeira. A cena é desnorteadora e desarmante ao mesmo tempo. O que deveria ter acontecido e o que realmente aconteceu foi tão diferente que parece impossível. Foi há anos – duas pessoas diferentes conversando – que minha mãe me prometeu que ia aparecer.

Philip e eu caímos na minha cama, e cada um se deita de costas para o outro, com os olhos abertos na escuridão.

– Boa-noite – digo.

– Boa-noite – ele responde.

E então, na minha cabeça, uma palavra, uma apresentação para o nosso bebê: *papai*.

Dormimos assim a noite toda, Philip e eu, como dois bonecos de biscoito, assados demais e achatados pelo peso do dia. Nossos dedos dos pés, quase, quase se tocam.

Na manhã seguinte, decidimos conversar. Na verdade, foi ideia de Philip passear pela vizinhança, que é sempre mais bela no outono, quando o ar começa a ficar mais frio, uma promessa de que haverá inverno, e depois primavera, a natureza mantendo seu passo, mesmo que você não queira. Os alunos de Harvard estão de volta das férias de verão, com mochilas nas costas e seriedade e, pelo menos para os que não são veteranos, vivendo a experiência de estar longe de casa pela primeira vez. Eles passam correndo por nós, em grupos, pela Mass Avenue, pontuando o ar com seu bate-papo nervoso e suas ocasionais explosões de risadas exageradas.

– Alguma notícia do hospital? – Philip pergunta, apenas para ser educado. Ele deve saber que se houvesse alguma notícia ruim eu já lhe teria contado.

– Sim. Meu pai sai hoje. Está tudo bem.

– Graças a Deus. E, agora, o que vai acontecer? Você acha que eles vão tentar se casar de novo?

– Quem sabe? Minha mãe disse que acha que tudo isso é um sinal para que eles fiquem juntos. Meu pai acha que é um sinal para que não fiquem.

– É típico deles. – Sua voz está imbuída de afeto. Ele sempre apreciou a excentricidade de meus pais. Tão diferentes dos dele, que ficaram casados de maneira silenciosa e infeliz por 40 anos.

Na Harvard Square, avistamos os punks, como sempre, usando seu uniforme de rebeldia, tatuagens, piercings e cabelos espetados no estilo moicano, um uniforme que nunca mudou, pelo que consigo me lembrar. Fico imaginando se eles ficariam chateados em saber que são exatamente como qualquer outra pessoa, e provavelmente como seus pais.

Quando morávamos em Back Bay, costumávamos passear por aqui, primeiro cruzando a ponte e depois até a Memorial Drive, acompanhando o rio, e finalmente virando na direção da praça para nos recompensarmos com cervejas baratas do happy hour do John Harvard's. O lugar tinha um ar yuppie e vivia lotado de alunos da Administração. Era nossa forma de ter certeza de que não estávamos bancando os alunos turistas que na verdade éramos. Às vezes, meu pai vinha nos encontrar, às vezes não, dependendo se havia dedicado seu fim de semana à Widener, ou a biblioteca de Harvard, que é mais bonita porém não tão divertida quanto a minha britânica favorita, em St. Pancras. Naquela época, Philip e eu havíamos terminado a faculdade há apenas cinco anos, e retornar à vida de estudante era um retrocesso relaxante. Algumas vezes, até mesmo uma necessidade.

Diminuímos o ritmo em Charles River, onde os grupos se afunilam em casais com livros, sem intenção de ler; famílias com cobertores comendo guloseimas trazidas em potes tupperware, e ciclistas parando para descansar recostados a uma árvore. Os remadores deslizam, mantendo um ritmo fácil. Não havia notado o quanto sentia falta dessa cena em particular, uma cena da qual fiz parte desde que era criança, até estar aqui de volta, ouvindo o som melódico da água, o assobio da agitação do vento. Não estamos longe do local onde Philip me pediu em casamento.

Ele escolhe um pedaço do gramado, e sentamos um ao lado do outro, os braços descansando sobre nossos joelhos dobrados.

– Vou começar. – Não há mais espaço para protelações. Estamos aqui, precisamos conversar, e o medo não vai impedir nossa conversa de acontecer. – Em primeiro lugar, sinto muito.

– Pelo quê? – Philip fala de um jeito genuinamente curioso com relação a qual dos meus inúmeros pecados decidi me desculpar.

– Não foi justa a forma como fiquei em Londres; mal deixei que você soubesse o que estava se passando na minha cabeça e por que senti que tinha que estar lá. Não posso dizer que sinto muito por ter ficado lá... não sei se um dia você entenderá que eu tinha que ficar... mas sinto muito pela forma como lidei com isso.

Philip pega um galho do chão e começa a descascá-lo com a unha. Ele parece estar se preparando para fazer uma sopa de casca de árvore.

– Você sabe que nossa separação não se deve apenas à sua partida – ele fala e suas palavras são lentas e melódicas.

– Sei. Mas sinto muito mesmo assim.

– Nada disso importa, não é? Podemos dizer tudo o que nunca dissemos e ficar dando voltas e mais voltas, apontando dedos... Deus sabe que já fiz isso o suficiente na minha cabeça... mas isso não vai nos levar a lugar algum. Você sabe o que isso quer dizer?

Não respondo porque não sei o que isso quer dizer. Gostaria que fosse simples o suficiente para querer dizer apenas uma coisa.

– Fomos colocados diante do teste mais difícil que um casamento pode ter. Eu nunca, jamais, pensei, não podia imaginar que teríamos que passar pelo que passamos, mas a parte mais triste, quase tão triste quanto perder Oliver, é que nós falhamos.

– Eu sei.

– Falhamos no teste, Ellie. A merda foi colocada no ventilador e fizemos o oposto do que devíamos fazer. Perdemos um ao outro. – Sua voz fica embargada, e ele joga o graveto o mais longe que pode. Ao aterrissar na água, quase não ondula a superfície.

As lágrimas começam a se formar atrás de meus olhos pela primeira vez desde aquele dia horrível há quase dois anos. Philip disse a coisa certa. Perdemos Oliver, e então transformamos um bebê morto num bastão e o usamos como arma para nos destruir. Não sei como responder, então digo o que me vem à mente em seguida, e que não tem a ver com o que ele dizia, e ainda assim, tem a ver. Acho que tem a ver, sim.

– Estou grávida. Quero dizer, vamos ter um bebê.

Philip congela e, naquele momento todo o ar do universo é sugado para fora, e parece que estamos dentro de algum lugar sem oxigênio e não à beira do rio, não no nosso velho local predileto, onde costumávamos ser capazes de dizer qualquer coisa. Sinto o bebê dentro de mim, fisicamente, não um chute ou ele se mexendo, apenas ele lá dentro, lá no fundo e ligado a mim, apesar de tudo ainda multiplicando suas células, aumentando sua massa molecular.

– Aquela única noite? Em Londres?

– Sim.

Ele não pergunta o que eu esperava que ele fosse perguntar em seguida, a pior pergunta possível: *Você tem certeza de que é meu?* Sinto um alívio por isso. Depois de tudo, ainda mantive uma parte do meu antigo "eu" intacta. Sempre fui honesta.

– Oh. Eu... Eu... Você está falando sério?

– Estou falando sério.

– Você foi ao médico? A um bom médico? E o que ele disse sobre, bem, a última vez? Ela vai ficar bem? – Sua voz subiu uma oitava de pânico; ele está tão assustado quanto eu estava quando, há não muito tempo, eu inspirava e expirava em um saco de papel.

– Ela? – Apesar de mim, apesar do peso do momento, fico tocada por ele já estar tentando adivinhar o sexo.

– É ele?

– Não sei ainda. E a médica disse que não haverá mais ou menos chance do que da última vez. É improvável que aconteça.

– Mas e se? Bem, era improvável da última vez também. Uma vez em duzentas ainda é uma vez em duzentas. – Ele coloca a cabeça entre os joelhos para tomar fôlego e, do nada, os papéis se invertem. Sou eu quem o estou acalmando. Sou eu quem vai ser forte por nós dois.

– Ela vai ficar bem. Não sei como, apenas sei. E nós ficaremos bem.

– Você quase morreu da última vez.

– Não. Não foi bem assim.

– Você perdeu muito sangue, e você poderia ter... – Sua voz fica entrecortada e vejo o pânico que ele deve ter sentido naquele dia, a possibilidade de sair do hospital tendo perdido tudo de uma só vez. Ele também tinha tudo a perder. Ele sempre tem.

– Eu não morri e não vou morrer. E este bebê também não.

– Quantas semanas?

– Treze.

– Deste tamanho – ele diz, mostrando o comprimento do bebê, como eu fiz para Sophie. Do polegar ao dedo indicador. Philip leu todos os livros da última vez; ele os adorou, e costumava ler para mim fatos ao acaso em voz alta.

Nós nos sentamos em silêncio por um tempo. Sinto-me aliviada por ter dito as palavras; Philip sabe e agora é real. Meu girino não é mais um girino. Meu girino agora foi promovido a bebê. Deixo que Philip pense o que está pensando, deixo-o analisar o terreno minado que coloquei em sua vida. Vou deixá-lo cruzar o caminho até que saia do outro lado.

– Não sei o que dizer.

– Está tudo bem. Você não tem que dizer nada agora. – A decepção aperta meus pulmões, faz com que eu me sinta pequena e leve, um avião de papel na forma humana. Havia uma parte de mim, maior do que gostaria de admitir, que esperava que Philip me pegasse nos braços e que prometesse me amar e amar o bebê para sempre, pressionando o botão de recomeçar na vida que vínhamos vivendo. Seríamos uma versão nova e melhorada de Philip-e-Ellie, uma versão na qual não seríamos testados e reprovados. Uma versão em que haveríamos aprendido nossas lições e as colocado em prática, como os alunos que só tiram "As" que fôramos antes.

Em vez disso, posso sentir sua confusão e seu imenso terror. A reação dele é idêntica à minha quando minha mãe anunciou que eu estava grávida. Quando ela não pôde compreender o quão aterrorizante era aquela possibilidade.

– Um bebê. – Philip inspira a palavra.

– Sim.

– Precisamos de um especialista. Um expert em pré-natal ou em gravidez de alto risco, sabe? Alguém que saiba o que está fazendo. Não podemos, eu não posso, não sobreviveria se algo acontecesse, com o bebê ou com você.

– Vou ficar bem. – Faço um gesto para minha barriga. – Nós vamos ficar bem. Esta não é uma gravidez de alto risco. Passei o primeiro trimestre vomitando, o que deve ser um bom sinal, e agora me sinto ótima, e... não sei. Só sei que vamos ficar bem. Mas, você está certo, um especialista não faria mal.

– Eu não estava lá.

– O quê?

– Eu não estava lá enquanto você estava vomitando. Eu devia estar lá.

– Você não perdeu nada, pode acreditar. Eu não estava nada bonita.

– Mesmo assim. – Philip segura meus ombros e me vira para olhar para ele. Seu movimento é vigoroso e forte, zangado. – Espere um pouco... Você sabia disso há treze semanas e só está me dizendo agora? Está falando sério?

– Queria lhe contar pessoalmente.

– Existe uma coisa chamada avião.

– Sinto muito. – São palavras vazias, eu sei, mas estou sendo sincera. *Sinto* de verdade. Escolhi a mim e não a ele o tempo todo, e tenho que parar de fazer isso. Logo encontrarei um modo de explicar que eu precisava daqueles três meses para superar meus medos, para ter certeza de que isso era real, que o bebê ia vingar. Que eu precisava de tempo para me fortalecer e ser eu mesma novamente. Contar-lhe faria com que de alguma maneira tudo se tornasse real cedo demais. Teríamos começado a fazer planos... é claro que estaríamos sendo pretensiosos, mas não conseguiríamos evitar... e eu não podia arriscar.

Tenho certeza de que minhas explicações importam. Está feito.

– Pelo amor de Deus, Ellie. – Philip levanta do chão e se afasta de mim, vai até a água, tão próximo da borda que poderia molhar os pés. Fica parado ali, com os punhos cerrados, tentando lutar contra muitas emoções de uma vez só: tristeza, medo, raiva e confusão, e talvez excitação também. Ficou assim por um longo tempo, mostrando apenas suas costas, domando o carnaval em sua cabeça.

* * *

– Você vai ficar aqui ou vai voltar para Londres? – pergunta Philip agora, novamente sentando-se com os braços em volta dos joelhos, a cerca de 30cm de distância de mim, os olhos vermelhos das lágrimas que eu não testemunhei.

– Sim. Quero dizer, vou ficar aqui. Vou visitar Sophie sempre que puder, mas nós vamos ter um bebê. Eu quero ficar aqui.

– Você está planejando voltar para casa? – Ele quer dizer a casa em Sharon, nosso lar. Uma pergunta honesta. Longe de ser um convite.

– Não sei. Acho que depende. – E então minhas lágrimas vêm, pois nem eu mesma sei do que depende. É mais do que Philip me aceitar de volta. Percebo agora que estou tão confusa quanto sempre estive, que a libertação das palavras, da verdade, não consegue desfazer os últimos anos de isolamento. Deixei Philip e ele me deixou, muito antes de Lucy morrer, muito antes de ele ter mencionado a palavra D no quarto do hotel, quando no passado nossas frases começaram a ficar amontoadas nos cantos da casa, como uma pilha improvisada de livros, tudo o que jamais foi falado ou ouvido ou perguntado. Todas as vezes que nos afastávamos enquanto o outro falava, absorvidos por nossos BlackBerries, pela televisão ou por um livro; um ano inteiro deve ter se passado sem que mal nos olhássemos nos olhos. Como fazemos para voltar a algo reconhecível?

Philip balança a cabeça.

– Eu também não sei. – Há apenas tristeza no lugar onde a raiva costumava estar, naquele espaço deixado entre nós.

Não vai haver respostas hoje nem talvez tão breve. Há muitas camadas a serem retiradas, empurradas e arejadas. É muito trabalho para uma tarde como esta.

– Deve ter sido um exímio nadador – ele fala agora, e eu sigo seus olhos até o rio, procurando pela alma corajosa com um calção de banho molhado, mas não há ninguém.

– Huh?

– Para ter acertado de primeira em uma única vez? Isso foi demais... Fala sério, é um grande nadador. – Philip sorri, todo viril e orgulhoso.

– É um bom sinal.

– Sim. Uau, uau! – Outro sorriso. Este é o meu sorriso favorito dele: Philip parece um garotinho, um segundo antes de rasgar o papel de presente.

– Sim. É isso mesmo, uau!

E então, sem pedir, ele ergue as mãos e as escorrega para dentro do meu suéter, envolvendo minha barriga de uma forma calorosa e surpreendente. Ele movimenta suas mãos de um lado para o outro, acenando para o nosso bebê.

48

Estou sentada à mesa de jantar da casa de meu pai e Sophie está sentada em sua minicama, mas é quase como se estivéssemos no mesmo ambiente. Gostaria de esticar as mãos e tocar seus cabelos, ajeitando a mecha que caiu de seu rabo de cavalo e alisando os fios levantados do topo de sua cabeça. As maravilhas do Skype, algo não tão longe do que eu sonhara em meu tempo de *dot.com*. Estamos falando há dois minutos, e Sophie já me mostrou sua axila, a parte de dentro de suas narinas e suas amídalas.

– Quantos dias faltam? – ela pergunta.

– Dez.

– Estava para lhe dizer, você esqueceu seu livro aqui. *O que esperar quando você está esperando*. Andei lendo.

– Soph, acho que não é apropriado para a sua idade.

– Já tenho nove anos agora.

– Exatamente. Você não pode lê-lo até ter pelo menos trinta.

– Mas é interessante. Como um livro de ciências. Você tem hemorroidas?

– Sophie.

– E você está tomando ácido fólico? É bom você tomar ácido fólico. Não quero que minha "irmãdrinha" tenha problemas no cérebro. Da próxima vez que nos encontrarmos, ela terá, mais ou menos, 11cm de comprimento.

– Ela? Então, você acha que vai ser uma menina.

– Sim. Sabe no que tenho pensado ultimamente?

– O quê?

– Não é estranho que o que aconteceu com mamãe aconteceu no mesmo ano em que você fez uma nova pessoa?

– Sim, é mesmo. É um pouco reconfortante, se pararmos para pensar. Que o bom pode vir depois do mau.

– Nós precisávamos de algo feliz este ano.

– Precisávamos sim.

– E eu sempre quis ser a irmã mais velha.

– É mesmo?

– É, eu costumava fazer todas aquelas mágicas e coisas do tipo, mas nunca aconteceu. E olhe agora. Você vai ter um bebê, e eu vou ser uma “irmãdrinha”.

– É quase o suficiente para fazer você acreditar em mágica.

– Não, isso não é mágica. É biologia. Aprendi tudo sobre isso no Google.

49

Estou dormindo na casa do meu pai, mas todos os dias, quando Philip volta para casa do trabalho – horas antes do que me lembro que ele voltava quando eu morava aqui – eu o encontro em Sharon, e nós nos sentamos na nossa cozinha e discutimos sobre a vida à mesa do jantar que passamos meses escolhendo. A casa está ligeiramente diferente de quando saí; não havia percebido o quanto este lugar é imutável, até olhar em volta e conseguir catalogar cada pequena mudança. O porta-lápis migrou para o outro lado da sala; uma pilha de correspondência foi feita para mim no balcão em vez da cesta de vime. Uma nova foto de Sophie está na geladeira, a foto da classe deste ano, com um bilhete de agradecimento pelo presente de aniversário de Philip. Ela não me contara que havia enviado um bilhete para ele, principalmente um bilhete que diz "NÓS estamos com saudades", com o NÓS sublinhado três vezes. Nossa fotografia de casamento ainda está no hall de entrada, o que decido tomar como um bom sinal.

Estamos fazendo um curso intensivo de confrontação. O apontar de dedos, o arremessar de frases como armas, o bater de portas, o abrir e o bater novamente. Nós nos revezamos nos gritos, na briga, nas desculpas e no consolo, como se estivéssemos fiando em uma roca.

Philip diz que quer este bebê, que nunca quis tanto alguma coisa, e usa palavras que são novas para ele e que alegram a nós dois – *destino, milagre, bênção*. Dez minutos depois, damos uma reviravolta e chafurdamos nas trevas. E se não conseguirmos nos reparar? As palavras que são o oposto de *destino*, *milagre* e *bênção* vêm à tona: acidente, erro.

– É uma piada que vamos conseguir fazer isso, não é? – Philip me pergunta. – Não é assim que se traz um filho ao mundo.

Mas nós estamos trazendo um filho ao mundo, seja da forma como se deveria ou não.

– Acho que conseguiremos – respondo.

Conversamos sobre Oliver, algo que nunca fizemos, não de verdade, a não ser o que tivesse relação com o lado prático: desmontar o quarto de bebê, as malditas contas do médico, doar as coisas que compramos para instituições de caridade. Nunca sobre como foi depois, como nós dois desviávamos dos vizinhos que empurravam carrinhos de bebê pela rua, a terrível correspondência das empresas de produtos infantis nos parabenizando sobre estágios que nosso filho nunca chegou a atingir, e aquela dor latejante de quando meu leite desceu e não havia lugar para tudo aquilo ir. As lágrimas, a dor e o leite.

Quando Philip me via chorando por causa dos círculos umedecidos na camiseta, ou algumas vezes simplesmente por nada, ele desviava o olhar. E quando ele continuou tocando a vida por nós dois – levantando bem cedo de manhã, vestindo um terno impecável e indo trabalhar – eu desviava o olhar também, como se ele estivesse fazendo algo errado. Conto a ele de como me arrependo de ter me esquivado dele no quarto do hospital, e de como passei noites acordada imaginando se tudo teria sido diferente se eu não tivesse afastado sua mão.

– Não tem a ver com você ter se esquivado, Ellie. Foram os dois anos de recusas que vieram depois. De ambos.

– Eu me distanciei – digo, lembrando-me por um momento daquela paralisia fria que senti depois de perder Oliver. E como qualquer consolo parecia uma oferta sem valor e vazia. O modo como tudo e todos pareciam cada vez mais distantes, como se os estivesse vendo da janela de um avião.

– Sim, e depois de um tempo eu me distanciei também. – Ele fala sobre o último ano das noites até tarde no escritório, fins de semana também. De irmos para a cama esquecendo de dar um beijo de boa-noite. Esquecendo de que, em primeiro lugar, havia um motivo pelo qual escolhêramos dividir uma cama: nossas vidas.

– E, então, você foi embora. Literalmente. Largou tudo, e eu fiquei sem saber o que fazer.

– Eu sei – falo. – Sinto muito.

Nossas dúvidas vão se acumulando, nossas respostas são tímidas em comparação. *Onde você estava? Por que você não me ouvia? O que aconteceu conosco? Por que você foi embora? Como viemos parar aqui?* Nada fica claro ou bem definido, com exceção de que existe um bebê e que ele está crescendo. Quase tenho uma barriga real agora, e quando não estamos apavorados ou zangados, estamos radiantes.

Sete dias depois, não havíamos chegado ao outro lado. Estamos longe dele. Nem ao menos sabemos se o outro lado ainda existe. Por favor, faça com que exista o outro lado. Curto os momentos em que esquecemos de que estamos escalando alguma coisa e voltamos a ser nós.

– Como está seu braço? – Philip olha para meu braço e o segura, virando-o e procurando por alguma evidência.

– Está totalmente curado.

– Dói?

– Não. Está novinho em folha. – Flexiono os dedos e dobro o cotovelo, como que para provar a ambos. Meu braço está firme, forte e livre. Fico surpresa pelo fato de que manter o osso imobilizado o tenha forçado a fundir-se novamente, que os médicos confiaram plenamente na força da proximidade. Um diálogo silencioso de osso com osso.

– Estou feliz por você estar bem – Philip diz.

Penso naquela linha branca que o médico nos mostrou nos raios X, o ponto da fratura, e fico imaginando se a cicatriz ainda está visível. Não sei por que, mas acho que não.

Mais tarde, no sofá, com nossas cabeças doendo depois da trepidação brutal das palavras, estamos cansados de escalar montanhas, de revirar nosso lixo conjugal, de sermos adultos e tratarmos tudo isso como se houvesse um problema a ser resolvido. Minha cabeça está apoiada no ombro de Philip, sua mão descansa sobre a minha barriga.

– Sabe quando sua vida inteira pode, em um minuto, mudar para pior? Quando Oliver de repente parou de chutar, ou o telefonema para contar sobre Lucy? Tudo muda. Mas você acha que pode também funcionar de outra maneira? Num segundo você acha que sua vida toda está na merda, e no momento seguinte você percebe que talvez as coisas possam melhorar? Você acha que isso pode acontecer? – pergunto agora a Philip, esperando que a resposta seja *sim, sim, sim*. Que podemos decidir ser o casal feliz que sempre quisemos ser. Apertar o botão de recomeçar. Fazer tudo de novo.

– Espero que sim – Philip responde. Ele decidiu dizer que está doente e não ir trabalhar no dia seguinte, para nos dar mais tempo, para fazer o que eu não sei. Espero que não seja para falar e falar, espero que seja para termos mais um pouco daqueles momentos deliciosos de esquecimento, quando somos apenas Philip-e-Ellie novamente juntos em um quarto. Quando comemos um do prato do outro, quando um de nós lava os pratos e o outro seca, quando nos damos as mãos, apenas para que nossos dedos fiquem próximos.

De algum modo, é como estar novamente em uma sala de espera. Existem dois futuros, ambos plausíveis, em que tantas coisas dependem de algumas palavras. O médico disse *pânico*, não *coração*. Mas ele podia ter dito *coração*. Estava certa de que ele ia dizer.

– Vamos simplesmente tentar ser nós dois de novo – digo. – Podemos pelo menos tentar? Nos dar uma chance? Para os bons e velhos Philip-e-Ellie. – Prendo a respiração, esperando que ele veja também a abertura de uma caixa em nossos cérebros, nos dando o poder de escolha. Podemos ir para terapia de casal, de verdade desta vez. Podemos fazer o teste novamente.

– Tudo bem – ele responde, e posso ver em seus olhos que ele entende o que estou propondo. Os novos, os novos Philip-e-Ellie. – Devemos a nós mesmos uma tentativa. Não apenas aos velhos Philip-e-Ellie, mas aos Philip-e-Ellie novamente verdadeiros.

Ele olha para mim, retribuo o olhar, e aí está: outra promessa que estamos fazendo, outro juramento que esperamos que desta vez não seja quebrado.

Philip chega mais perto. Sua mão, meu rosto. Um toque suave, cuidadoso. Sinto-me aquecida e amada, e frágil também. Descanso meu nariz no ponto certo do pescoço dele. O porto seguro. Espero ficar por aqui.

– Você acha que vamos conseguir? – pergunto, minhas palavras são abafadas pela pele dele.

Philip não diz nada. Estamos sem palavras neste instante. Em vez disso, ele me beija carinhosamente, um beijo como um cobertor quentinho. Uma memória também, como esses beijos costumavam ser: preciosos e para ser saboreados. Sua mão, meu rosto, novamente, um toque de leve.

– Um cílio – ele fala, me oferecendo no dedo uma meia-lua preta, como um presente. – Faça um desejo.

O bebê, em primeiro lugar o bebê. Mas também aos Philip-e-Ellie verdadeiros, e Sophie, Greg, meus pais, Claire e Mikey, até Lucy. Fecho os olhos e envolvo a nós todos em algo único, amor e lar, lar e amor, repetindo isso em minha cabeça, como um mantra, e então sopro.

Abro os olhos. Meu cílio ainda está preso no dedo dele. O desejo não deu em nada.

– Tente de novo – ele fala, e eu tento mais uma vez.

Agradecimentos

Em primeiro lugar e acima de tudo, obrigada a minha empresária, Elaine Koster, por seu apoio incansável, seu encorajamento e sua sabedoria, e a minha editora, Susan Kamil, cujas mãos habilidosas e insights levaram este livro à existência. Sinto-me privilegiada e honrada em trabalhar com estas duas mulheres fabulosas.

Minha mais profunda gratidão ao pessoal da Dial e Random House e, em particular, a Noah Eaker, Nita Taublib, Cynthia Lasky, Kathy Lord e Theresa Zoro.

Francesca Liversidge e a toda a equipe da Transworld, muito obrigada pelo apoio. Agradecimentos especiais a Chandler Crawford, David Grossman e Helen Heller.

Agradeço também a Mark Haskell Smith por ser meu confiável e brilhante primeiro leitor; a Richard Kay por me ensinar sobre a complexidade da imprensa britânica; à Third Street School, de Los Angeles, por me deixar observar; a Halee Hochman por responder a milhões de perguntas sobre crianças de oito anos; a Naomi Goldstein por me ajudar a ver o ângulo do professor e da psicologia; a Lena Greenberg por seu encorajamento; e ao livro de Gretchen Holbrook Gerzina, *The Annotated Secret Garden*, que foi uma fonte inestimável.

Obviamente, este livro é, de muitas maneiras, uma carta de amor a *O jardim secreto*. Portanto, gostaria de aproveitar a oportunidade para agradecer a Frances Hodgson Burnett por dar ao mundo esta obra de arte e me proporcionar incontáveis horas de leitura fascinante. Seu livro continua a ser um momento relaxante sempre que preciso.

Todo o meu amor para o clã Flore, do qual me orgulho muito de ser oficialmente um membro agora.

Finalmente, desejaria ter palavras para expressar o quanto sou grata pelo amor e pelo apoio de meus três homens prediletos. A meu pai, Josh e Indy, todo o meu amor e gratidão.

Este livro foi impresso na Editora JPA Ltda.,
Av. Brasil, 10.600 – Rio de Janeiro – RJ,
para a Editora Rocco Ltda.